13의 비밀

13의 비밀

2003년 12월 20일 초판 1쇄 발행

지은이 조르즈 시므농
옮긴이 이가형
펴낸이 이경선
편 집 홍인영, 김선자
펴낸곳 해문출판사
주 소 서울시 마포구 합정동 392-2 써니힐 101호
전 화 325-4721
팩 스 325-4725
홈페이지 www.agathachristie.co.kr
등 록 1978. 1. 28. 제 3-82호

값 8,000원

ISBN 89-382-0361-1 04860
ISBN 89-382-0355-7 (세트)

Simenon

13의 비밀

조르즈 시므농 / 이가형 옮김

해문출판사

차 례

제1부 13의 비밀

제2부 제1호 수문

❖ 조젭 르보르뉴의 13가지 사건 파일 ❖

13의 비밀

르 프랑소와 사건

조젭 르보르뉴가 두세 건(件)의 서류를 조사한 후 아주 우연이라는 듯이 서류철 하나를 집어서 내게 내밀었다. 그 서류철에는 신문에서 오려 낸 글이 붙어 있고, 고딕체의 활자로 <르 프랑소와 사건>이라고 표제가 적혀 있었다.

"초보자에게 알맞은 사건일세!" 하고 그는 말했다.

"5분이면 '만세, 해결됐다!' 하고 외칠 걸세."

이렇게 말하고 그는 전기난로 앞의 팔걸이의자에 걸터앉아 중국식 잼 항아리가 얹혀 있는 둥근 테이블을 끌어당겼다.

조젭 르보르뉴를 놀리는 것은 그의 본명을 불러 주는 것만으로도 충분하다. 르보르뉴란 이름이 애꾸눈을 의미하기 때문이다. 정말 이처럼 곤란한 이름은 흔하지 않다.

조젭 르보르뉴는 35세로 몸집이 작고 약한 편이다. 그는 몸치장에 각별히 신경쓰고 있는데 인생의 걱정거리라는 것을 특히 싫어했고, 독신이라는 것을 구실삼아 호텔생활을 하며 세 끼의 식사도 되도록 방으로 날라 먹었다.

본래부터 건물 전체가 난방시설이 되어 있는데다가 조젭 르보르뉴가 전기난로까지 달아서 방 안은 따뜻했다. 그는 붉게 타오르는 전기난로의 열선을 꼼짝도 하지 않고 바라보며 몇 시간이고 움직이지 않곤 했다.

조젭 르보르뉴는 오로지 경찰사건에만 열중했다. 그 까닭이 무엇인지 나는 도무지 짐작할 수 없다.

누가 코피를 흘리는 것을 보기만 해도 기절을 할 것 같은 이 별난 청년은 참혹하기 그지없는 여러 사건의 소용돌이 속을 헤엄쳐 왔다.

그가 전해 준 한 다발의 서류는 신문을 오려 낸 것이라든가, 범죄자의 인상 메모라든가, 흉기나 시체의 사진 같은 서류들 중에서도 극히 눈에 띄지 않는 것들이었다.

르보르뉴는 언제나 팔걸이의자에 앉아 있는 채로 조사를 할 뿐이었다. 단언하건대, 이 남자는 여태껏 한번도 시체를 직접 본 적이 없을 것이다.

"자넨가, 이 사건의 진상을 밝혀낸 게?"

나는 손에 들은 기록을 읽기 전에 그에게 물었다.

"정말 간단한 사건이었네!"

냄새만 맡아도 역겨운 맛없는 잼을 입 안 가득 넣으면서 그는 시침 떼듯 말했다.

나는 서류를 펼치며 맨 처음의 스크랩부터 읽어 내려갔다.

<본지에 들어온 정보에 의하면 미로메니르 가 28번지에서 범죄사건이 발생했다. 피해자는 파리 재계의 저명인사 오스카르 르 프랑소와 씨이다.>

이 기사는 어느 정치기사 전문지에서 발췌한 것이었는데 늦게 이 소식이 전해진 탓인지 이 뉴스만 마감 직전에 게재할 수가 있었던 것 같았다. 두번 째 것은 다음 날 신문에서 오려 낸 것이다.

<미로메니르 가에서 금융업자 피살.

범인 체포는 임박한 것으로 보임.

오늘 아침 5시 경 미로메니르 가 28번지의 문지기 마리우스 가리미에 씨가 쓰레기통을 내놓다가 르 프랑소와 씨의 방 창문이 반쯤 열려 있는 것을 발견했다. 유리창은 깨어져 있었고 파편에는 비누가 칠해져 있었다. 이 수법은 도둑이 소리를 내지 않고 유리창을 깨려고 할 때 쓰는 것이다

깜짝 놀란 마리우스 가리미에 씨는 즉시 경찰을 불러서 경찰관의 입회 하에 창문을 통해 방으로 들어갔다.

창가에서 2m쯤 떨어진 침대 사이의 카펫 위에 파자마를 입은 채로 르 프랑소와 씨의 시체가 있었다. 주위에 격투의 흔적은 전혀 없었다. 시체에는 한 발의 탄환 자국이 있었고 탄환은 심장을 꿰뚫고 지나간 것으로 보인다. 만약을 위해 의사를 불렀으나 의사는 피해자의 사망을 확인했을 뿐이다.

관할서에서 개시된 수사는 경시청에 인계되어 진행중으로 현재는 아직 확실치 않다.

우선 현장의 모습을 간단하게 설명하자면 다음과 같다.

오스카르 르 프랑소와는 독신자용의 아파트에 살고 있었는데 그의 아파트는 건물 1층 오른쪽을 대부분 점령하고 있다. 건물은 대부분의 임대 아파트처럼 넓은 복도를 경계로 해서 두 개로 구분되어 있다.

아파트 내에서는 문지기의 방만이 고립되어 있는데 그곳에서 문지기는 아내와 함께 살고 있다.

아파트에는 통로로 향한 전용출입문이 있다. 대기실로 이용되고 있는 포치(건물의 입구에 지붕을 갖추어 만든 구조물), 침실겸용의 거실(이들은 항상 여기에 있는 침대에서 자고 있었다), 욕실, 작은 흡연실로 되어 있었다.

침실에 있는 두 개의 창문은 통로를 향해 있고, 욕실과 흡연실의 창문은 정반대의 중간 뜨락을 향해 있다.

오스카르 르 프랑소와 씨(45세)는 재계에서는 꽤 알려진 인물로서 소위 사교계에서도 상당히 얼굴이 팔려 있는 인물이다.

그는 상당한 재산가였으나 소문에 의하면 수 년 동안 몇 백만이나 되는 재산을 탕진하고 그 이후는 여러 가지 일을 중개하여 수수료로 생활하고 있었던 모양이다.

오스카르 르 프랑소와는 키가 크고 미남으로 눈치가 빠르고 재기발랄했다. 뿐만 아니라 여성들에게는 인기가 대단한 남자였다.

사실, 매일 아침 피해자의 시중을 들었던 문지기는 수개월 동안 많은 여자들이 드나들었다고 말했다.

하지만 현재의 애인인 자니이느 M이라고 하는 여성과 사귀게 된 후부터 프랑소와 씨의 행실은 눈에 띄게 좋아진 모양이다. M의 나이는 25세로 꽤 콧대가 센 여자다.

그녀는 피해자와 함께 살고 있었는데 사건이 일어난 어젯밤은 여느 때와는 달리 미로메니르가로 돌아오지 않았다. 문지기의 말에 의하면 이런 일은 한 달에 한두 번 정도이다.

처음 M이 외박을 했을 때에는 프랑소와 씨가 굉장히 화를 냈기 때문에 문지기와 그의 아내는 프랑소와 씨의 고함소리를 들었다고 한다. 범행이 있었던 밤에 무슨 일이 일어났을까? 그 날 밤, 르 프랑소와 씨는 평소와 다름없이 식당에서 저녁식사를 마치고 10시경에 귀가한 것으로 알려져 있다.

그 후 아마도 그는 독서라도 하고 있었을 것으로 추정된다. 어쨌든 그가 담배를 피웠다는 것은 분명하다. 재떨이에는 여송연의 꽁초가 다섯 개나 발견되었다.

새벽 3시 정각에 문지기는 총소리에 잠이 깼다. 그는 침대에서 일어나자마자 본능적으로 시계를 보았다고 한다.

그의 아내가 이렇게 말을 하지 않았다면 아마 문지기는 밖으로 나와 보았을 거라고 한다.

"펑크 소리……. 자동차 소리가 난 것 같았어요……."

문지기는 잠시 동안 귀를 기울였지만 아무 소리도 나지 않자 곧 잠자리에 들었다.

현장의 상태로 보아도 격투 따위는 없었던 것이 확실하다.

침대는 약간 흐트러져 있었는데 이로써 사건을 재현하면 대략 다음과 같다.

오스카르 르 프랑소와 씨는 아마 꽤 늦은 시간에 잠자리에 들었을 것이다. 범인은 유리창에 가루비누를 바른 후에 창을 부쉈기 때문에 소리가 전혀 나지 않았다.

그러나 아마도 범인은 방 안에서 뭔가에 부딪쳤던 모양이다. 여하튼 프랑소와 씨는 무슨 소리에 놀라 일어나서 두세 발자국 앞으로 내디뎠다. 순간 그는 범인에 의해 몸을 지킬 겨를도 없이 쓰러졌다.

그러나 한 가지 이상한 일이 있다. 르 프랑소와 씨는 매일 밤 침대 곁에 있는 나이트 테이블에 총을 놓아두는 습관이 있었기 때문에 팔만 뻗으면 무기를 집을 수 있었던 것이다.

그런데 피해자는 그렇게 하지 않았을 뿐만 아니라 창문이 열려 있는 것을 발견하고도 무기를 집으려고도 하지 않았다. 총은 여섯 발의 탄알과 함께 나이트 테이블 위에 놓여 있었다.

서랍은 열려 있었고 현금 7만 프랑이 도난당했다.

수사관들은 이 때문에 무기를 든 단순침입강도는 아닐까 하고 생각하고 있다.

이 돈은 다음 날 칸느로 출발 예정이었던 르 프랑소와 씨가 그 날 아침에 은행에서 인출한 것이다. 애인인 자니이느는 자발적으로 경찰에 출두하여 그 날 밤엔 옛 애인 잔과 함께 밤을 보냈다고 진술했다.

그녀는 한밤중에 연극이 끝난 직후 바로 귀가할 생각이었는데 뜻밖에도 우연히 옛날 애인을 만났다고 한다. 그가 집요하게 치근댔기 때문에 그녀는 돌아갈 기회를 놓쳤다고 한다. 그녀는 수사관에게 방에 7만 프랑이 있는 것을 알고 있었다고 진술했다. 한편 그녀는 르 프랑소와 씨와 칸느에 동행할 예정은 아니었고, 이 여행이 프랑소와 씨와 헤어지는 계기가 되지 않을까 하고 생각하고 있었다고 진술했다.

그녀는 동거생활은 그다지 행복하지 않았고, 두 사람 모두 질투심이 강하고 또 바람기가 있었다고 말했다.

그러나 2주일쯤 전에 르 프랑소와 씨는 무슨 생각인지 몰라도 10만 프랑의 생명보험에 들고는 자느이느 양을 수혜자로 지정했다.

이상이 지금까지 판명된 사실이다. 경찰 당국은 아직 수사 결과를 공개하지 않았다.>

"어떻게 생각하나?" 하고 조젭 르보르뉴가 내게 물었다.

그는 멋있는 포즈를 취하며 핑크색 파이프로 담배를 피우고 있었다.

"글쎄, 이 사건의 범인은⋯⋯."

"범인의 얘기가 아니라 기사가 어떤가 하고 묻는 거라네. 범죄기사란 모조리 이것을 본떠야 할 거야. 물론 지금 자네가 읽은 기사는 다소 가시가 있어. 기자가 은근히 본심을 말하고 있으니까 말이야. 그러나 이 기사에는 사소한 점도, 예를 들면 여송연의 꽁초가 다섯 개 있었다는 것도 빠뜨리지 않았네. 여송연은 <코로나>였어. 문지기에게 전화를 걸어 확인해 보았지. 담배를 피우는 자라면 한 대를 피우는 데 보통 약 40분 정도 걸리지⋯⋯. 그런데 말이야, 이 도면을 잠깐 보게나. 경찰에 있는 친구에게 부탁해서 그려 달라고 한 것인데⋯⋯."

"자료는 이것뿐인가?"

"글쎄⋯⋯. 르 프랑소와의 애인인 자니이느 모레르에 대한 조사 보고서의 발췌가 있네. 그다지 신통치 않군. 소실 태생이고⋯⋯ 부친은 전과자에 노점상인이며⋯⋯."

"르 프랑소와는 진심으로 헤어질 작정이었을까?"

"자료를 읽어보게! 내가 알고 있는 것도 자네와 같은 정도야. 그 자료에 내가 알고 있는 것이 몽땅 있다네."

"자니이느 모레르는 아파트의 열쇠를 가지고 있었나?"

"한 개를 가졌다네."

"그럼 그 날 밤은 어디에 있었지?"

"호텔이라네. 숙박인의 출입 같은 것은 전혀 간섭하지 않는 곳이라네. 분명히 말하자면 애매한 여관 중의 하나야. 시간 당 또는 일일 단위로 방을 빌릴 수 있네. 담당 급사의 말로는 두 사람은 1시경에 왔다고 하네. 돌아가는 것은 보지 못했다고 하고⋯⋯. 그런 호텔은 지불을 선금으로 하니 언제 나가는지는 신경쓰지 않겠지."

나는 신문의 스크랩과 도면을 눈앞에 펼쳤다.

"이 엽서는 뭔가?"

비어 있었다고 생각했던 서류철에서 장방형의 두툼한 종이를 발견하고 내가 물었다.

"기상대에 문의한 회답이야. 읽어보게."

"'파리지구, 4일에서 5일에 걸쳐 밤엔 북서풍이 세게 불고 오전 2시에서 3시 30분까지는 비'라고 쓰여져 있군."

조젭 르보르뉴는 귀찮은 듯이 말을 이었다.

"범행 날 밤의 날씨라네. 그뿐이야! 아직도 모르겠나?"

섣불리 결론을 내릴 수 없다. 나는 연필을 들고 도면의 여백에 이름을 차례로 써 넣었다.

오스카 르 프랑소와
자니이느 모레르
그녀의 연인
문지기
미지의 범인

나는 연필로 이 다섯 사람 중 누군가를 고발하려는 듯 망설이면서 선을 그어 갔다. 그러나 결국 나는 도중에서 멈춰 버렸다.

조젭 르보르뉴는 일어서서 어깨 너머로 내가 하는 것을 들여다보고 있었다.

이름이 도면 위에 쓰여지자 "흐응!" 하고 그가 앓는 소리를 냈다.

나는 득의에 찬 표정으로 말했다.

"전부 조사를 해보지 않으면 아무리 뜻밖의 인물이라도……."

그러나 10분이 지나도 연필은 여전히 허공에 떠 있었다. 그러자 르보르뉴는 내 연필을 가볍게 눌러 어떤 이름 쪽에 억지로 내려놓았다.

"도면이라니까!"

그는 가엾다는 듯이 중얼댔다.

"도면을 읽게나! 모든 것이 거기에 있단 말이야……."

연필 끝이 누르고 있는 것은 문지기였다.

"아주 간단하지 않는가!" 하고 조젭 르보르뉴가 설명했다.

"도면과 일기예보가 열쇠라네! 범행은 3시였어, 알겠나, 3시란 말이야! 그 무렵에는 북서의 강풍과 함께 비가 왔었네. 따라서 비는 유리창을 씻어 내렸지. 그런데도 유리창에는 비누가 묻어 있었네. 그리고 방에는 물방울 자국도 없었다고!

바꿔 말하면 유리창에 비누가 칠해지고 깨진 것은 오전 3시 반 이후 즉 범행 후라는 얘기지. 도면을 보게나…… 가령 누군가가 통로로 향한 입구를 통해 들어갔다고 한다면 포치나 방에는 당연히 발자국이 남아 있었을 테지. 경관이 그것을 빠뜨릴 리 없어.

여송연의 꽁초로 보아 르 프랑소와가 잠든 것은 꽤 늦은 시간이었을 거야. 오히려 자리에 누울 틈조차도 없었을지도 모르지. 그리고 침대 뒤에 잠겨진 문이 있었지 않나. 누군가가 그 문 뒤에서 꼼짝하지 않고 감시하고 있었을 거네. 이 문이 잠겨져 있다고 생각한 것은 피해자뿐이었고 실제로는 누군가가 열쇠를 뽑아 두었지. 범인은 상대가 잠옷 차림을 하는 것을 기다렸다가 문을 절반쯤 열고 총을 쏘았네. 그리고 침대를 헝클어뜨린 거지. 서랍을 열고 돈을 안전한 장소로 옮기는데 고작 30분만 있으면 충분했겠지. 비가 멈추자 범인은 집 밖으로 나갔네. 창문에는 밖에서 비누를 칠해두었지.

비누를 사용한다는 것은 여자 따위는 생각하지 못해! 하지만 입주자의 심부름을 하고 있던 문지기는 그런 것쯤은 알고 있었을 걸세. 분명히 말해서 계획치고는 그다지 나쁘지 않았지만……"

SSS 금고

조젭 르보르뉴는 여러 가지 신문기사를 읽고 있었다. 아니 정확히 말하면 그는 3면의 기사만을 음미하고 있었다. 'SSS'라고 쓰여진 서류를 내게 준 것도 어쩌면 자기가 방해받고 싶지 않았기 때문인지도 모른다.

파리의 어느 유력 일간지의 보도가 먼저 나의 눈에 띄었다.

<수수께끼의 절도사건.

알센 뤼팽과 같은 괴도의 솜씨로도 해결하지 못할 깜찍한 절도사건이 오스망 가에서 발생했다. 사건은 극도로 복잡하고 이상했다. 거의 2주일이 경과됐는데도 사건 발생의 정확한 날짜조차도 파악하지 못하고 있는 형편이다.

최근에 150만 프랑의 자본금으로 설립된 합성당업주식회사(合成糖業 株式會社)는 오스망 가 36번지에 있는 커다란 건물의 2층에 자리잡고 있다.

이 회사는 최신식의 설계로 만들어진 거대한 금고를 자랑하고 있다. 회사가 설립되었을 때—지금으로부터 1개월 전의 일이다. —이 회사의 중역 3명의 입회 하에 시가 100만 프랑의 유가증권이 이 금고 속에 넣어졌다. 모로프스키 기술사가 발견한 합성당의 제조법인 화학식도 봉인된 봉투 속에 넣어져 함께 금고 속에 보관되었다.

이 금고는 SSS의 지시에 따라, '르로와 상회'가 특별히 제조한 것으로서 이것을 열려면 세 개의 열쇠가 필요하다. 이 세 개의 열쇠는 3명의 중역이 각각 하나씩 보관하고 있다. 그런데 어제 몇 장의 필요한 증권을 꺼내기 위해 중역들이 모여 금고를 열자 놀랍게도 금고는 텅 비어 있었다. 금고를 억지로 연 흔적은 전혀 없었다. 경시청의 감식과에서는 강철 위에 지문이 남아 있지 않았는가 하고 조사를 해보았으나 이상은 없었다.

이 회사의 중역인 모로프스키, 제르멩 마살, 앙리 르블랑의 증언은 모두 일치했다. 그들의 증언에 의하면 금고를 연 건 단 한 번, 유가증권과 합성당의 제조법인 화학식이 봉인된 봉투를 넣었을 때뿐이었다. 또한 세 사람은 모두 열쇠를 손에서 뗀 적이 없다고 증언했다.

금고를 제작한 제라르 르로와 씨는 아무리 정교한 도구를 가진 도둑이라고 해도 세 개의 비밀장치를 모두 열 수는 없을 것이라고 말하고 있다.

조사는 진행되고 있지만 증권과 화학식이 도난당한 날짜조차 확실치 않은 현 상황에서 보면 수사의 전망은 어두워 보인다.

그러나 해결의 실마리가 전혀 없는 것은 아니다. 암스테르담에서는 이와 같은 종류의 범행을 전문으로 하는 일당들이 있는데, 그중 한 사람이 약 1주일쯤 전에 파리에 모습을 나타냈다.

그러나 그의 발자취는 아직 명확치 않다.>

르보르뉴는 내게는 신경쓰지 않고 여전히 신문에서 눈을 떼지 않고 있었다. 나는 사건에 대하여 이러쿵저러쿵 말하며 그의 주의를 끌어보았으나 모조리 허사였다. 결국 체념을 하고, 나는 어느 주간신문에서 오려 낸 기사를 꼼꼼히 읽기 시작했다. 이 신문은 선정성과 폭로성의 아슬아슬한 경계를 유지하는 데 신경을 쓰는 신문으로 기사의 내용은 가까스로 명예훼손으로 고소당하지 않을 정도의 수준을 유지하고 있었다.

<세 사람 중 누가 도둑일까?

SSS(합성당업주식회사) 사건에 관한 유력 일간지들의 보도는 매우

담담한 것이었으나 이것은 진실을 낱낱이 밝히려고 하지 않는 유력 일간지들의 상투적인 수법이다.

그러므로 본지는 이 사건을 유력 일간지들의 보도보다 한층 심도 있게 파헤쳐 독자들의 알 권리를 충족시키고자 한다. 이 기사를 읽고 나면 독자들은 이 사건이 상상조차 할 수 없을 정도로 우스꽝스러운 촌극에 지나지 않는다는 것을 알게 될 것이다. 무슨 까닭인지는 몰라도 리샤르 르노와르 가에 살고 있는 금고 제작자 르로와 씨의 자발적 증언이 비밀로 되어 있다. 본지가 긴급 입수한 르로와 씨의 증언은 그가 금고의 조립을 의뢰하고 있는 장 바티스트 카넬에 대한 이야기를 주 골자로 하고 있으며, 이 카넬이라는 사람은 오스망 가의 금고를 설치한 장본인이다.

SSS가 설치되고 며칠이 지난 어느 날 밤 10시경—그 무렵에는 아직 유가증권과 화학식이 금고 내에 안전하게 보관되고 있었다. —카넬의 자택에 이성을 잃은 제르멩 마살이 찾아왔다.

마살은 현재 금고에 넣어 둔 서류가 급히 필요한데 나머지 열쇠를 가지고 있는 두 명의 중역이 각각 마르세이유와 외국에 가고 없다고 말하며 카넬에게 오스망 가까지 동행해 줄 것을 요청했다. 두 개의 열쇠가 없지만 어떻게 해서라도 금고를 열어달라고 부탁한 것이다.

카넬은 망설였다. 그러나 곧 그는 기술적으로 불가능하다고 대답했다.

마살은 보기 안타까울 정도로 금고를 열 다른 방법이 없는지 알아봐 달라며 카넬에게 애걸했지만 카넬이 단호히 거절하자 결국 자기가 방문한 것은 누구에게도 말하지 말아달라고 부탁하고는 돌아갔다.

카넬은 다음 날 이 놀라운 사실을 르로와 씨에게 전했다.

당연히 예심판사가 카넬을 심문했다. 카넬은 앞서의 진술을 되풀이했다. 게다가 고용주 르로와 씨에게는 보고하지 않았던 중대한 사실 하나를 덧붙였다.

마살의 방문 후 나흘이 지나서 이번에는 앙리 르블랑이 카넬의 자택에 나타났다는 것이다.

앙리 르블랑은 길게 서론을 늘어놓은 후에 만약 카넬이 금고를 여는 일에 협조해 준다면 5만 프랑을 주겠다고 제의했다. 이번에도 카넬이 거절하자 앙리 르블랑은 입 밖에 내지 않도록 부탁하고 침묵의 대가로 1만 프랑의 수표를 지불하려고 했다.

카넬이 이마저도 거절하자 앙리 르블랑은 수표를 책상 위에 올려놓고 돌아가 버렸다. 카넬은 유혹을 이기지 못하고 다음 날 그 수표에 손을 대버렸다고 한다.

보는 바와 같이 사건의 양상은 유력 일간지가 말하는 것처럼 명백하다고는 할 수 없다. 게다가 사건의 숨겨진 이야기는 이뿐만은 아니다! 앞서 말한 유력한 두 명의 용의자 외에도 세 번째 용의자가 있다. 그는 바로 모로프스키 씨다.

모로프스키 씨는 러시아 인으로, 그가 기술사란 것은 새빨간 거짓말이다. 그는 겨우 리에주 공업대학의 강의를 1년간 청강한 적이 있을 뿐이다. 그는 사기사건으로 이 도시에서 유죄판결을 받을 위험이 있었기 때문에 베를린으로 도망쳤다. 그곳에서 모로프스키는 합성당이라는 아이디어를 생각해내어, 그것을 들고 다니며 몇몇 실업가의 관심을 끌려고 했다.

한 번은 성공 단계에 이를 뻔했으나, 막상 실험을 하는 당일에 이르러 입회했던 기술자에게 속임수를 간파당하고 말았다.

그가 그때 고소를 당하지 않은 것은 독일의 실업가들이 단 한 사람의 사기꾼에게 몇 주일 동안이나 속아 왔다는 사실을 공개하고 싶지 않았기 때문이었다.

그러나 모로프스키의 사기행각은 꺾이지 않았다. 그는 다만 전쟁터를 바꾸었을 뿐이다. 그는 파리로 나와서 마살과 르블랑을 만나게 되었다. 두 사람은 모로프스키의 발명을 실용화하기 위해서 회사를 설립하기로 합의했다.

이 세 사람이 서로를 얼마나 신용하는가는 삼중의 자물쇠가 붙은 금고를 주문하고 열쇠를 나누어 가지고 있는 것으로 미루어 짐작할 수 있다.

세 사람 중 누가 도둑인가? 그리고 금고를 연 자는 누구인가? 금고 안에는 실제로 무엇이 들어 있었는가? 게다가 마살과 르블랑이 출자한 유가증권이란 어떤 것인가?

진상을 폭로하는 것이 본지의 임무는 아니다.

결론적으로 본지는 이렇게 되풀이할 수밖에 없다.

결국 세 사람 중에서 누가 도둑이었는가?>

중요한 서류는 이것뿐이었다. 그 밖에 세 개의 열쇠의 사진, 금고와 자물쇠의 사진, 오스망 가의 회사의 배치도 등이 들어 있었다.

"어떻게 생각하나?"

신문에서 눈을 떼지 않고 조젭 르보르뉴는 나에게 물었다.

"물론 관계자 중의 한 사람이 도둑이로군."

그는 어깨를 움츠리더니 일어섰다.

"자네는 금고에 대해서 뭔가 알고 있는 게 있나? 그렇다면 한 번 르로와 씨가 한 말을 되풀이해서 들려주겠네. 르로와 씨는 말이야, 사업가로서는 지극히 성실한 인물이지.

아무튼 그가 내게 이런 전화를 걸어왔네. '금고는 억지로 열려진 것은 아니다. 보통의 절도수법으로 연 것 같은 흔적은 전혀 없다. 열쇠로 열었다는 것은 틀림이 없다.'라고."

"모로프스키에 관한 주간지의 정보는 정확한 것인가?"

"그래. 그는 아무래도 정말로 비열한 사기꾼인 모양이야."

"마살은?"

"가짜 실업가."

"앙리 르블랑은?"

"무슨 짓이라도 서슴지 않고 해치울 녀석."

"밤중에 사무실에 몰래 들어가는 것은 간단한가?"

"사무실은 어디나 비슷해. 입구의 한 군데는 반드시 열리지. 도둑의 입장에서 본다면 어린애를 속이는 것처럼 손쉬워."

"문지기 할멈이 있지 않나?"

"문지기란 모두 똑같아. 밖에서 이름을 부르면 제대로 확인도 않지. 반은 잠이 덜 깬 어리둥절한 상태로 끈을 잡아당길 뿐이라고."

"세 사람의 중역은 사이가 좋았었나?"

"만나면 별 수 없이 미소도 지었겠지만 내심은 서로 경계했네."

"그럼 지금은?"

"서로 책임을 전가하는 중이지. 카넬에게 부탁한 건에 대해서는 마살도 르블랑도 조리에 맞는 설명을 하고 있네. 러시아 인이 실험을 하루하루 연기했기 때문에 두 사람은 속은 것 같은 기분이 들었다는 거야. 그래서 봉투의 내용을 확인해 보고 싶었다는 것이지."

"모로프스키 쪽은 뭐라고 하고 있나?"

"자기야말로 그들에게 속은 것이고, 그 두 사람은 유가증권을 되찾아 가고 싶었던 거라고 하네."

"그건 또 어째서일까?"

"그 자의 말로는 그 유가증권은 한 푼의 값어치도 없다는 걸세. 요컨대 유령회사를 만들어 자기의 발명을 훔쳐갈 수단에 불과하다는 거지.

금고에 보관된 것은 주식거래소에서 말하는 장외주권(場外株券)에 지나지 않았던 모양이야. 일단 합성당의 제조법을 알아내서 남은 두 사람이 그것을 실용화하든가 팔아 치울 계획이라는 거야."

"흠, 그래서 도대체 누가 범인인지는 짐작하고 있는가, 판사는?"

"짐작은커녕 밤에도 제대로 잠을 못 잘 정도라네. 아, 잠깐, 잠을 못 잔 건 어제로 끝났나?"

"어제까지라니."

"요컨대 내가 진상을 밝혀낼 때까지란 말일세."

서류 사이에 편지의 사본이 끼어 있었다. 내용은 다음과 같았다.

귀하가 가지고 있는 유가증권과 합성당 화학식이 들은 봉투를 SSS 사건담당 예심판사 앞으로 제출하십시오. 증권은 가치가 없으며, 봉투 속에 들어 있는 것은 백지뿐이라 전혀 쓸모가 없습니다.

내 추리가 터무니없다는 둥, 협박에는 말려들지 않을 거라는 둥, 그런 것은 아무래도 좋소. 내가 말하고자하는 바는 이와 같은 어리석은 사건따윈 빨리 얼버무리는 게 좋다는 거요. 그렇게 생각하지 않소?

진상을 얘기하시오, 그것만으로도 충분하다고 생각합니다.

카넬 귀하

"그래, 그 자는 진상을 얘기했는가?"

"물론 얘기했지! 참으로 단순한 진상이었네! 이 남자는 본성은 착한데 말이야, 파리에 있는 대부분의 금고의 비밀을 알고 있었지만 그 경험을 이용해서 금고털이를 해 볼까 하고 생각해본 적은 한 번도 없었지. 그런데 별안간 금고의 소유자들이 자기를 찾아와서 유혹했네. 어떤 녀석은 5만 프랑을 제공하겠다고까지 하고……. 카넬의 생각은 한 재산 들어 있는 그 금고에서 떠나지 못하게 됐네. 그래서 카넬은 머리를 썼네. 어쨌든 최초의 열쇠를 만든 것은 그였으므로 그는 금고를 자기 손바닥처럼 다 알고 있었네. 또 금고의 열쇠 같은 것은 손쉽게 만들 수 있었지. 그래서 그는 어느 날 밤 오스망 가에 몰래 들어갔어. 하지만 모처럼 훔쳐 오긴 했지만 한 푼도 얻은 것은 없었지……."

"그래서 증권은 어쨌나?"

"모로프스키의 예상대로 값어치는 제로. 정말 그처럼 형편없는 회사도 있더군! 한 사람은 가공(架空)의 제품을 제공하고 다른 사람은 휴지나 다름없는 증권을 금고에 넣은 거야! 그런 주제에 모두가 부정이 발각되면 큰일이니까 자기가 금고에 넣은 것을 꺼내려고 기를 쓴 거지……."

"그렇지만 자네는 처음부터 카넬이 수상하다고 생각했었나?"

깜짝 놀라서 르보르뉴는 나를 바라보았다. 그리고 상상력이 모자라는 나에게 정이 떨어진다는 듯이 한숨을 쉬었다.

"가령, 그 3인조 중에 누군가가 범인이었다면 그 녀석은 우선 보통 도둑들이 하는 것처럼 꾸며 놓았을 거야. 그렇다면 사무실은 굉장히 흐트러져 있었을 것이고 문짝 같은 것도 부서졌거나 했을 테지. 그렇게라도 해두었더라면 SSS의 세 중역은 아무도 혐의를 받지 않았을 거야……. 생각해 보면 가엾기는 하지, 카넬이란 녀석은!"

서류 제16호

나는 눈앞에 서류를 산더미처럼 높이 쌓아 놓고서 그것을 넘기고 있었다. 조젭 르보르뉴는 전기난로 앞 의자에 길다랗게 누워 있었다. 눈은 감은 채였다.

내가 문득 페이지를 넘기는 것을 멈추고 있으려니까 르보르뉴가 피곤한 듯 한숨을 쉬며 말했다.

"그건 그만두게나!"

그 말을 듣자 나도 모르게 깜짝 놀라서 그에게 물었다.

"지금 내가 펼친 서류가 뭔지 아는가?"

"아마도 16호 서류겠지……. 그 밖엔 제목을 붙일 수가 없었던 거야……. 마닐라지(紙)의 서류철은 딴 종이로 만든 것보다는 까슬까슬하니까……."

"하지만 왜 그만두라는 것인가?"

"이유는 말이야, 그것이 독살사건이기 때문이지. 그 사건처럼 흉한 것도 없어……. 그렇지 않나, 추하고 말고! 어둡고 우울하고……. 살해라는 게 모두 흉측스러운 것이겠지만……. 독이란 무기는 특히 비참하고 비열한 사건에 반드시 사용되는 것 같아……."

르보르뉴의 한마디에 내 호기심은 용광로처럼 끓어올랐다. 나는 단연코 이 서류를 조사해 보리라 결심했다. 서류는 신문 발췌 기사부터 시작하고 있었다. 신문이니까 기사를 이런 식으로 쓴 것일까? 아니면 사건 자체가 이렇기 때문에 기사가 이런 식으로 쓰여진 것일까? 어찌되었든 간에 기사는 대중소설 같은 애처로운 여운을 띠고 있었다.

<소금절임업자의 독살.

어제 발생한 참극은 훼캉의 평화로운 사람들을 극도의 불안 속으로

몰아 넣었다.

사실, 희생자가 된 것은 이름이 알려진 소금절임업자로, 150명 이상이나 되는 남녀 종업원을 고용하고 있었다.

제르멩 포멜은 52세로, 훼캉 태생이며 오랫동안 시의원을 지내기도 한 인물이다.

포멜의 점포는 해안을 따라 쭉 뻗어 있고 그의 자택은 상류 쪽의 벼랑쪽에 위치하고 있다.

비극은 이 집에서 일어났다. 어젯밤 9시경 매주 행사대로 제르멩 포멜의 집에 친구들이 모여 트럼프를 즐기고 있었다. 남자들은 응접실에 있었고 여자들은 식탁에 남아 있었다. 커다란 난로에는 장작이 활활 타고 있어서 집은 매우 따뜻하고 온화했으며 분위기는 매우 활기찼다.

그 자리에는 시의 유력자가 두세 명, 부역장(副驛長), 판사 등이 있었다. 포멜의 표정은 여느 때처럼 어두웠다. 포멜은 1917년의 전쟁에서 머리에 포탄의 파편을 맞은 적이 있다. 파편은 두개골의 하부에 끼어서 적출이 불가능했기 때문에 제르멩 포멜은 이로 인해 끊임없는 두통에 시달리고 있었다. 그래서 포멜의 안색은 언제나 어두웠고 그의 기분은 항상 저조했다.

포멜은 그동안 게임을 계속하면서 몇 번이나 이마에 손을 대다가 아내를 불러 아스피린을 가져오라고 했다.

여전히 트럼프를 하면서 그는 물에 용해시킨 약을 들이켰다. 그러나 5분도 못 되어 포멜은 별안간 일어서더니 눈을 희번덕거리며 입술에 경련을 일으켰다. 그는 숨을 헐떡이면서 외쳤다.

"그 여자야! 나를 독살한 건……."

그의 외침이 그 자리에 어떤 작용을 미쳤는지는 상상하고도 남는다. 손님들은 포멜의 기분이 또 나빠진 것이겠거니 하고 생각한 것이다. 창백해진 포멜 부인이 의사를 불러오려고 했으나 포멜은 점점 미쳐 날뛰며 소리쳤다.

"놓치지 않겠다. 이 여우 같으니라고!"

이것이 그가 한 마지막 말이었다. 포멜의 얼굴은 납빛으로 변했다. 그는 경련하는 손가락으로 얼굴을 움켜잡았는데 이 때문에 피부에 붉은 얼룩점이 남았다.

포멜은 숨을 헐떡이다가 얼마 후엔 고통에 못이겨 몸을 비틀었다. 누군가가 우유를 먹이려고 하자 거친 동작으로 컵을 깨버렸다.

그는 입을 벌리고 눈을 치켜 뜨고서 벌벌 떨고 몸부림을 쳤다. 그러다가 끝내는 바닥에 굴러 굉장한 경련을 일으키면서 몸을 계속 비틀었다.

그 사이에 여자들이 근처에 있는 의사에 급히 연락을 취했고, 의사가 왔을 때에는 이미 때가 늦은 후였다.

수사는 즉시 개시되었다. 사인(死因)은 스트리크닌 중독이었다. 제르멩 포멜은 아스피린 대신 대량의 스트리크닌을 먹은 것이다.

그는 아스피린에다 카페인을 혼합해서 마시는 습관이 있어서 그의 방에는 언제나 이 약이 상자에 꽉 차 있었다.

그는 약을 물에 타서 마시는 것을 좋아했다. 그 날 밤도 그는 평소 습관대로 소량의 가루를 물에 타서 마셨다.

아스피린은 봉지에 넣어져 있었는데, 한 봉지에는 각각 0.5g씩 아스피린이 들어 있었다. 의사는 상자에 남아 있는 봉지를 검사해 본 결과 스트리크닌의 흔적은 전혀 없다고 말했다.

따라서 겨우 한 봉지에만 스트리크닌이 혼합되어 있었던 것이 분명하다. 불행하게도 포멜 부인은 독이 든 봉지를 우연히 고른 것이다. 아마도 이 봉지는 가장 위에 놓여 있었던 것이라고 생각된다.>

<전후의 가정(家庭).

조사 결과 그 밖에도 몇 개의 특수한 사정이 판명되었다. 개중에는 훼캉에서 공공연하게 알려진 사실도 있다.

포멜 부부는 사이가 좋다고는 할 수 없었다. 첫 결혼에서 제르멩 포멜은 아들 하나를 두었다. 아들의 이름은 레옹으로 금년에 18살이 된다. 전쟁 직전에 아내가 죽자 제르멩 포멜은 전쟁중에 자기보다도 열다섯 살이나 적은 젊은 여성과 재혼을 했다. 하지만 부부생활은 원만치 못해서 전쟁이 끝났을 무렵에는 그들 사이는 서먹서먹해졌다.

전쟁중에 입은 부상 탓인지 포멜의 성격은 180도로 변했다. 그에겐 이제 옛날의 명랑함도 정열도 없었다. 그는 항상 불쾌한 모습으로 주위에 무슨 소리라도 들리거나 하면 몹시 불평을 했다. 그는 사업상 출장이 잦았는데 항상 그것이 고문이나 다름없다고 말했다. 기차나 자동차의 요동이 머리에 견딜 수 없는 통증을 일으켰기 때문이다.

포멜 부인은 젊고 아름다워서 남자가 좋아하는 타입이었다. 15년이나 연상인 남편의 불평에 시달리던 그녀는 쾌락에 굶주리고 있었다. 그녀는 3년쯤 전, 유명한 선주(船主)의 아들 에드가르 도르샹이 집요하게 사랑을 호소했을 때도 거절하지 않았다. 부인은 그와 뜨거운 사이가 되었고, 얼마 후 두 사람의 사이는 공공연한 비밀이 되었다.

마을 사람 누구나가 포멜 부인과 에드가르 도르샹의 관계를 알고 있었고 제르멩 포멜 역시 이를 알고 있었다.

포멜 부인은 도르샹과 함께 달아나겠다고 하며 포멜을 협박하기도 했었다고 몇몇 친지들이 증언했다.

그럴 때마다 포멜은 얼굴이 새빨개지며 크게 화를 냈지만 꾹 참고 눈을 감아 버렸다.

"그녀가 없으면 나는 살 수 없어." 하고 그는 친구에게 고백했다.

이번 참극에 대해 포멜의 친구들이 놀라지 않은 것도 당연하다. 에드가르 도르샹은 아직 스물다섯 살이었고 파리로 나가 애인과 함께 사는 것을 한사코 소망했었다.

결국 독살의 이유는 이것일까?

당국에서는 그렇게 생각하는 듯하다. 포멜 부인은 아직 구속되지는 않았으나 예심판사의 소환이 있는 대로 어느 때고 출두하라는 지시를 받았다.

에드가르 도르샹은 오늘 오전 중에 심문을 받을 예정이다.>

"이것뿐인가?" 하고 내가 물었다.

"아니, 심문했던 조서가 있기는 하네. 그러나 그것은 읽을 필요도 없어……. 한마디로 말해서 줄리엣 포멜은 그것을 부인했고 에드가르 도르샹도 부정했네. 레옹은 계모의 소행이라고 주장하고 계모 쪽에서는 전처 자식이 자신에게 복수하려고 꾸민 짓이라고 했지."

"그래서 결론은?"

"글쎄, 기다리게. 나는 이 레옹이라는 아들에 대해 조사해 보았네. 레옹은 키가 크고 몸이 가늘며 섬약하고 어딘지 음험해 보이는 소년 이야. 친어머니는 척추마비로 사망했어. 아마도 이것은 유전되는 게 아닌가 싶네……. 아무튼 레옹은 16살 때 계모인 줄리엣 포멜에게 애정을 품었지……."

"지금도 그럴까?"

"모르긴 하지만 그런 것은 아무래도 상관없어! 어쨌든 간에 포멜 부인은 남편의 전처 자식에게 아무런 감정도 없다고 분명히 말했네. 뿐만 아니라 그 여자는 이미 도르샹의 연인이었지."

"그럼 도르샹은?"

"그는 전형적인 시골 청년이야. 더군다나 응석받이에 방탕아더군. 그는 포멜 부인을 자동차에 태워 루앙으로 데리고 가서 공공연하게 자랑하면서 기뻐할 정도로 철이 없었어."

"약국은 탐문 수사해 보았나?"

"훼캉, 르 아블, 루앙, 디에프 주변 근처는 이 잡듯이 조사했지만 아무런 단서도 없었어."

"포멜은 부자였나?"

"아마 대재벌급은 될 거야……."

내 호기심은 점차 사라져 가고 있었다. 이와 같이 음산한 이야기, 맥빠지고 비열한 범죄를 눈앞에 대하니 불쾌감이 온몸을 짓눌렀다. 애정이라고는 조금도 없는 주제에 한 지붕 밑에서 살고 있는 사람들. 그 광경을 나는 상상해 보았다. 병에 정신을 좀먹히고 있는 포멜. 다른 남자를 사랑하며 남다른 인생을 동경하고 있는 줄리엣 포멜, 그리고 계모를 사모하고 있는 전처의 자식 레옹.

물론 모두 혐의를 부인했다. 피해자인 포멜이 던진 '그 여자야! 나를 독살한 건……'이라는 외침을 제외하고는 누가 범인이라는 확실한 증거는 어느 누구에게도 없었다.

조셉 르보르뉴는 여전히 눈을 감은 채 유유히 담배를 피우고 있었다. 전기난로의 따뜻함을 만끽하면서 말이다.

"이상한 일이야……."

갑자기 그가 중얼거렸다.

"이상하다니, 뭐가?"

"애써 수사를 한 것 말일세. 약국을 탐문하기도 하고 줄리엣 포멜이나 도르샹을 체포하거나 한 일 말일세. 두 사람은 꽤 항의를 했지만 결국 유치장으로 보내졌다는군."

"레옹은?"

"아슬아슬하게 유치장 신세는 면했네……."

"그 연인들은 석방되었는가?"

르보르뉴는 다리를 반대편으로 꼬았다. 오른쪽 다리가 난로의 열을 정면으로 받아서 뜨거웠던 모양이다.

"나는 판사 앞으로 명함을 보냈다네."

"그랬더니?"

"서류 속에 사본이 있을 거야. 찾아보게나."

명함의 사본에는 겨우 몇 줄이 적혀 있을 뿐이었다.

'예심판사님, 아무쪼록 <라루우스 백과사전>의 스트리크닌 항목을 읽어 주십시오.

조셉 르보르뉴'

"라루우스 사전에는 이렇게 쓰여 있네." 하고 르보르뉴는 말을 맺었다.

"'스트리크닌은 매우 심한 쓴맛이 있고 대단히 용해하기 어렵다.' 제르멩 포멜은 하루에 네댓 번 아스피린의 정량을 복용하고 있었네. 10년 동안의 습관이었지……. 그런 그가 실수할 까닭이 없지. 한 모금 마시면 쓴맛을 알아차릴 게 아닌가?"

르보르뉴는 신경질적으로 가볍게 몸서리를 치더니 계속했다.

"이런 복수를 생각해내는 것은 애정과 증오심이 어지간히 오랫동안 쌓여 있지 않으면 안 된다네. 그는 자기 방이나 혹은 옆방에서 치사량의 독을 마셨다네. 그리고 트럼프를 하면서 때를 맞추어 아내를 불러 아내에게 약을 가져다 달라고 한 거야. 아내가 가져다 준 약을 먹자마자 그는 발작을 일으키고 죽었지. 아내에게 죄를 뒤집어씌우면서……. 실은 그것이 자살이라고 해도 제르멩 포멜은 그다지 희생을 치르지는 않았어. 의사의 말에 의하면 그는 어차피 석 달 정도밖에 살 수 없었다더군."

기괴한 사체

그 날 조젭 르보르뉴는 매우 기분이 좋았다. 그는 내가 외투를 벗자마자 기다렸다는 듯이 사진 한 장을 쥐고서 내 코 끝에 내밀며 상냥한 말투로 외쳤다.

"이거라면 자네는 식은 죽 먹기라고 말할 거야!"

나는 르보르뉴가 이렇게 들떠 있는 것을 본 적이 없다. 여느 때라면 내가 담배를 피우고 있으면 반드시 꺼 달라고 말할 텐데 그는 내가 파이프를 물고 있는 것도 알아차리지 못했다.

그에게서 사진을 받아들고 내가 물었다.

"죽은 건가?"

"죽은 거라니! 즉사야! 눈 깜짝할 사이도 없었을 거야……."

사진의 사나이는 사무용 책상에 앉았을 때 습격당한 모양이었다.

그 책상은 흔해빠진 것이고 대량 생산품이었다. 책상 위에는 소유자의 직업을 나타낼 만한 특징 있는 도구는 전혀 없었다.

뿐만 아니라 그 도구는 엉망진창으로 흩어져 있었다. 남자의 상체가 앞으로 쓰러져서 전화기에 부딪친 순간에 수화기의 코드가 바닥 위에 질질 끌린 것 같았다.

사진의 사나이는 등쪽을 보인 채 몸을 심하게 움츠리고 있었다. 그래도 어깨는 보통 사람보다 훨씬 넓어 보였다.

"상처는 어딘가?" 하고 내가 물었다.

"정면에서 공격당했을까?"

르보르뉴는 싱긋 웃었다.

"상처라도 있으면 얘기는 훨씬 간단할 텐데 그게 없단 말일세! 하긴 타박상과 찰과상은 있었지. 전화기에 부딪쳤을 때에 피해자의 관자놀이에 생겼다네."

"그렇다면 자연사인가?"

여느 때라면 스크랩 한 신문기사와 빈틈없이 기록된 서류를 내게 건네 줄 텐데, 조젭 르보르뉴는 이번에는 그렇게 하지 않았다. 그는 서류를 손에 든 채로 계속 말했다.

"얘기는 대충 이러하네. 그 사진의 사나이는 에드몽 도르튜라는 사람으로 나이는 47살이야. 5년 전부터 랑공에 정착하여 가론느 강 부근에 있는 아름다운 집에 살고 있네.

랑공이란 곳을 알고 있나? 인구는 6천 명 가량이고 대개가 포도 재배로 생계를 유지하고 있지. 조용하고 평화로운 곳으로 보르도에서 50km쯤 떨어져 있다네.

도르튜는 우람하고 드물게 골격이 탄탄하네. 신문기자가 상세하게 묘사한 것에 의하면 그는 코가 붉고 눈은 파랗고 오른쪽 눈가에는 흉터가 있지.

도르튜는 자택에 살고 있으며 그 밖에 셍트, 크로와, 듀, 몽에도 포도원을 사들여 소작을 주고 있네.

시골식 표현으로 말하면 안락한 신분의 어른인 셈이지. 그는 포도재배자협회의 회원으로서 날마다 밤이 되면 그 모임에 나가서 두 시간쯤 시간을 보내네. 명랑하고 활달한 성품인 그는 경주마 한 필을 가지고 있네. 그리고 경주마를 마을 경마 경기에 출장시키곤 했었어."

"그뿐인가?"

"그렇게 재촉하지 말게! 수개월 전, 그는 페슈루라는 아가씨와 알게 되었어. 아가씨는 30살로, 혼자 살고 있지. 셍 마케르 즉 랑공에서 2km떨어진 곳에 살았었지.

처음에는 모두 이러쿵저러쿵 수근거렸지만 이윽고 에드몽 도르튜의 마음이 진심이라는 것을 알게 되었어. 그는 포도재배자협회를 팽개치고 거의 매일 밤 다리를 건너서 그녀를 찾아갔거든.

드디어 약혼이 발표되고 결혼식을 올리기로 되었었지. 그런데 식을 올리기 전날 범행이 일어난 거야."

"범행이라고?"

나는 깜짝 놀라서 되물었다.

"범행이란 말이 적절치 않다면 도르튜의 죽음이라고 고쳐 볼까. 아무튼 시체가 발견되었을 때의 상태는 다음과 같네. 참고로 미리 말해 두지만 내 이야기는 순수하게 객관적이라네. 내 사적인 판단을 전혀 언급하지 않겠네. 더군다나 주석도 일체 빼겠어.

에드몽 도르튜의 집은 랑공의 다른 사람들의 집보다는 약간 떨어진 위치에 있었네. 가론느 냇가의 도로가 뜨락의 나무 울타리 앞까지 뻗어 있지. 사방이 정원으로 둘러싸여 아름답게 가꿔져 있는 집이야.

한편 사건 당일 아침 10시경 마을 사람 여러 명이 자동차 한 대가 울타리 앞에 멈추고 세 명의 남자가 내리는 것을 보았네. 누구도 각별히 주의를 해서 본 것은 아니야. 다만 어느 어부의 얘기로는, 그 중의 두 사람은 회색 양복을 입고 차양이 달린 모자를 깊숙이 쓰고 있었고, 세 번째의 남자는 검은 펠트 모자를 썼다는 거야.

울타리에서 10m도 떨어지지 않은 곳에서는 아이들이 놀고 있었네. 자동차를 타고 온 자들이 내려서 뜨락으로 들어간 후 아이들은 자동차의 보닛에 올라갔지. 그 장소는 말이야……. 조금이라도 총소리나 큰소리 같은 것이 났다면 반드시 들릴 장소였어.

그러나 아이들에게 물어봤지만 아무 소리도 못 들었다고 하는 거야.

15분쯤 지나서 세 명의 남자는 다시 자동차에 올랐고 보르도 방향으로 사라졌어. 그들은 부피가 있는 짐은 아무것도 들고 가지 않았어.

정오, 요컨대 한 시간 이상이 지나서 겨우 범행이 발견되었네. 우편 집배원이 에드몽 도르튜 앞으로 온 등기 우편을 가지고 울타리를 밀고 현관 앞의 계단으로 들어섰지. 우편 집배원은 그곳에서 도르튜를 불렀으나 대답이 없었어. 그는 문이 반쯤 열려 있어서 포치로 들어갔네. 이름을 부르면서 기계적으로 두어 걸음 내딛는 순간, 반쯤 열린 서재의 문틈으로 도르튜의 등이 보였지. 자고 있는 거라고 생각한 우편 집배원은 농담을 하면서 가까이 갔네.

그러나 흩어진 책상 앞에서 우편 집배원은 깜짝 놀라 뒷걸음을 쳤지. 핏방울이 종이 한 장을 흥건히 적시고 있었던 거야. 가구는 엉망진창으로 부서져 있었고.

10분 후쯤 랑공의 주민들이 모두 모여들었네. 경찰은 구경꾼들이 방으로 침입해 오는 것을 막을 도리가 없었어.

오후가 되어도 수사는 이렇다 할 진전이 없었네. 도르튜의 관자놀이의 상처는 도저히 사인(死因)이 될 정도는 아니었고, 또한 에드몽 도르튜가 아무리 빨간 코에 뚱보라고 해도 뇌출혈로 죽지는 않았다고 의사가 진단했지.

가정부는 아침 9시에는 도르튜가 평소처럼 아직 집 안에 있었다고 증언했네. 도르튜는 따로 하녀를 두지 않았기 때문에 매일 두 시간씩 이 여자를 고용하고 있었네. 하녀는 도르튜의 건강상태는 매우 좋았고 천성이 몹시 명랑했다고 말했네. 자신의 결혼 얘기라면 가정부인 자기를 상대라도 정신없이 이야기에 열중했다고 하네.

가정부가 돌아갈 때 도르튜는 서류를 정리한다고 말하며 책상 앞에 앉아 있었다고 하네.

그런데 책상 위에는 백지밖에 없었단 말이야. 서류는 자동차들이 몰고 온 패들이 가져갔을까? 어찌 되었든 그 패거리들은 2층의 도르튜의 침실을 포함해서 그 집에 있는 가구를 모조리 뒤지고 갔네.

값진 물건은 몽땅 없어졌지. 약혼녀인 페슈루 양을 위해 이틀 전에 보르도에서 사들인 보석류도 함께 사라졌지."

조젭 르보르뉴는 흥분한 얼굴이었다. 평소에는 창백한 얼굴이 지금은 광대뼈 부근에 붉은 기가 감돌고 있었다.

"꼭 읽고 싶다면 이걸 전부 가져가게!" 하며 그는 말을 이었다.

"신문기사가 마흔일곱 편이네. 보르도의 신문이 이 사건을 왕창 대서특필했지. 어느 신문기자는 서재에 있던 한 벌의 자바 섬의 무기를 보고서 어쩌면 도르튜는 알 수 없는 독극물을 마신 게 아닌가 하고 추측하고 있네.

아무튼 검시가 시작되었는데 군데군데 좌창(痤瘡)의 부스럼과 오른쪽 엄지손가락에 상처가 있을 뿐, 그 밖에는 아무런 이상도 보이지 않았네. 독살이라는 사람도 있었고 또는 뱀에 물렸다는 말까지 나왔어. 도르튜의 시체만큼 법의학자의 골치를 썩힌 것은 아마 없을 거야. 시체는 리옹 대학의 해부실에 1주일이나 놓여진 채 전문가의 철저한 정밀검사를 받았지. 위 속의 내용물을 분석해 보았는데 그는 죽은 날 아침에는 우유와 꿀을 바른 빵조각밖에는 아무것도 먹지 않았어.

독극물 같은 것은 전혀 발견되지 않았네. 혈관에도 독은 없었지. 적어도 약물 반응으로 나타나는 독극물 같은 것은 발견되지 않았네.

탐문 수사 쪽도 결과는 보잘것없었네. 에드몽 도르튜의 출생지는 드로옴 지방으로 그는 15살 경에 파리로 나왔다고 하네. 배관공으로 일했었고 병역은 낭시에서 치뤘네.

그는 병역을 마치고 식민지로 멀리 돈벌이를 하러 나갔네.

15년 전에는 자바에서 농원 경영자로 성공했는데 풍토병에 걸려서 재산을 처분하고 프랑스행 배를 탔지.

그에게는 20만 프랑의 은행예금과 집, 포도원이 있었네.

공증인의 얘기에 의하면 집에 보관해둔 것은 약간의 유가증권과 보석, 그리고 비교적 적은 현금이라는 거야.

이번 이야기는 이게 전부일세. 아, 기다리게. 또 한 가지가 있어! 법의학자의 보고로 밝혀진 점이 하나 있네. 죽은 도르튜의 오른손 가운뎃손가락의 첫마디 부근에 커다랗고 둥그런 흉터가 있네. 이 흉터는 약 5년 전에 생긴 것 같아.

아무튼 이 사건은 3개월 전에 일어났네. 범인이 체포되지 않았으니 경찰은 지금도 틀림없이 수사를 계속하고 있을 거야……."

"그렇다면 자넨……."

나는 깜짝 놀랐다.

"그게 말이야, 어제서야 겨우 서류가 갖추어졌어. 정확하게 말해서 어제 낮에. 그리고 급히 서둘렀지만 예심판사에게 편지를 보낸 것은 2

시였네. 그러니까 내 편지를 아직 받지 못했는지도 모르지……."

조젭 르보르뉴는 애써 아무렇지 않은 듯한 어조로 말했다. 하지만 아무래도 자신만만한 만족감은 숨길 수 없었다.

"그럼 이번에는 자네 차례야." 하며 그는 얘기를 끝냈다.

"날더러 사건을 해결하라는 건가?"

"당연하지! 준비는 대강 해주었네. 게다가 그 사진을 노려보기 시작한 지 10분이 경과되지 않았나? 그런데 숨이 막힐 것 같군. 자네의 그 지겨운 파이프 때문에……."

그는 창문을 열려고 하더니 바깥의 얼어붙을 것 같은 추위가 몰려오자 바로 문을 닫아 버렸다.

"어떤가?"

나는 아픈 곳을 찔린 듯 움찔했다.

"자네 역시 두 시간은 걸렸네. 나에게도 그만한 여유를 주게……."

"그거야 좋지, 하지만 주의하게. 저번에 자넨 도면도 읽을 줄 몰랐지 않은가? 오늘은 사진을 보는 법도 모르는 게 아닌가? 하하, 아직 아무것도 알아차리지 못했나? 자네의 눈은 목구멍이나 매한가지로군."

"사인은 말이야." 하고 조젭 르보르뉴는 결론을 내렸다.

"전화야. 물론 전화기에 부딪힌 게 사인은 아닐세! 그는 걸려온 통화로 충격을 받은 거야. 집 안에는 아무도 없었네. 그러니 내부에서 누군가와 이야기를 나누다 충격을 받은 게 아니야. 외부에서 걸려온 전화 때문이야……."

"그럼 그 세 명의 남자는?"

"나중에 온 거야. 그들은 정원을 가로지를 때도 서슴지 않고 들어갔었네. 도르튜가 이젠 반항할 수 없다는 것을 그 자들은 이미 알고 있었던 거야……."

"아무래도 이해할 수 없는데……."

"바꾸어 말하면 도르튜는 공포로 죽은 거야! 이건 말이야, 알겠나?

사실 어제까진 그저 가설에 지나지 않았네……. 하지만 난 이 가설을 뒷받침할 확실한 증거를 확보했네. 교환원이 도르튜를 호출한 사실이 있었네. 보르도 국의 누군가가 9시 4분, 5분에 전화를 신청했다고 하네…….

통화의 상대가 한 사람인지 두 사람인지는 알 수 없네. 도르튜에게 무슨 말을 지껄였냐고? 그건 확실히 모르지만 아마 이런 게 아니었을까. '여보게, 동지, 우린 수배를 당하고 있네. 경찰이 냄새를 맡았어.'라고 말이야. 아마도 죽일 생각은 없었겠지만 도르튜가 황급히 달아날 거라는 것쯤은 짐작하고 있었겠지……. 때문에 도둑들은 멋대로 일을 할 수 있었던 거야…….

자넨 뭔가 석연치 않은 모양이군. 도르튜가 두려워했던 일이 뭔지 궁금한가?

가령 식민지에 가기 전 아니면 현지에서 말일세, 그가 악당들과 한패였다고 한다면……. 오른손 가운뎃손가락의 흉터는 프랑스로 돌아올 무렵에 문신을 지운 자국이 아닐까. 파란 반점인가 뭔가가 하는 것이 한패라는 것을 나타내주는 것이었겠지……. 가운뎃손가락 같은 곳은 좀처럼 다치는 곳은 아니거든. 한 번 시도해 보게…….

그건 그렇고, 도르튜는 랑공에 주거지를 정했네. 그러나 어느 날 옛 패거리들에게 들키고 말았지. 그는 대도시를 피해 다녔네. 생각해 보게, 그가 보르도에 간 것은 5년 동안에 겨우 한 번, 그것도 장래의 도르튜 부인의 보석을 사기 위해서였어.

그리고 발각되어 미행을 당했지. 그 결과가 바로 이걸세!"

조젭 르보르뉴는 책장에서 책을 한 권 뽑아서 내밀었다.

"오늘 밤 자고 싶지 않다면 이 책을 읽어보게. 공포에 관한 것, 공포를 불러일으키는 죽음 같은 것이 쓰여 있어."

"뭐, 잠을 자는 편이 좋을 것 같군." 하고 나는 어물거렸다. 다소 부끄러운 듯이 웃으면서.

B 중학교의 도난 사건

"어쩐지 이젠 나도 늙어가나 보군." 하고 나는 조젭 르보르뉴에게
말했다.

"중학교나 군대시절의 일을 생각하고 감상에 젖다니……, 청춘이 떠
나간다고 여기는 증거야. 요컨대 말이야, 인간은 다시 그 시절로 되돌
아갈 수 없다는 것이 확실해지면 처음으로……."

내가 들고 있는 것은 남프랑스의 아름다운 작은 도시 B시의 중학교
정면을 찍은 그림엽서였다. 밝은 크림색으로 칠해진 학교는 빛과 그늘
의 잡다한 얼룩이 번져 있었다. 검고 둥근 모자를 쓴 수위가 렌즈 앞
에서 포즈를 취하고 있는 엽서였다.

"이 안에서 살고 있는 자들은 자기들의 행복을 깨닫지 못하니까 말
이야!."

"서류 사이에 있는 두 장의 도면을 보게." 하고 그가 나를 꼬였다.

"지금도 아직 소년 같다는 생각이 들 걸세, 선생이 기를 쓰고 자네
의 돌대가리 속에 라틴어의 어미변화를 주입하려고 하고 있지. 플라타
너스가 있는 이 뜨락을 보게……. 그것과 눈부신 뜨락으로 향한 이 아
치……. 교실이나 자습실의 창문은 로느 강 계곡의 일부분을 내려보고
있지……. 실험실의 창문에서는 교회의 광장이 보이고 많은 사람들이
구슬 굴리기를 하고 있겠지……."

"흡사 조그마한 천국 같은데, 이런 곳에서도 살인사건이 있었나?"

"살인이 아니라 도둑이야……."

"그렇다면 도난을 당할 정도로 거액이 있었나?"

"정확히 2,383프랑 25상팀이야."

나는 필시 르보르뉴의 농담이라고 생각했다. 금액을 일부러 호들갑
스럽게 발음했으니까.

"그래서 자네는 그 2천 얼마와 몇 상팀인지 그것을 걱정하고 있는 것인가?"

나는 깜짝 놀라서 물었다.

"그것도 그렇지만 사건 전체가 참으로 재미있네. 뿐만 아니라 한 남자가 자칫하면 죽을 뻔했지……."

그는 신문의 스크랩을 집어 들어 내게로 내밀었다. 순간 나는 오싹했다. 표제가 매우 인상적이었기 때문이다.

<불미스러운 사건이 중학교를 뒤흔들다.>

기사의 본문은 다음과 같았다.

<우리 시의 평판을 손상시키지 않으려고 과거 1주일 동안 비밀에 붙여 왔지만 경찰은 현재 어떤 중대 사건을 수사중이다.

도난사건이 중학교에서, 그것도 명예 있는 교장 그로크로드 씨의 사무실에서 발생했다. 그로크로드 씨는 다년간의 공적을 인정받아 최근에 정부에서 레지옹 도뇌르 훈장을 수여받았다.

잡비 중에서도 주로 정육점에 지불할 예정이었던 2,383프랑 25상팀이 사라져 버렸다. 도난당할 때의 상황은 아무리 봐도 불가해하다고 할 수밖에 없다.

이 금액은 그로크로드 씨의 사무실 책상서랍에 넣어둔 것으로 서랍은 평소와 다름없이 열쇠가 채워져 있었다.

하지만 자물쇠도 망가지지 않았고 서랍도 억지로 열린 흔적이 없다. 열쇠는 하나 뿐으로 도난을 당한 밤에는 교장의 윗저고리의 호주머니 속에 들어 있었다. 윗저고리는 침대 위쪽에 있는 의자에 걸려 있었다.

수사는 내밀히 진행되고 있다. 유감스럽게도 범행은 현장의 사정을 잘 알고 있는 인물에 의한 듯하다.

수위는 범행 날 밤 어떤 사람이건 그가 모르게 학교 내에 들어올

수는 없었다고 단언했다.

또한 에리즈 그로크로드 씨는 부친의 사무실 바로 위에 있는 침실에 있었는데 아무런 소리도 귀에 들리지 않았다고 한다.

수사의 범위는 매우 한정되어 있다.

요컨대 교직자가 아닌 사람 또는 학교의 관계자가 아닌 외부 사람에게 혐의를 거는 것은 단념해야 한다.

우리들 신문기자도 절대로 비밀을 엄수하도록 요청받고 있다.

그렇긴 하나 본지가 강조하고 싶은 점은 이 기사가 쓰여지고 있는 지금 아마도 가장 수상한 용의자가 체포된 상태라는 것이다. 용의자는 다행히도 우리 시의 출신이 아니므로 그 점에 있어서는 독자들도 한 시름 놓기를 바란다.

게다가 문제의 인물은 그 태도와 풍채로 인하여 전부터 시민들의 반감을 사 왔으며, 그의 평소 행동을 보건대 그가 중학교를 무대로 이번과 같은 사건을 일으킨 것은 전혀 뜻밖의 일이 아니다.>

조젭 르보르뉴는 어깨 너머로 기사를 들여다보고 있었다.

"참으로 잘 썼는데, 이 기사는." 하고 그가 말했다.

"암시적이긴 하지만 이 신문은 학교 관계자 중에서 이 고을과 인연이 없는 유일한 인간을 지적하고 있으니까 말이야. 문제의 인물은 앙리 마조렐이라는 사감이야. 스물세 살의 문학사이며 전위적인 문예지에도 원고를 기고하고 있지…….

사진은 현재 내 수중에는 없네.

알퐁스 도테의 '꼬마'와 얼굴은 다르지만 성격은 똑같다고 할 수 있는 남자야.

이 마조렐의 키는 180cm, 붉으스레한 얼굴에 주근깨가 있어. 한눈에 농가 출신이라는 것을 알 수 있지. 갈색머리는 굉장한 곱슬머리며 매일 아침 빗질을 해도 어찌할 수 없네. 거동은 세련되지 못하고 겁쟁이에 몽상가며 격하기 쉬운 성질이라네…….

앞서도 말했듯이 마조렐은 전위적인 잡지에 기고하고 있었는데 그렇다고 산문적인 것을 경멸한 것은 아니야. 파리의 전 신문에 기사라든가 콩트나 단편소설 등을 보내고 있었네.

그는 원고를 보낼 때에는 언제나 이렇게 썼네. '저는 제 재능이 보도문에 적합하다고 자신합니다. 만약 쓸 만하다고 생각하신다면 언제라도 현재의 조그마한 직책을 팽개치고 귀사에 출근하겠사오니 아무쪼록 잘 부탁합니다.'라고.

그에 대한 회답은 정중한 거절뿐이었고, 때로는 답장조차도 없었네. 그자에 관해서 내가 알고 있는 것은 대충 이런 정도야……."

"그래서 체포되었는가?"

"처음에는 학교에서 밖으로는 나가지 않도록 명령받았지. 그리고 목요일에 학생들의 산책을 감독할 때는 다른 교사가 대신했네."

"그는 범행을 부인하고 있겠지?"

"결사적으로……. 그러나 교장이 그의 방에서 묘한 것을 발견했네. 시 팸플릿 속에 과학수사의 방법을 논술한 그롯스와 라이스의 저서가 두세 권 있었던 거야. 뿐만 아니라 식당 종업원의 진술에 의하면 그는 밤이면 이따금 방의 창문에서 손전등으로 뭔가 신호를 보내고 있었다는 거야. 마지막으로 학생들의 증언이 있었는데, 이것이 말하자면 결정타가 되었지.

어느 학교에서나 있는 일이지만 쉬는 시간에 그는 거의 아이들에게 둘러싸여서 사이좋게 잡담을 하네.

그런데 도난사건 며칠 전에 앙리 마조렐은 그롯스의 <수사법제요>를 들고 와서는 학생들에게 현재의 경찰은 범인을 발견하는 과학적 수단을 가지고 있다고 설명하면서 경솔한 말을 해 버린 거야. '그렇지만 만약에 나라면 경찰의 계략을 뒤집는 것쯤은 식은 죽 먹기지. 그런 것은 경찰의 수법을 완전히 이해하기만 하면 된단 말야!'라고."

조젭 르보르뉴는 담배에 불을 붙이고 두 장의 도면을 슬쩍 보았다.

"어떤가, 이 덜렁이의 모습이 눈에 떠오르는 것 같지?" 하고 그는 계속했다.

"물론 이와 같은 증언이 있으면 누구나 그를 수상하게 여길 걸세. 그러나 확실한 증거가 없으면 경찰은 행동하려 들지 않지. 더구나 도난당한 돈이 발견되지 않는다면 말이야. 마조렐이 어디엔가 먼 곳에 숨겨둘 가능성은 아마도 없을 테니까.

하지만 절도가 어떻게 해서 이루어졌는지, 즉 서랍을 열지 않고 어떻게 약 2천 3백의 돈을 꺼냈는지는 여전히 알 수 없었네.

경찰은 부랑자들을 모조리 붙잡아서 그들을 철저하게 심문해 보았네. 교장 선생은 음식도 제대로 넘기지 못하고 사람들을 의심하면서 몰래 곁눈질을 하는 습관이 몸에 배게 되었지.

교장 부인은 견디다 못 해서 제발 본부에 보고를 해서 이 사건에서 벗어나라고 남편을 설득했어.

쉬는 시간에는 학생들은 여기저기 뭉쳐 앉아서 경찰이 어쨌다거나, 발자국이 어떻고, 침입자가 어떻고 가택수사 운운하며 정신없이 논쟁을 벌이곤 했네.

앙리 마조렐은 이와 같은 소란 속에서 고립되어 있었지. 교실에서도 식당에서도 교정에서도 침울하고 절망적인 태도로 한구석에 우뚝 서 있었네.

시에서도 그는 환대받지 못했어. 터무니없이 크게 맨 넥타이라든가, 넓고 차양이 검은 모자 등이 괘씸하다고 사람들은 소곤거렸지.

그가 남자들로부터 외면을 당한 것도 어쩌면 부인들이나 젊은 여자들이 아주 마음에 든다는 눈초리로 그를 자주 바라보았기 때문일지도 모르지.

그의 커다란 모자가 부인들의 흥미를 끌었을까? 아니면 마조렐이 쓰는 시 때문이었을까? 어쨌든 그는 부인들에게 매우 인기가 있는 편이었네. 하지만 부인들에게 무례하게 군 적은 없다네.

도난 사고 후 1주일이나 지나서 교정에 있는 한 그루의 플라타너스 밑에서 천 프랑짜리의 지폐가 한 장 발견되었네.

북동풍이 불어온 덕택으로 땅바닥에는 나뭇잎이 잔뜩 떨어져 있었지. 그래도 그로크로드 씨는 지폐를 이곳에 둔 것은 도둑의 행위이며, 도둑이 두려워졌기 때문에 위험한 돈을 귀찮게 생각하고 버렸다고 주장했네.

다음 날 교장은 남은 돈이 되돌아올 것을 기대하고 몇 번이나 교정을 빙글빙글 돌면서 플라타너스 밑을 한 그루 한 그루 세밀하게 조사하고 다녔네.

하지만 그런 짓을 한들 돈이 나올 까닭이 없지. 저녁때가 되자 교장은 사무실에 앙리 마조렐을 불러들여 도둑이 쥐고 있는 1,383프랑 25상팀이 다음 날 정오까지 돌아오지 않을 경우에는 그를 경찰에 인도하겠다고 암시했네.

그것을 알아차린 마조렐은 시트처럼 창백해졌지. 말을 할 기력도 없이 방으로 돌아간 그는 일체 바깥출입을 하지 않았네. 마침 그 무렵에 교장은 파리에서 편지를 받았지.

사본은 거기에 있네. 내가 쓴 것이니까.

나는 이 사건을 참으로 우연히 알게 되었네! 남프랑스에서 무화과를 보내 왔는데 그때 신문지에 싸여 있었지. 그리고 자네가 맨 처음 읽은 기사가 바로 그 신문에 기재되어 있었네. 때론 이렇게 태평스러운 사건도 제법 재미있어……. 아무튼 편지는 읽어보지 않아도 되겠지? 자네 역시 모조리 알고 있을 테니까……."

나는 어깨를 움츠렸다. 꾸물거릴 필요가 없다. 괜히 조젭 르보르뉴를 우쭐거리게 할 뿐이니까.

나는 편지를 읽었다.

교장 선생님, 아무쪼록 당신의 책상 윗서랍을 빼 보십시오. 아마도 그 서랍에는 자물쇠가 채워 있지 않으리라고 생각됩니다만, 따라서 중요한 서류는 아무것도 넣지 않았을 겁니다. 열린 곳에서 팔을 뻗어 넣어 두 번째 서랍의 안쪽까지 넣어 보십시오. 두 번째 서랍은 더 깊숙하고 열쇠가 채워져 있을 것입니다. 아마도 여기에 그 도난당한 돈이 들어 있었겠지요.

도난은 사실상 그렇게 행해진 것입니다.

이미 깨달으셨으리라고 생각합니다만 두 번째 서랍의 안쪽까지 손이 닿는 것은 고작 15세 이하의 아이의 팔뿐입니다.

귀교의 사감은 경솔한 행위였는지는 모르지만 아이들 앞에서 자기의 형사적 후각(嗅覺)을 자랑했을 뿐입니다. 그리고 아이들은 그의 도전에 응한 것에 지나지 않습니다.

나무에 올라가라고 한마디만 하시면 아이들은 숨겨둔 돈을 돌려줄 것입니다. 그것은 아직도 나뭇가지에 놓여 있을 겁니다.

"자네가 말한 대로였겠지." 하고 내가 말했다.

"그런데 손전등의 신호란 건……?"

"생각해 보게. 그 신호는 어디서 가장 확실히 보이는가. 그로크로드 양의 방에서겠지, 응, 연인들이 교장선생님에게 반대를 당한다면 이건 약간 가혹한 처사가 아닌가? 아무튼 마조렐 군도 뭔가 보답을 받아야 하지 않나. 내 편지는 마침 적시에 닿았네. 편지를 읽은 교장이 황급히 마조렐의 방으로 달려가 보니 그는 침대의 바로 위에 끈으로 커다란 칼을 매달려고 하는 중이었네.

그의 고백에 의하면 라이스의 책에서 암시를 얻어 그 끈은 3시 20분에 끊어질 예정이었다는군."

가명의 포폴

나는 서류철에 끼어 놓은 종이쪽지를 멍하니 바라보았다. '조젭 르보르뉴가 나를 골탕먹이려고 한 짓이로구나!' 하면서 나는 그쪽을 돌아보았다.

"그 수작엔 안 넘어가! 이런 건 범죄사건의 서류철이 아니야."

"범죄라고 한 적은 없네. 하지만 그건 많은 살인사건과 마찬가지로 소문난 사건이었고, 세르 지방 전체를 떠들썩하게 한 사건이었네."

나는 어깨를 움츠려 보이고 큰 소리로 읽어 보았다.

<마님, 귀를 마구 잡아당겨도 찍소리도 못 합니다. 포폴>

또 한 장의 종이쪽지에는,

<제기랄, 60퍼센트나 가로채고도 부끄럽지 않은가? 포폴>

다음 쪽지는 이렇다.

<그게 어쩼단 말인가? 암소 같은 건 뒈져 버려라! 포폴>

그 다음 쪽지는,

<어떤가, 나도 거기에 한몫 끼어 볼까? 포폴>

나는 완전히 당황했다. 르보르뉴는 히죽거렸다.

"약간 설명을 해줄까? 그 쪽지의 문구 말인데, 세르 지방 사람들이 받은 편지 속에서 얻은 거야. 모두 신문의 활자를 도려내서 이용했지. 예를 들면, 맨 처음 문장은 연인과의 밀회를 승낙한 유부녀의 편지에 붙어 있었어. 두 번째 것은 장사꾼의 편지를 헐뜯은 것이고, 세 번째 것은 수의사가 치료해 준 보람도 없이 암소가 죽게 되어서 수의사에게 억지를 부리는 농부의 이름 밑에 보란 듯이 써넣은 것이고, 맨 마지막 쪽지는 예배당 뒷골목에서 약혼녀와 만날 약속을 한 청년의 이름 밑에 써넣은 것이지."

나는 무슨 얘기인지 몰라서 듣고만 있었다. 르보르뉴는 중국식 잼 항아리 앞에 털썩 주저앉더니 설명을 계속했다.

"내가 손댄 사건 중에서 가장 유쾌한 사건 중의 하나라네. 생 타망 부근에 D라는 큰 마을이 있지. 이 마을에서 우체통에 넣어진 편지가 두 달 동안에 모두 24시간 늦어서 배달되었네. 뿐만 아니라 편지에는 본문 속에 장난기 섞인 문구나 아니면 협박조의 문구가 써 넣어져 있었던 거야. 그래, 틀림없이 협박이란 말일세. 그 중에서도 이런 것은 어떤가.

"'네가 우유를 한사코 30수우로 판다면 밤중에 남몰래 너의 발에다 한 방 쏘아 주겠다. 포폴.'"

"그럴 수가 있나." 하고 나는 깔깔 웃은 뒤 말했다.

"아무래도 그 우체국 제도가 이상한 게 아닌가!"

"제도는 어디나 똑같다네. 국장은 이르마 부랑케라는 여자로, 39세의 올드 미스네. 그녀는 13년간 근속했네. 그 밑에는 줄르 부슈롱이라는 56세의 남자가 우편 집배원으로서 일하고 있고……. 물론 그는 기혼자네. 그는 아이들이 여덟이나 있고 30년 동안 성실하게 근무해서 공로상까지 받았지. 이 밖에 15세의 소년인 베베르라는 별명이 붙은 알베르 비디에가 있지. 이 아이가 약간의 일당을 받고 전보배달을 맡고 있네. 이 마을에서 전보를 받은 사람이란 고작 봉류 백작 한 사람 정도지. 봉류 백작은 마을에서 3km쯤 떨어진 성에서 살고 있네. 그는 평균 하루에 두세 통의 전보를 받는다고 하네."

"우체통이 있는 장소는?"

"우체국 밖의 벽에 붙어 있네."

"마을에 그 밖에는 다른 우체통은 없는가?"

"그것 하나뿐일세."

"그래서 편지는 몽땅 개봉되었나?"

"몽땅이라고는 할 수 없지만 대부분이 뜯긴 거야. 게다가 재미있는 편지, 특히 연애편지와 같은 것은 꼭 뜯기지. 아무래도 그 때문일 거야, 오랫동안 항의가 없었던 까닭은."

"그래서 단서는 전혀 없는가?"

"전혀 없다네! 봉투는 봉한 채로 배달되지. 그렇다고 해서 그 속에 포폴이라고 서명을 한, 여차여차하다는 문구가 없다고는 할 수 없네. 문구에는 반드시 신문에서 도려낸 활자가 사용되었고⋯⋯."

"우편물은 어떻게 해서 D 마을로 보내지는가?"

"편지는 말이야, 큰 자루에 넣어서 납으로 봉한 뒤 버스로 타망까지 운반되네. 이 버스는 사람도 타고 화물도 실리지. 납으로 한 봉인은 한 번도 뜯기지 않았고, 뿐만 아니라 그 고장에 사는 감시인이 1주일 동안 죽 자루를 셍 탕까지 호송해 보았네. 그래도 편지에는 여전히 딴 문구가 적혀 있었지."

솔직히 말해서 나는 어안이벙벙했다. 그리곤 아무런 목적도 없으면서도 내키는 대로 차례차례 질문을 했다.

"국장에게 연인은 없을까?"

"얼굴은 못생겼지만 호락호락하지 않은 얌전한 여자라고 하네."

"식모를 두고 있는가?"

"집안일은 혼자 하고 있다네."

"보통 우체국처럼 창구가 제대로 있고 바깥과는 막혀 있겠지?"

"옛날 우체국 양식 그대로야. 그 안에 있는 것은 집배원와 베베르뿐이지."

"그 베베르는 어떤 소년인가?"

"나막신을 신은 농부의 아들이지. 자전거로 배달하면 3배나 빨리 전보를 배달할 수 있는데도 한사코 자전거를 배우지 않으려고 한다네."

"가족은?"

"아버지는 품팔이 일꾼이고 어머니는 여섯 아이를 돌보며 집안일을 하고 있어. 베베르는 제일 맏이야."

나는 머리가 핑 돌았다. 그러나 여기서 아직은 약점을 보이고 싶지 않았다.

"우체국 부근에는 어떤 집이 있나?"

"집은 없다네. 우체국은 마을에서 100m쯤 떨어져 있고 국도에 인접해 있네. 왼쪽에는 여자 국장이 손수 만든 정원이 있고, 오른쪽은 공터야."

"건너편은?"

"집이 한 채만 있고 오스카르 마리니에라는 62세의 남자가 살고 있지. 연금을 타서 살아가고 있는데 마누라는 없다네."

"그 남자도 혼자 살고 있나?"

"누이 동생과 함께 살고 있지. 거의 나이가 비슷해."

"마을 사람인가?"

"태생은 그렇다네. 누이동생은 마을에서 죽 살아 왔지만 오라버니는 오랫동안 무랑에서 식료품 상점을 하고 있었네. 지금도 그곳 가게의 주인으로, 편지를 이용해 가게 운영을 지휘하고 있다네. 관리인 앞으로 하루에 다섯 통이나 편지를 보낸다는 소문이야……."

"그 영감의 편지도 뜯겼는가?"

"물론이지."

나는 이마의 땀을 닦고 르보르뉴가 하얀 손을 쪼이고 있는 전기난로 쪽을 못마땅한 듯이 노려보았다.

"심문은 그것으로 끝났나?" 하고 그가 물었다.

"아직 멀었네! 그 마리니에는 여국장과 왕래가 있었는가?"

"개와 원숭이 사이라네! 어쨌든 마리니에 영감은 늘 여국장을 괴롭혔지. 여봐라, 우표를 다오, 이 인쇄물의 중량을 달아보아라, 이걸 등기로 보내라, 이런 식이지. 한편에서 미치광이 영감이라고 하면 또 한 쪽에서는 형편없는 노처녀라고 대드는 거야.”

“그럼 마리니에의 누이동생은?”

“그녀는 이르마 브랑케의 둘도 없는 친구라네. 자수의 견본을 서로 교환할 정도로 사이가 아주 좋다네.”

“봉류 백작은?”

“마을에는 좀처럼 모습을 나타내지 않네. 자동차로 지나갈 뿐이야. 우편물은 비서를 시켜서 발송하고 있지.”

“그 편지도 개봉되었는가?”

“물론!”

“찢기거나 구겨진 봉투는 한 통도 없었나? 가령 김을 씌워서 열어본 흔적도 없었나?”

조셉 르보르뉴는 미소를 지었으나 단호하게 부정했다.

“전혀 없네.”

“그럼 결국, 우체통에 넣어진 후에 편지가 도중에서 빼앗기는 일은 없다는 거지?”

“그런 일은 있을 수 없지.”

“그리고 각별히 지목받은 사람은 없는가?”

“앞서도 말한 대로 이 범인은 아무래도 러브레터에는 약한 모양이야.”

“치사스럽다든가 도덕적으로 돼먹지 않은 문구는 없는가?”

“전혀 없다네! 가장 고약한 문장은 어떤 기혼 남자의 편지 끝에 써 있는 것이네. 그 남자는 생 타망의 여직공을 끈질기게 쫓아다니고 있었다네. 범인은 이렇게 썼지. ‘이 치사한 녀석아, 포폴’ 이라고 말이야.”

“그 문장에 사용된 활자 말인데, 어느 신문에서 오려낸 것인지는 아는가?”

“생 타망에서 발행되고 있는 두 개의 일간지에서야 오려냈지. D 마을 사람들은 모두 그 신문을 읽고 있네."

갑자기 어떤 생각이 떠올라 나는 나도 모르게 소리를 질렀다.

"D 마을에서 나가는 우편물…… 개봉된 것은 그것뿐인가? 요컨대 말일세, 마을 사람들이 딴 곳에서 받는 편지도 그렇게 되어 있는가?"

"전혀 그런 일은 없다네!"

나는 실망했다. 그러나 어찌 되었건 끝까지 해보고 싶었다.

"봉류 백작은 결혼했는가?"

"이혼 소송중이라네."

"백작 부인은 어디에 살고 있나?"

"파리에서 살고 있네."

"이혼은 남편 쪽에서 제기했나?"

"부인 쪽에서야. 백작 각하께서 젊은 하녀의 방에 몰래 들어가는 것을 들킨 모양이야."

"그 사건과 관계가 있는 편지도 개봉되었는가?"

조젭 르보르뉴는 싫증이 난 모양이다. 그는 한숨을 내쉬며 말했다.

"다른 편지와 매한가지라네."

그리고 르보르뉴는 아마 나를 도와 줄 셈인지 한마디 한마디 다짐을 하듯이 말했다.

"알겠나, D 마을 사람들이 쓰는 편지는 말이야, 24시간 늦게 수신인에게 배달된다는 거야……."

"제기랄. 알고 있어, 그 정도는!" 하고 나는 대들었다.

정말로 사람을 초조하게 한다. 틀림없이 사건은 어린애처럼 단순한 것일 게다. 우편함에 넣어진 편지를 뜯어보는 사람이 한 마을에 백 명이나 있을 까닭은 없다. 일부러 편지를 개봉하고 그 흔적은 지운다. 약간은 우스꽝스러운 주석을 붙여서 포폴이라고 서명을 한다. 단순한 장난을 하기 위해서 이런 짓을 하는 사람이란 그다지 흔하지 않다.

짐작이 가는 점이 있어서 나는 힘차게 물었다.

"철자법이 틀린 곳은 없었나?"

"거의 없어!"

이쯤 되니 나는 르보르뉴에게 문제를 풀어 달라고 할 수 없었다. 명예를 걸고라도 내 나름의 방법으로 해결하지 않으면 안 된다는 생각이 들었다.

나는 방 안을 왔다갔다했다.

"가만히 있게나, 그렇게 산만하게 움직이지 않아도 될 텐데."

르보르뉴가 중얼거렸다.

"쳇! 그런데 말이야, D 마을의 우편함에서 배달처로 가는 동안에 편지가 빠져나가는 길이 있는 것 아냐?"

나는 큰 소리로 떠들어댔다. 내가 화를 내고 있는 것을 뻔히 알면서도 그는 일부러 조용히 말했다.

"그렇지도 않다네……!"

조젭 르보르뉴는 내 앞에 조그마한 것을 두 개 내놓았다.

"이쪽에 있는 것은 갈고랑이라는 것이야." 하며 그가 설명했다.

"도둑놈들이 붙인 이름인데 자연스럽게 굽은 가늘고 길다란 양철판에 두 개의 가는 철사가 붙어 있네. 철사 끝을 우편함의 가장자리에 걸쳐놓고 갈고랑이를 우체통 속에 넣어서 철판에다 갈고랑이로 편지를 끌어올려 놓는다네. 그리고 나서 이 철판을 끌어올리면 우체통에 넣은 편지도 함께 나오지. 열쇠로 우체통을 열고 편지를 꺼내는 거나 다름없이 간단하다네.

이쪽 굵은 철사는 말이야, 갈퀴라고 하는데 길이의 3분의 2가 두 개로 갈라져 있네. 봉투의 귀퉁이에는 대체적으로 풀칠이 되어 있지 않은데 이것을 그 귀퉁이에 집어넣고 철사를 가만히 돌리면 편지가 그 갈퀴에 감겨진다네.

이것을 거꾸로 조작하면 편지는 종전대로 되고……. 어째서 못 알아차렸을까, 아까 보여 준 편지는 모두 이런 식으로 감겨졌던 거야."

이렇게 말하며 그는 결론을 내렸다.

"이르마 브랑케는 갈고랑이를 쓸 필요도 없지. 그녀가 범인이라면 D 마을에서 보내는 편지나 도착하는 편지를 구별하지 않았을 것이야. 우편 집배원이나 전보 배달 소년도 마찬가지네.

그렇다면 남은 것은 오스카르 마리니에야. —이 우편 마니아는 말야, 우체국에 출입하는 사람들을 감시할 수가 있네. 누군가가 편지를 보내려고 나오면 영감은 자기 것을 넣으려는 척하고 성큼성큼 길을 건너갔던 걸세.

앞서 말한 식으로 편지를 꺼냈다 넣었다 하며 즐겼겠지. 요컨대 그렇게 해서 꺼낸 편지에 신문에서 오려낸 활자를 맞추어 붙이고 사뭇 즐거운 시간을 보내는 거야. 매일 매일이 참으로 충족된 시간이었겠지.

그랬기 때문에 그는 행복했던 거야! 여보게, 그렇지 않나? 일평생을 열심히 일해 온 사람이 아닌가, 인생을 쉽사리 체념하고 빈들빈들 놀고만 있을 수는 없지 않은가……."

크로와 루스의 외딴집

조젭 르보르뉴가 일을 하고 있는 모습을 한 번도 본 적이 없었기 때문에 그 날 나는 그의 방으로 들어가자마자 나도 모르게 질려 버렸다.

평소에는 말쑥하게 포마드(남자용 머리 기름)를 바르고 있는 금발이 그 날 따라 기름기가 없이 엉성했다. 게다가 기름을 바른 것이 굳은 탓인지 머리카락이 머리 위로 곤두서 있었다.

얼굴색을 보니 창백했고 수척했으며 표정은 신경질적으로 일그러져 있었다.

그가 쏘아보는 눈초리가 마치 물어뜯을 듯해서 나는 다시 나가 버리고 싶은 생각이 들었다. 그러나 도면을 보고 있는 그의 모습을 보았기 때문에 나는 호기심이 생겼다. 방 한가운데까지 들어가서 모자와 외투를 벗었다.

"안성맞춤으로 잘 왔네 그려." 하며 그는 소리를 질렀다.

아무래도 수상하다. 나는 우물거리면서 물었다.

"재미있는 사건인가?"

"모두 그렇게 말하지만……. 우선 이 종이쪽지를 보게나……."

"도면 말인가, 별장인가 아니면 외딴집인가……?"

"영리하군, 자네는! 그 정도는 네 살배기 어린애도 알고 있네. 그런데 말이야, 자넨 알고 있나? 리옹의 크로와 루스 부근을?"

"지나간 일은 있지만."

"흥! 이 외딴집은 말이야, 그 부근에서도 가장 고적한 곳에 있는 집이야. 거리의 소음도 여기까지는 들리지 않는다고."

"이 검은 십자 표시는 뭔가? 뜰에도 도로에도 있군."

"경관이라네."

"그럼 누가 살해되었는가?"

"누가 그런 말을 했나? 십자 표시는 8일에서 9일에 걸쳐서 몇 군데에 서 있던 감시 경관의 표시라네. 하지만 딴 것보다 더 검은 표시가 있지 않나, 그것은 망샤르 부장이네."

나는 그 이상 말을 할 기분이 아니었고, 몸을 움직이기도 싫었다. 르보르뉴를 방해하면 안 되겠다는 생각이 들었다. 그가 도면을 노려보고 있는 눈초리는 내게 던져진 눈초리와 똑같이 매서웠다.

"알았네. 자넨 물어 볼 생각도 없나? 도대체 무엇 때문에 경관이 여섯 명이나 8일에서 9일 밤에 걸쳐서 그런 곳에 있었는지 궁금하지도 않나? 아니면 그 이유를 자넨 알고 있단 말인가?"

나는 대꾸도 하지 않고 입을 다물었다.

"경관이 있었던 건 말이야, 리옹의 경찰이 그 전날에 투서를 받았기 때문이라네. '이 달 8일에서 9일 사이의 밤에 루이지 체지오니 박사가 자택에서 암살될 것이다.'라는 투서 말일세."

"그럼, 박사에게는 알렸는가?"

나는 비로소 이렇게 물어 보았다.

"알리지 않았네. 경찰은 체지오니 박사가 이탈리아의 망명자여서 아마도 이건 정치에 얽힌 사건이라고 생각했다네. 그래서 경찰은 관계자에게 알리지 않고 처리를 한 거야."

"그렇지만 그는 암살당했겠지?"

"글쎄 가만히 있게나! 체지오니 박사는 50세로, 음산한 이 집에서 혼자 살고 있었네. 집안 살림도 스스로 했지만 저녁식사는 근처에 있는 이탈리아 식당에서 했지. 그는 8일 저녁 오후 7시에도 평소와 다름없이 집을 나와 레스토랑으로 갔네. 그래서 망샤르 부장은 외딴 집의 지하 창고에서부터 지붕 위까지 돌아다니면서 조사를 했지. 부장은 프랑스의 경찰관 중에서도 가장 뛰어난 민완경관인데다가 저 유명한 로카르 박사의 제자란 말일세. 그 부장이 조사한 결과인즉 집 안에는 아무도 숨어 있지 않았고, 밖에서 보이는 출입문과 창문을 제외하고는 밖에서 그 집 안으로 들어갈 수 없다는 확신을 얻었네. 요컨대, 지하에서 빠져나갈 수 있는 땅굴 같은 그런 장치를 해놓은 것도 하나도 없었다는 거야. 소설 같은 것은 아무것도 없었어……. 알겠나?"

그렇게 말을 한 르보르뉴의 표정은 마치 내가 엉뚱한 생각을 하고 있어서 괘씸하다고 나무라는 듯했다. 나는 아무리 하찮은 의견이라도 말하지 않고 그대로 있으려고 했는데 그는 그렇게 여기지 않는 모양이었다.

"집 안에는 사람이라곤 하나도 없었다고! 감시할 곳은 두 개의 출입문과 세 개의 창문뿐이었어! 망샤르가 아닌 다른 형사라면 조수경관 하나만을 데리고 감시를 했을 텐데. 그러나 이 부장은 출입구마다 각각 한 명씩 도합 여섯 명의 경관을 동원해서 배치해 두고 자기 자신도 현장에 머물렀네. 9시에 박사의 그림자가 도로에 나타났어. 완전히 돌아온 것이야. 침실이 있는 2층방의 램프가 바로 켜졌네. 그때부터 경관들의 감시가 시작되었지. 조는 경관은 한 명도 없었네. 자기의 자리를 떠난 사람도 없었거니와 감시해야 할 정확한 지점에서 한순간이라도 눈을 뗀 자도 없었어!

망샤르는 15분마다 순회했네. 새벽 3시경 끝내 기름이 떨어졌는지 2층방의 램프가 서서히 꺼져 가고 있었네. 부장은 망설였지만 이윽고 결심하고 자기가 가지고 있던 열쇠를 사용하여 방 안으로 들어갔어. 침실에 들어가 보니 루이지 체지오니 박사가 침대 끝에 걸터 앉았다기 보다는 반쯤 누워서 양손을 가슴에 얹고 죽어 있는 거야! 옷은 단정하게 입은 채로 어깨에는 아직 외투가 걸쳐 있었고, 모자는 바닥에 떨어져 있었지. 와이셔츠와 윗도리에는 피가 스며 있었고 양손은 피투성이였네. 심장의 위쪽 1cm도 안 되는 곳에 5mm 구경의 브로닝 총알이 박혀 있었네."

나는 이 말을 듣고 멍하니 조젭 르보르뉴를 바라보았다. 그의 입술은 떨리고 있었다.

"그 집에 들어간 사람은 아무도 없고 또 나온 사람도 없었어!" 하고 그는 울부짖듯 말했다.

"이건 아주 확실한 이야기라네. 망샤르 부장의 실력은 내가 잘 알고 있으니까. 게다가 또 집 안에는 마땅히 총이 있었으리라 생각하겠지만 그것은 없었네! 눈에 보이는 장소에도 없었고 숨겨 있지도 않았어! 난로에도 없었고 하수구 구멍까지 뒤졌지만 없었네. 정원에도…… 어디에도 없었어. 바꾸어 말하면 희생자 이외에는 아무도 없는 곳에서 탄환이 발사되고 뿐만 아니라 무기는 전혀 나타나지 않았다는 얘기가 되지! 창문은 모조리 잠겨 있었네. 총알이 밖에서 발사된 것이라면 유리가 깨져 있었을 것이야. 게다가 범인이 들키지 않고 경계선 밖에서 발사했다고 해도 피스톨의 사정거리는 매우 짧다네. 그럼 어서 이 도면을 보게나. 샅샅이 잘 보게! 제대로 되면 저 가엾은 망샤르 부장을 구해줄 수가 있어! 그는 마치 자기가 살인을 한 것처럼 여기며 한잠도 못 자고 있다네."

나는 조심스럽게 물었다.

"체지오니에 대해서 뭘 알고 있는가?"

"옛날에는 부자였네. 의사 노릇은 제대로 하지 않았지만 정치 활동은 꽤 열심이었지. 망명하게 된 것도 그 때문이야."

"결혼을 했나? 아니면 독신인가?"

"홀아비라네. 아들이 하나 지금 아르헨티나에서 공부하고 있지."

"리옹에서는 무엇을 해서 먹고 살았는가?"

"무엇이든지 했겠지만 아무것도 안 한거나 다름이 없었지. 동지로부터 까닭도 모르는 기부금을 받고 있었고, 이탈리아 식민지 출신의 아주 가난한 사람들을 때때로 진찰해 주기도 했네."

"집에서 뭔가 도난당한 것은?"

"도난 흔적은 전혀 없어."

어떻게 된 셈일까. 그때 나는 별안간 웃음이 나왔다. 뭐라고 할까, 신출귀몰의 요술쟁이가 조젭 르보르뉴에게 겸손의 교훈을 가르치려고 이상한 사건을 빚어내고 있구나 하는 생각이 들었기 때문이다.

내 입술이 삐죽거리는 것을 그는 눈치챘다. 순간 그는 도면을 쥐고 의자에 앉으려고 했다.

"뭔가 찾아내면 가르쳐 주게."

또다시 탁한 목소리로 그가 말했다.

"내가 알아낼 수가 있겠는가, 자네가 알아내지 못한 것을!"

"어떻든!" 하며 조젭은 무뚝뚝하게 말했다.

나는 파이프에 담배를 채우고 불을 붙였다. 조젭이 화를 내도 알게 뭐야. 그는 벌써부터 골이 잔뜩 났으니 말이다.

"부탁이니 제발 가만히 있게나. 너무 흥분하지 말게." 하고 여전히 그는 매정하게 말했다.

10분이, 말할 수 없이 어색한 10분이 지났다. 도면에 쓰여진 경관들의 검은 십자의 표시를 나는 무의식중에 생각해 보았다.

그러자 처음에는 나를 싱글거리게 한 이 터무니없는 사건이 이번에는 나를 괴롭히기 시작했다.

요컨대 지금 이 사건은 심리학이라든가 후각과 같은 것은 사건해결에 도움이 되지 않는다. 문제되는 것은 기하학인 것이다.

"그 체지오니란 인물은 최면술을 한 일이 없는가?"

느닷없이 내가 물었다.

조젭 르보르뉴는 대답도 해주지 않았다.

"리옹에 박사의 정적은 많았나?"

그는 어깨를 움츠렸다.

"아들은 틀림없이 아르헨티나에 있는가?"

이번에는 그는 대답 대신에 내 입에서 파이프를 뽑아 난로 속으로 던졌을 뿐이다.

"경관들의 이름은 모두 알고 있는가?"

그는 한 장의 종이쪽지를 나에게 내밀었다. 그것에는 다음과 같이 적혀 있었다.

<제롬 파로와 28세, 기혼자. 잔 조젭 스톡크맨 31세, 독신. 아르망

듀보와 26세, 기혼. 유베르 트리자뉴 43세, 이혼 경험이 있음. 제르멩 가로 32세, 기혼>

나는 그것을 세 번 되풀이해서 읽었다. 경관들의 이름은 왼쪽 골목을 기점으로 그 건물을 둘러싼 순서로 적혀 있었다.

드디어 나는 비명을 질렀다. 이것저것 생각해 보는 것이 모두 미치광이 노릇과 같다는 생각이 들었기 때문이었다.

"이건 해결이 불가능한 사건이야!"

이렇게 말하면서 나는 조젭 르보르뉴의 얼굴을 쳐다보았다. 그러자 순간 나는 멍해졌다. 아까까지만 해도 씁쓸한 표정을 지으며 안색이 창백하고 눈 가장자리에는 멍이 든 것처럼 새파랬던 르보르뉴가 지금은 싱글벙글하면서 잼 항아리 쪽으로 다가가고 있었다.

거울 앞을 지나가자 그의 모습이 비쳤다. 머리카락이 형편없이 망가져 있어서 깜짝 놀란 모양이다. 그는 정성들여서 빗질을 하고 넥타이를 고쳐 맸다.

이윽고 조젭 르보르뉴는 평소와 다름없는 모습으로 돌아왔다. 그는 나뭇잎으로 만든 수상한 잼을 천천히 맛볼 모양이었다. 수저를 가지러 가면서 그는 잔뜩 비꼬는 듯한 웃음을 지었다.

"진상이라는 건 언제나 바로 발견되지. 선입견으로 판단력이 무디어지지 않는다면 말일세!"

그는 '후유' 하고 안도의 숨을 내쉬었다.

"자네가 말했지. '이것은 해결 불가능한 사건'이라고. 그런데 말이야……."

나는 그의 반박을 기다렸다. 이쯤 되면 어쩔 수 없었다.

"그런데 말이야, 실제로 이 사건은 불가능한 거라네, 그것을 처음부터 인정했으면 좋았어. 총을 쏜 것은 집 안이 아니야! 방 안에 피스톨은 없었고 범인도 없었어!"

"그래서?"

"그게 말인데, 루이지 체지오니 박사는 총알을 가슴에 맞은 채 집으로 돌아온 것뿐이야. 자기가 자기를 쏜 모양이야……. 어쨌든 그는 의사니까……. 즉사를 피하고 잠깐 걸을 수 있도록 하려면 어느 부분을 쏘아야 하는가를 모조리 알고 있었을 게 아닌가?"

조젭 르보르뉴는 눈을 감았다.

"상상을 해 보게나, 희망을 잃은 가엾은 사나이가 있네……. 아들도 하나밖에 없다……. 아직도 공부를 하고 있는 중인데 이젠 돈을 보내 줄 수도 없게 되었다……. 체지오니는 아들에게 이익이 돌아가도록 생명보험에 들었다……. 이젠 무슨 짓을 해서라도 죽어야만 한다……. 뿐만 아니라 자살혐의를 받지 않도록 말이다. 그렇게 하지 않으면 보험 회사에서 돈을 지불하지 않을 테니까 말일세."

"그래서 경찰을 불러들였다는 것인가?"

"돌아오는 모습을 경찰이 목격하도록 꾸민 거지. 집에는 무기도 없고, 몇 시간 후에는 시체가 발견된다는 줄거리지. 침대가에 앉아서 그는 가슴을 어루만졌을걸세. 그렇게 하면 가슴에 박힌 총알이 점차 깊이 밀려들어가서 심장에 닿을 테지……."

나는 나도 모르게 괴롭고 끔찍해져서 '악' 하고 소리를 질렀다. 그러나 조젭 르보르뉴는 이제는 꼼짝도 하지 않았다. 내 반응 따위는 아무래도 좋았던 모양이다.

그로부터 1주일이 지난 후에 그는 망샤르 부장의 전보를 보여 주었다.

<시체 해부의 결과 상처의 부근에 피하출혈이 있음. 지압의 흔적이 나타남. 귀하의 의견을 간절히 바람.>

"답장을 했나?"

그는 나를 꾸짖듯이 쳐다보더니 단호하게 말했다.

"가엾지 않나, 일부러 보람 없는 죽음으로 만들 필요는 없지 않은가? 보험회사는 자본금이 4억 프랑이나 된단 말일세!"

로레느호의 굴뚝

<오늘 아침, 무서운 사건이 발생하였다. 이 사건은 토목국 소속의 증기선 로레느호의 승무원과 루항 항 전체를 공포로 몰아넣었다. 로레느호는 오늘 매달 있는 세느 강 하구의 깊이를 측량할 예정이었다.

엔진이 점화를 한 4,5분 후에 굴뚝 연기가 기묘하게 역류되었다. 연기에서는 견딜 수 없는 악취가 나서 기관사는 이를 이상하게 생각하였다.

갑판에는 선원이 한 사람 있었고, 그 또한 악취를 느꼈지만 무슨 냄새인지는 알지 못했다.

이렇게 되면 의심할 여지가 없었다. 굴뚝의 커다란 금속관이 막힌 것이다.

급히 엔진의 불을 끄고 기관사가 사다리를 타고 굴뚝 꼭대기로 올라갔다. 다리 밑을 지나가는 예인선의 굴뚝과는 달리 이 배의 굴뚝은 고정되어 있었다.

기관사가 들여다보니 뭔가 커다란 검은 덩어리가 연기의 배출을 막고 있는 것 같았다.

한 시간 동안의 어려운 작업 끝에 발견한 것은 도저히 펜으로 옮길 수 없을 정도로 처참한 광경이었다.

굴뚝에서 꺼내진 것은 남자의 시체였던 것이다. 시체는 일부가 이미 불에 타서 그을려 있었다. 남자의 복장은 꽤 볼품이 없었다. 의복의 일부는 눌어 있었으며 연기와 그을음이 배어 있었다.

많은 사람들이 시체를 보러 왔지만 결국 남자의 신원은 밝혀지지 않았다. 신분이나 직업 등 단서를 줄 만한 서류 같은 것도 전혀 발견되지 않았다.

시체를 조사한 의사는 많은 상처를 찾아냈으나 그것이 무엇에 의해

생긴 상처인지 판정을 내리지 못했다.

남자가 죽은 것은 며칠 전인 모양인데 이미 말한 바와 같이 시체의 상태로 보아서 극히 사소한 점이라도 확인하기란 매우 어려웠다.

로레느호의 굴뚝은 직경 40cm, 바꾸어 말하면 자력에 의해서건 타력에 의해서건 보통 몸집에 중키의 피해자가 겨우 들어갈 정도의 크기였다. 또한 중간 부근에는 큰 못이 박혀 있어 통로가 더욱 좁은 편이어서 시체는 여기에 꼭 끼어 있었던 것이다.

과연 타살일까? 그 가능성은 많지만 그렇다면 다른 의문이 생긴다.

로레느호의 정박지점은 언제나 주식거래처 앞의 부두로 정해 있었고 이곳의 교통량은 대단히 많다. 게다가 20m 이내에는 세관 전용의 보트가 우글우글하다.

뿐만 아니라 세관관리는 주야 구별없이 항구를 감시하고 있다.

게다가 또 감시인으로서 선원인 피에르 리베르주가 배에서 거주하고 있다.

이러한 상황에서 과연 어떤 방법으로 시체가 굴뚝에 넣어졌을까?

담당관은 이 점에 수사의 방향을 집중하고 있다.

그러나 범행의 날짜조차 헤매는 형편이므로 수사 전망은 매우 어둡다.

본지는 사건의 전개 과정을 독자에게 세세히 전할 예정이다.>

단숨에 읽어 치우고 내가 조젭 르보르뉴 쪽을 돌아보니 그는 나 같은 건 아랑곳없이 잠자코 담배를 피우고 있었다.

"시체의 신원은 알아내지 못했나?" 하고 내가 물었다.

"응, 의사들도 최선을 다했지만. 가엾게도, 유쾌한 일은 아니었을 거야. 단 한 가지 그 일에서 재미있는 결론이 나왔네. 그것은 말이야 시체가 발견되었을 때는 적어도 사후 1주일은 경과되었다는 거야."

"사인은?"

"그건 모르지. 모르는 것투성이야! 시체의 모습을 상상해 보면 그다지 불평은 못 할 거네."

르보르뉴는 별로 그 얘기를 하고 싶지 않은 눈치였다. 담배를 피우는 것도 답답한 분위기를 털어 버리고 싶기 때문이리라.

"다른 자료는 없는가?"

"아마 없을 거야. 자네도 읽었겠지만 로레느호는 항구 내에서도 가장 번화한 장소에 정박하고 있었네. 감시인이 낮이나 밤이나 계속 감시하고 있었고……."

"감시인은 어떤 남자인가?"

"종이쪽지에 써 놓은 게 있는데 보게나."

종이쪽지는 곧 눈에 띄었다.

<피에르 리베르주, 55세, 전에는 도선사, 독신. 지구상에 있는 바다는 전부 항해했다. 유능한 선원이지만 머리는 둔하다. 심한 음주벽이 있으며, 틈만 있으면 하루 종일 퍼마시며 자곤 한다.>

"다른 승무원은?"

"조타수는 에르네스트 포므렐, 기혼자, 주소는 루앙이며 평판은 나쁘지 않네. 선장인 조르주듀샤토, 토목국에 15년 근속, 기혼자이며 아이도 있고 레지옹 도뇌르 훈장인 '슈발리에'를 받았네. 그리고 소년 선원이 한 명, 가스통 튜르포, 19세, 주소는 곤느빌, 양친과 함께 살고 있네."

"그걸로 끝인가?"

"전부야. 로레느호는 한 달에 한 번 출항하고 2,3일 정도만을 일할 뿐이야. 아주 편한 일로 세느 강, 특히 하구 부근의 깊이를 측량하고 사주의 이동을 조사하는 것이지."

"배의 폭은?"

"4m."

"그렇다면 결국 부두에서 2m를 뛰지 않으면 굴뚝에 닿지 않는다는 거군."

그는 고쳐 말했다.

"굴뚝에 닿는 것뿐이라면 바로 그렇지! 하지만 굴뚝의 꼭대기에는 닿지 않네. 높이가 있어, 부두에서 2m나 높이 올라가 있다고."

"부근에 기중기는 없을까?"

"200m 이내에는 없네. 화물을 쌓는 장소는 떨어져 있고."

"세관의 감시란 것이 정말로 효과가 있을까?"

"물샐틈없지! 낮이건 밤이건 부두에 가면 반드시 푸른 제복을 만나게 되네. 아무리 초라한 작은 배라도 세관의 보트에는 잡히지."

"로레느호의 내부에서 굴뚝으로 들여놓는 수법은?"

"안 돼! 보일러를 빠져나가야 하고, 게다가 그 간격은 25~30cm밖에 되지 않아."

나는 기계적으로 서류를 넘겼다. 작은 범선을 그린 스케치가 눈에 띄었다.

"이 배는 뭔가?" 하고 나는 물었다.

"코르모랑호네. 유람용으로 치장한 범선인데 시체 발견 2주일 전, 48시간쯤 로레느호에 매어 있었네."

"코르모랑호의 소유자는 누구인가?"

"오귀스트 휘케, 르 아브르의 해상보험업자일세."

"어떤 남자인가?"

"연령은 35세로 좋은 지위에, 돈 씀씀이가 매우 헤픈 사람이네. 지나치게 돈을 쓰기 때문에 지불일에는 항상 곤란을 겪지."

"그래, 루앙에는 무엇을 하러 왔나?"

"그저 놀러 왔을 뿐이야. 원양항해의 면허증을 가진 선장과 남자 선원 두 명이 함께 타고 있었지. 이 배로 르 아브르로 돌아갈 예정이었는데 도착한 밤에 여자와 사귀게 되어 함께 기차로 돌아가 버렸어. 코르모랑호는 주인도 없이 다음 날 돌아가 버렸지."

사소한 점이라도 소홀히 해서는 안 된다.

그래서 나는 질문을 계속했다.

"그 선장이란?"

"세르주 아시투로프, 러시아의 망명자로서 코자크의 전 해군사관이야. 32세이고 보드카를 매우 즐기지."

"그뿐인가?"

"선원 중 한 사람은 러시아 사람이었네. 이름은 우라지밀 바사마, 28세의 독신자. 다른 한 선원은 브르타뉴 태생, 잔 폴 듀크류, 35세이며 이혼했고……."

"세 사람이 모두 코르모랑호의 승무원인가?"

"듀크류는 아니야. 그는 뉴파운들랜드의 배와 계약을 했지."

"그들은 루앙에서 무얼 했나?"

"뻔한 거지. 선장과 우라지밀 바사마는 거래처의 카페에서 자국인과 만나 함께 난잡한 소동을 벌였네. 듀크류는 정체불명의 환락가를 누비며 다녔고."

"휘케는 아내가 있는가?"

"아내는 있지만 공공연하게 바람을 피우고 있네. 결국 아내도 체념해 버리고 이젠 자기도 질소냐 하고 맞서고 있는 형편이야."

그렇게 말하더니 조젭 르보르뉴는 싫증이 난 듯이 중얼거렸다.

"이 정도 됐지?"

나는 두세 번 서류를 넘기며 끼워 있는 로레느호와 코르모랑호의 스케치를 가만히 바라보았다.

"행방불명계는 제출되었나?"

나는 수상하게 여기며 물었다.

"내지 않았네! 아무도 인수할 사람이 없었기 때문에 결국 시체는 의과대학으로 보내졌어."

그렇게 말을 던지고 조젭 르보르뉴는 무슨 책을 읽기 시작했다.

나는 열심히 자료를 검토하면서 친구 르보르뉴가 여러 차례 주의해 준 대로 생각을 집중하려고 애를 썼다.

그런데 이건 생각보다 어려운 사건이었다.

한 시간 후에 나는 지쳐 버려서 일어서면서 슬며시 중얼댔다.

"안 되겠네, 단념했어! 자네는 뭔가 알아냈나, 정말로?"

"불성실하군!" 하며 그는 책에서 눈을 떼지 않고 탄식했다.

"뭐가 불성실하단 말인가?"

"진지하게 찾지 않으니까 하는 말일세! 무슨 일이든지 잘 생각해보지도 않고 사건에 대해 모른다고만 해. 그럼, 한 가지 묻겠는데 로레느호는 폭이 몇 미터였나?"

"4미터지."

"코르모랑호는?"

"생각이 나지 않는데."

"흘수선에서 위의 높이는?"

"저어…… 모르겠는데……."

"의장은 어떤가?"

"뭔가 그건?"

"단순한 범선인가, 돛대가 하나인 배인가, 아니면 돛대가 두 개인 배인가? 삼각범(三角帆)은 있는가?"

나는 아니꼬워서 고함을 질렀다.

"그까짓 게 뭐가 중요한가?"

그러자 르보르뉴는 일어서며 책을 놓더니 정이 떨어졌다는 듯이 몹시 비꼬면서 따지고 들었다.

"자넨 자신의 육감만을 믿고 있어. 그렇지? 육감이라……. 그렇지만 말이야, 알겠나? 내게는 육감과 같은 것은 없어, 갖고 싶다고도 생각하지 않네!"

"하지만……."

"육감 같은 건 농담으로도 말할 게 못 돼! 육감 따위를 증거로 내놓는다면 자네의 눈은 문구멍이나 같아. 머리를 쓰는 법을 바꿔야지……. 약도와 숫자가 눈앞에 있네……. 나는 말이야, 실컷 고생해서 정확한 수치를 손에 넣었어. 정확하지 않으면 안 된단 말이야. 1cm도 소홀히 하지 않아! 그런데 자네로 말할 것 같으면 1cm의 가치를 몰라! 수수께끼를 푼다고 생각하고 있는 많은 사람들과 똑같아……. 미지의 피해자가 어떻게 해서 굴뚝 속에 들어갔는지, 어떻게 해서 넣어졌는지 말해 보게! 응, 어떤가! 분명하지 않나! 코앞에 있는 그 자료에 분명히 적혀 있네……."

"우선 맨 처음에 말이야, 가로와 세로가 2m, 동시에 뛰어 넘을 수 있는가 해보게. 아니 그만두게, 안 되는 게 뻔할 테니……. 확인해 두는 게 좋으니까 말일세, 호텔의 가구를 부수면 곤란해. 따라서 남자는 부두에서 뛰어 넘은 것은 아니네. 또한 부두에서 던져진 것도 아니야. 지난달 줄곧 로레느호에 매어졌던 것은 코르모랑호 한 척뿐이었네. 그러니까 미지의 남자가 온 것은 여기서부터라고 생각할 수밖에 없네.

스케치를 보게. 선두에 있는 활대가 보이지. 그것은 배에서 75cm 튀어 나와 있네. 로레느호의 갑판에서 약 10m쯤 올라가 있어. 요컨대 굴뚝에서는 6m 높은 셈이지.

거기까지는 괜찮지? 그럼 이 활대의 꼭대기에 자네가 있다고 하세. 누군가를 문제의 굴뚝에 넣고 싶은데 글쎄 그것이 가능한 일일까?

물론 불가능하네! 첫째로 범선의 활대 위에 있어. 땅 위에 있을 때와는 다르고 흔들흔들하지. 하물며 꼭대기니까!

그리고 가령 누군가를 바로 아래로 떨어뜨리는 일은 쉬워도 1m 이상 떨어진 장소에 던지는 것은 어려운 일이야. 뿐만 아니라 정확하게 겨누고, 꼭 사람 하나 들어갈 정도의 폭밖에 없는 굴뚝에 쏙 들어가게 하는 것은 도저히 할 수 없네.

그렇긴 하나 시체의 경로는 역시 이 활대야!

말하자면 수학적인 거야, 그자는 그곳에서밖에 올 수가 없었으니까!

글쎄 그것은 말이야, 여기 부랑자나 혹은 누군가가 있다고 하세. 보아하니 코르모랑호에는 인기척이 없어. 또한 깊은 밤이었지. 사나이는 세관 감시가 소홀한 틈을 타고 배 안으로 들어가네. 순간 성큼성큼 발소리가 들려 왔어. 선원이 한 사람 돌아온 것이지. 사나이는 돛대에 기어오르네. 활대를 발견하고 그것에 뛰어 올랐지.

거리를 똑바로 계산해 보게. 사나이의 위치는 부두에서 약 5m 높았지만 간격은 고작 3m뿐이야.

뛰어 내리면 도망칠 수 있네…… 그렇지 않으면 붙들리지.

취해 있었는지도 모르고, 물론 맨정신이었는지도 모르지. 어쨌든 그자는 실수해서, 거꾸로 로레느호의 굴뚝에 부딪쳤네. 강철제의 테두리였으니까 다치지 않을 까닭이 없지.

이렇게 되면 이젠 밖으로 나갈 수는 없어…… 벌써 죽어 있었는지도 모르며…… 그런 것은 아무래도 좋아…….

부랑자였으니까 단서가 없었지. 로레느호의 승무원? 그런 것은 전혀 문제가 안 돼. 시체라면 세느 강에 던져 버리면 될 것을 일부러 굴뚝에 던지다니, 그런 짓을 누가 해……."

이렇게 말하고 조젭 르보르뉴는 말을 맺었다.

"그렇게 자료를 손에 들고 있는데 어디 다른 설명이라도 찾아볼 텐가……."

물론 난 그의 도발에는 응하지 않았다.

3장의 렘브란트 그림

조젭 르보르뉴가 물었다.

"자네, 드루오 화랑을 알고 있나?"

"그저 남들이 알고 있는 정도야!"

"드루오 화랑에 대한 흥미진진한 이야기가 있네."

그의 얘기는 이러했다. 어느 날 굉장히 센세이셔널한 경매가 발표되었다. 다름아니라 바르라는 유대인 노인이 15년 동안 소장하고 있었던 렘브란트의 그다지 알려지지 않은 그림을 마침내 팔 결심을 했다는 것이다.

그 그림은 거장의 자화상이었고 그야말로 하늘 높은 줄 모르는 값으로 치솟았다. 여하튼 그림에는 제대로 서명이 있을 뿐만 아니라 1669년, 즉 이 화가가 죽은 해의 날짜가 있었다.

이 시기에 그려진 렘브란트의 초상화는 이것밖에는 없었다. 바르는 몇 사람의 미술평론가를 초대해서 이 걸작을 보였다. 사람들은 모두 감탄하며 진짜라고 단정지었다. 그래도 회의적인 사람들은 '우선 전문가의 감정을 들어보자'라고 말했다.

그런데 별안간 이상한 소문이 돌기 시작했다. 토요일 오후 바르의 심부름으로 왔다는 예의바른 청년이 한 장의 그림을 들고 드루오 화랑에 나타났다. 청년은 그 그림을 관장에게 건네면서 '내일부터 탐정이 와서 귀중한 그림이 전시되는 방을 감시할 예정입니다.' 하고 말했다.

이 그림의 크기는 세로가 70cm, 가로가 60cm밖에 안 된다. 틀은 암 갈색 떡갈나무였고 조각은 없었다.

청년이 나가자 이번에는 배달부가 나타나서 똑같은 크기의 그림을 건네 주고 바로 사라졌다. 드디어 저녁 다섯 시에는 보따리를 든 바르

가 나타났다. 그는 놀라서 어리둥절하고 있는 관장 앞에 문제의 그림
에 대해 이야기했다.

그때의 상황을 세세하게 늘어놓을 필요는 없을 것이다. 눈앞에 있는
것은 한 장의 렘브란트가 아니라 똑같은 석 장의 렘브란트였다. 틀도
똑같았고, 석 장의 그림을 놓고 비교해 보아도 바르 자신마저도 어떤
것이 진짜 자기의 것인지 분별할 수가 없을 정도였다.

경찰에 신고하자 처음에 그림을 가지고 온 청년과 두 번째에 그림
을 가져온 배달부가 수배되었다. 드루오 화랑은 발칵 뒤집혔다.

공교롭게도 세 개의 그림을 조사하는 데 두세 번 장소를 바꾼 것이
화근이 되어 렘브란트의 소유자는 '어떤 것이 진짜인지 나도 구분을
못 하겠다' 하고 말했다.

비평가나 주요한 화랑의 주인들이 사흘간에 걸쳐서 잇따라 몰려들
었다. 그들의 의견은 가지각색이었다. 논평을 하기 쉽도록 1호, 2호, 3
호라는 식으로 각각의 그림틀에 표시를 붙여 놓았다.

어떤 사람은 1호를, 어떤 사람은 2호를 진짜라고 주장했다. 3호를
진짜라고 하는 사람은 거의 없었다.

물론 경매는 무기한 연기되었고 수사는 계속되었지만 문제의 청년
도 배달부도 도무지 찾을 수가 없었다.

조젭 르보르뉴는 미소를 지으면서 나에게 석 장의 그림의 서명을
확대한 사진을 내밀었다.

"전문가의 감정은……." 하고 나는 말문을 열었다.

그는 웃음을 터뜨렸다.

"자넨 단순하군, 정말로! 이런 종류의 사건은 지금이 처음은 아니지
않나, 안 그래? 바로 최근에도 독일에서 반 고호의 위조 사건이 있었
네. 전문가가 열 사람이나 입회했어도 의견은 일치되지 않았지……. 2
년 전에는 미국에서도 다른 가짜 사건이 생겼어. 이 때는 라파엘의 그
림이었는데 전문가들은 소유자의 비용으로 런던은 물론이고 파리, 로
마, 베를린까지도 갔었네. 이렇게 되면 감정은 문제가 되지 않아, 마치

축제와 같은 소동이 벌어지지. 프랑스와는 달리 점잖지 않은 미국의 신문들은 흥미위주로 모든 것을 폭로했네."

"그렇다면 X광선으로 조사한다면……."

"쓸데없는 논쟁이 될 뿐이야. 아무튼 이번의 경우는 석 장이 모두 같은 결과를 얻었네."

"현미경 검사는?"

"아무런 증명도 되지 않았네!"

"세 개의 서명을 정밀 검사해 보면?"

"자네 눈으로 보게나! 뭔가 짐작이라도 가는가!"

"그림은 어디 있었나, 드루오 화랑에 올 때까지는?"

"어떤 그림?"

"물론 바르가 직접 가지고 온 것 말일세. 진짜 쪽 말이야!"

"바르의 아파트에 있었지, 슈프랑 가의. 벽에 걸어 두지 않고 바르의 서재 옆의 작은 방에 넣어 두었네."

"언제부터?"

"약 15년 전부터. 그 무렵 바르는 어딘가 시골의 경매장에서 이 걸작을 값싸게 손에 넣었네. 당시에는 그림이 꽤 더러웠고 낡아 있어서 뭐가 그려져 있는지도 잘 몰랐네. 서명조차도 제대로 보이지 않았지. 그러나 바르는 그림을 볼 줄 알았던 모양이야. 그는 그것을 복원시켰네. 하지만 뜻하지 않게 찾아낸 진귀한 물건에 관해서는 두세 명의 친구에게 고백했을 뿐이네. 실제로 그것을 본 사람도 극히 적었네. '이걸을 파느니 차라리 건빵이라도 뜯고 있겠네.'하는 게 바르의 입버릇이었다네."

"그 바르라는 자의 직업은?"

"표면상으론 무직이지. 드루오 화랑의 단골이라고는 하지만 자질구레한 것만 모으는 단골이야. 그림을 사서는 딴 곳에 전매하지……."

"그런 자가 렘브란트를 왜 내놓으려고 하는 건가?"

"딸의 지참금으로 하고 싶었던 모양이야."

"허, 그럼 마누라가 있나?"

"홀아비야. 스물두 살 난 딸이 있지. 고르핑거라는 남자와 약혼을 했는데, 이자가 국적불명의 보석 브로커라네."

"바르는 돈이 많나?"

"사는 건 매우 검소하지만 하녀가 둘이야. 아파트의 집세는 1만 5천 프랑이지. 그자의 말로는 재산이라고 이름이 붙은 것은 이 렘브란트 그림뿐이고 사실은 내놓고 싶지 않았다네. 아우성을 친 것도 그 때문이었고 그림이 석 장이나 나오다니 파산은 확실하다고 그는 울부짖으며 자살까지도 꾀했다네."

"어떻게 해서?"

"베로나르를 먹었다네. 그러나 바로 딸이 의사를 불렀다네. 그래서 알맞게 살아난 거야."

"매매는 없었는가?"

"있었네, 3주일간이나. 그때까지는 논평, 감정, 재감정의 연속이었어. 결론은 나올 때마다 엇갈렸고 전문가는 기를 쓰고 맹렬히 논평했지. 그림에 가까이 갈 수 있는 유일한 남자라고 해서 고르핑거에게 혐의가 갔네. 그러나 이 사람은 사건과 전혀 관계가 없다는 증거가 있었어. 배달부 두세 명이 의심을 받았지만 이들 또한 무죄였고."

"그럼 두 명의 하녀는?"

"폴란드 인의 할멈은 유대계이며 이디슈 어와 서투른 프랑스 어를 섞지 않으면 말을 못 하네. 아무리 질문을 해도 대답은 앞뒤 분간을 할 수 없어. 그녀는 부엌일만 해 왔어. 머리가 약간 부족하지 않은가 싶네. 또 다른 하녀는 젊은 룩셈부르크 여자야. 조사해 보니, 7층의 자기 방에 많은 연인을 끌어들이고 있었어. 펌프 상인이나 경관부터 시작해서 샹젤리제의 바텐더에 이르기까지 그녀가 끌어들이는 남자는 신분이 각양각색이야. 그러나 그와 같은 그림이 있었다는 것조차도 하녀는 몰랐다고 하네. 뿐만 아니라 주인의 방에는 한 사람도 연인을 끌어들인 일이 없다고 했지."

"결국 어땠나, 사건의 결말은?"

"얘기한 대로야, 경매는 이루어졌네. 드루오 가에서는 잊을 수 없는 광경의 하나였지. 드루오 화랑의 관계자는 모조리 떼를 지어 왔어. 베를린이나 암스테르담에서도 애호가가 좇아왔네. 그림은 석 장이 나란히 전시되었는데 보면 볼수록 사람들은 어리둥절해했네. 그만큼 아무리 섬세한 점까지라도 모두 똑같았네. 바르는 맥이 풀려 있더군. 몰려드는 사람들에게 자기가 얼마나 불운한 꼴을 당했는가 하는 얘기를 열 번이나 되풀이했어. '이젠 파산했소' 하고 그는 끊임없이 되풀이하더군. '가엾은 주디트, 악당들은 내 딸의 지참금을 훔쳐 갔습니다! 그림은 저기에 있지만…… 어떤 것이 진짜인지 나로서도 구별할 수 없단 말이오.'"

"산 사람은 있었는가?"

"경매의 경쟁금은 정말 터무니없었어! 알 수 없는 일이야, 석 장 중에 두 장은 한 푼의 값어치도 없다는 것을 충분히 알고 있으면서 말이야. 마치 복권 같았다네. 1호의 값은 20만 프랑 이상이었고 수수료를 가산하면 더욱 커지지. 이것 때문에 사람들은 몹시 놀랐네. 산 사람이 미국의 어느 대수집가의 대리인임이 알려지자 사람들은 더 놀라 자빠졌어. 이것이 자극이 되어 2호의 그림은 30만 프랑으로 뛰었어. 그러나 그건 납득이 가네, 어쨌든 산 사람이 같은 인물이었으니까. 이 사람은 분명히 석 장의 그림 모두를 수중에 넣으려 하고 있었어. 그렇게 하면 틀림없이 진짜가 수중에 들어오니까. 그 덕분에 그자는 당치도 않은 값을 치르게 되었지. 드루오 가의 인간들은 어느 놈이고 보통 수단으로는 잘 다룰 수 없으니까……. 이런 값이라면 결국 미국인만 돈벌이가 되리라고 알아차린 사람들은 모두 달려들어서 방해를 놓기 시작했네. 두 장으로선 절대로 값어치가 없으니까 아무리 터무니없는 값이라도 꼭 세 장을 함께 구입해야 하지. 그야말로 현기증이 날 정도로 경쟁이 벌어졌네. 세 번째의 그림은 순식간에 40만 프랑에서 50만으로 힘차게 뛰었네. 아차 하는 순간에 그 선은 돌파되고 드디어 70만 프랑으로 대리인에게 낙찰이 되었지……. 정말 진땀나는 경매였지. 한 장의 진짜를 포함한 석 장의 그림에 1백 20만 프랑을 지불한 셈이야."

"그래서 결국엔 알게 되었나, 석 장 중에 어느 것이 진짜 그림인지?"

"알 게 뭐야. 그 석 장의 렘브란트는 현재 뉴욕의 어느 부자가 자기의 화랑에 걸어 놓았네. 꽤 자랑거리인 모양이야."

"그렇다면 완전히 미궁에 빠졌군?"

"두 사람만 제외하고……."

"누군가, 그 두 사람이란?"

"한 사람은 수수께끼의 범인이고 다른 한 사람은 바로 날세……."

"그럼 본 일이 있나, 그 그림을?"

"굳이 볼 필요까지 있나? 자네가 가지고 있는 사진만으로도 충분하네."

세 개의 서명이 찍힌 사진을 나는 다시 한 번 보았다.

"말해보게, 도대체 어느 것이 진짜인가?"

"진짜가 있을 리 없지!" 하고 르보르뉴는 잘라 말했다.

"석 장 모두 가짜야……."

내가 멍청하니 입을 벌린 채로 있자 르보르뉴는 말을 계속했다.

"한 남자가 있었네. 어디 한 번 크게 도박이나 해보자고 결심했지. 그 녀석은 고물상이었는데 그다지 신통치 않았어. 하지만 그는 단 한 번으로 1백만 프랑쯤 벌어 보고 싶었네……. 그 남자는 유대인, 요컨대 아주 인내심이 강한 인간이었어.

위조 같은 짓은 아무것도 아니라는 생각으로 어느 날 문제의 렘브란트를 그리게 했네. 어쩌면 석 장을 한꺼번에 만들도록 했을지도 모르지. 엄밀하게 똑같이 그리도록 말이야.

남자는 그 그림을 누구에게도 보이지 않고 얘기만 했을 뿐이야. 그래도 두세 명의 친구에게만은 어두컴컴한 서재에 전시해 놓고 보였네.

파는 물건이 아닌 진귀한 렘브란트라는 말은 이렇게 해서 날조되었어! 아니나 다를까 점점 소문이 커졌지. 어쨌든 그림은 파는 물건은 아니어서 애호가가 일부러 찾아가도 바르는 그들이 감상하는 걸 거절했어.

세월이 흐르고 되풀이해서 그 얘기가 회자되는 동안에 그 그림은 소위 생명을 얻은 셈이지.

그러자 바르는 딸의 지참금으로 하기 위해 그림을 단념하고 내놓기로 했다고 소문을 내고 다녔네. 그러나 가장 중요한 일은 잊지 않았네. 그림을 내놓게 되어 괴롭고 슬퍼서 견딜 수 없다는 언동 말이야.

이 사기행각에서 최고로 중요한 시기가 마침내 찾아왔네. 미지의 그림을 에워싸고 전문가들이 정밀 감정을 하게 되었지. 가짜라는 것이 발각되지 않을까?

바르는 선수를 쳤네. 자기 스스로 가짜를 들고 나갔지. 그것도 한 장이 아니라 두 장이었어. 때문에 전문가들은 '이 그림은 진짜일까?'라는 질문에서 '이 석 장 중에 어느 것이 진짜 렘브란트 그림인가?' 하는 의문으로 자연스럽게 넘어갔다네.

전문가들은 모조리 걸려들었네. 한 사람도 빼놓지 않고! 정말, 인간답지 않나! 그들은 아무래도 걸려들게 되어 있었으니까! 1호, 2호, 게다가 3호, 그 어느 것에도 지지자가 있어서 와글와글 싸워댔으니 말일세."

14호 수문

그날 찾아낸 것은 청색 파일의 서류였다.

처음 자료는 여느 때처럼 신문을 오려낸 것으로 지방의 작은 신문에서 발췌한 것이다.

<독선(毒船)사건.

느무르, 10월 8일 밤. 오늘 아침, 당시에서 몇 km 떨어진 르완 운하에서 애처로운 사고가 발생했다.

14호라고 불리는 라 즈느부레의 수문 위쪽에 8척의 작은 배가 전날 밤부터 정박해 있었다. 최근의 운행정지 기간 이후에는 교통량이 상당히 많아서 수문계는 선원의 요구에 따라 오전 5시부터 일을 시작했다. 5시면 아직 캄캄한 시간이다.

두 척의 배(그 중 한 척은 모터선)가 수문을 통과했다. 놀랍게도 세 번째의 '2인 형제'호는 아직 갑실(閘室)에 들어갈 준비를 하고 있지 않았다.

운항에 방해가 되므로 선원들은 장대로 선실을 탕탕 두드렸으나 반응이 없었다. 참다 못한 선원들은 안으로 들어가 보았다.

배는 소와 말 같은 짐승을 전문적으로 수송하는 배였다. 망아지를 보살피기 위해서 선장은 적어도 출발 한 시간 전에는 일어나야 했다.

이윽고 수수께끼가 풀렸다. 선주(船主) 조젭 모르티에 부부가 선실의 침대에 의식불명으로 누워 있는 채 발견되었다. 재빨리 누군가가 마을의 의사에게 연락을 하러 갔다. 한편 마구간에서는 선장인 데지레 피에부프의 시체가 밀대짚 이불에 누워 있는 채로 발견되었다. 선장은 언제나 거기서 자는 습관이 있었다.

요람 안에서는 1년 6개월 된 여자아이가 훌쩍훌쩍 울고 있었다.

한 시간 후에 의사가 도착했다. 의사는 선장의 죽음을 확인했다. 모르티에 부부는 급히 느무르의 병원으로 옮겨졌다.

남편은 위독했으나 부인은 그다지 중태는 아니다.

아이를 빼놓고 승무원은 모조리 식중독을 일으킨 것 같았으나 의사는 확실한 진단을 내리지 못했다.

커다랗게 입을 벌린 쇠고기 통조림 한 개가 선내에서 발견되었지만 사건과 관계가 있는 것인지는 아직 모른다.>

두 번째의 스크랩은 더 짧았다.

<마지막으로 짧게 보도한 바 있는 선주 조젭 모르티에는, 병원에 수용된 지 얼마 후에 끝내 사망했다. 부인의 증세도 악화되었다.

아기는 매우 건강하다.

수사는 어제 종일 계속되었으나 밝혀진 것은 아무것도 없다.>

세 번째 스크랩은 다음과 같다.

<비극의 수문.

느무르, 10월 10일발. 두 사람의 목숨을 빼앗고 모르티에 부인을 위독으로 몰아 넣은 삼중 독살사건의 공포가 아직 사라지지 않은 이 시점에, 로완 운하의 14호 수문에서 또다시 기괴한 사건이 발생했다.

오늘 아침 새로운 중독사건이 3건 발생했는데 기묘하게도 이번에는 두 척의 배에서 따로따로 일어났다.

라 벨 우제니 호의 선장이 기관실에서 사망한 채로 발견됐다. 한편 방페토올호의 귀스타브 트로세 부부는 중태이며 모두 위독하다.

'2인 형제'호의 선실 안에서 발견한 쇠고기 통조림의 내용을 분석한

결과, 인체에 무해(無害)한 것으로 판명되었다. 추가로 사건이 발생한 두 척의 배에서는 통조림이 발견되지 않았다.

선원들의 동요는 심각한 편이다. 14호 수문에는 저주가 걸려 있다는 소문이 퍼지고 있다.

세 척의 배가 방치되어 통로를 점유하고 있어서 수문 부근의 운행이 어려운 편이나, 아마도 금주 말에는 예인될 예정이다.>

"기묘하군!" 하고 나는 중얼댔다.

"글쎄 읽어보게, 아직도 다음이 있어."

<또다시 14호 수문에서 괴사건 발생!

사건은 더욱 복잡해지고 이상해졌다. 처참하게도 희생자 명단이 대폭적으로 늘어났다.

어제, 즉 앞서의 중독사건으로부터 24시간 후, 이번에는 일가족이 몽땅 당했는데, 아주 기적적으로 목숨만은 건진 듯하다.

최초의 증상이 나타났을 때에 때마침 의사가 운하 부근을 지나가다가 환자들에게 충분한 치료를 할 수 있었기 때문이다.

피해자들은 일단은 위기를 모면한 모양이다.

그러나 사건의 수수께끼는 전혀 해결될 기미가 보이지 않는 상태이다. 선원들의 식사 때 내놓은 햄의 찌꺼기를 검사해 보았으나 이상은 없었다.

가장 우려되고 있는 건 문제의 수문을 통과하는 배의 수가 상당히 많은데도 불구하고 선주들이 전혀 불안을 느끼고 있지 않다는 점이다.

사실상 운하의 교통량은 점차로 증가되고 있다. 하루에 약 30척이라는 숫자는 운행을 지연시키고 있고 수문 간의 하구(河區)를 혼잡스럽게 하고 있다.

수사는 활발하게 계속 진행중이다.>

창문 앞에 우뚝 서 있는 조젭 르보르뉴의 표정은 진지했다.

"퍽 기묘하지 않은가!" 하고 나는 말했다.

"그래도 어엿한 사실이네. 그 다음을 조사해 보게, 대량살인은 꼬박 1주일간 계속되었네."

"경찰은 범인을 찾아냈나?"

"아무것도 찾아내지 못했어."

"그럼 독살자들이 자발적으로 그만둔 것일까?"

"아니야! 내가 나서지 않았더라면 14호 수문 앞에서 더 많은 사람들이 죽었을 거야."

"목표가 된 배는 같은 회사의 것인가?"

"어떤 배는 '합동수운'의 기를 달고 있었네. 중부에 있는 하천수송의 대회사지. 그 밖에 작은 회사 소유의 배도 있었고, 선장 자신이 선주인 것도 있었네."

"14호의 수문 담당은 어떤 남자인가?"

"이름은 봐르브레로, 키가 크고 전쟁 때 부상을 입은 자이네. 수문계의 직책은 상이군인에게 우선권이 있으니까. 그는 비록 한쪽 다리가 의족이지만, 상류의 문에서 하류의 문으로, 하류의 문에서 상류의 문으로 하루 종일 거뜬히 뛰어다니고 있네."

"인물은?"

"전에는 빵가게를 했었네. 금년에 48세, 기혼자이며 아이는 둘. 대체적으로 명랑하고 선장들과 곧잘 농담을 주고받지. 그 쓰러져 가는 집 옆에 어느 운하에서도 흔히 볼 수 있는 잡화점이 있고, 그곳에서 무엇이든 팔고 있는데 깡통이라든가 목제구두 등을 주로 팔지."

"희생자가 지나온 경로는?"

"중부의 운하에서 느무르를 거쳐 세느 강으로 나가는 배에서 발생했네. 말하자면 내려가는 배였어."

"그럼 올라가는 배는?"

"무사고라네!"

"13호 수문과 14호 수문과의 거리는 몇 km쯤 되나?"

"3km, 그 부근의 하구로서는 가장 긴 편이지. 수문의 거리는 대체로 500m가 보통이니까. 그 근처의 운하는 마을을 전혀 통과하지 않네."

"중독을 일으킨 사람들은 모두 라 즈노부레의 잡화점에서 식료품을 산 게 아닐까?"

"그건 아니라네. 느무르에서 물건을 산 사람도 있고, 더 상류 쪽의 바뇨 에글빌 뷰주라는 데서 산 사람도 있었네⋯⋯."

"운하의 물을 마신 게 아닐까?"

"절대로 마시지 않았어! 첫째로 운하의 물로는 중독되지 않아. 말들이 이 물을 먹고 있고 지금도 마시고 있지만 중독을 일으키진 않았어."

"그래서? 자네는 뭔가 알아냈나?"

"여보게, 대량살인을 종말지은 것은 바로 나야!"

"배는 보험에 들어 있었는가?"

"물론 모두 들어 있지. 뿐만 아니라 수송중에는 배에 실은 화물도 특수보험의 대상이 되지."

"도중에서 사고가 일어난 예는? 가령 14호 수문보다 전에라도?"

"하나도 없어."

"사고 후 배는 어떻게 됐나?"

"넣을 수 있는 한은 선착장에 넣어졌네. 합동수운의 소유라면 회사에서 선원을 파견하고 배를 인수하지. 그렇지 않으면 기다릴 수밖에 없고⋯⋯. 지금도 기다리고 있는 배가 한 척 있을 거야⋯⋯."

"늦었을 경우에는 매일 얼마의 위약금의 물겠다는 규정조항이 운송계약에 있을 텐데?"

"대체적으로는."

"그건 그렇고, 배에 실린 화물은 무엇이었나?"

"로와르의 광석을 실은 배도 있었고 마르세이유 레 조비니의 시멘트를 실은 것도 있었네."

"모두 구별 없이 당했나?"

"응, 베리 운하의 작은 배도 당했어, 이 배는 수프의 제지공장(製紙工場)에서 종이를 운반하고 있었지."

"사상자의 수는?"

"1주일 동안에 사망자 5명, 14명이 중태."

나는 그 말을 듣고 깜짝 놀랐다. 연일 파국(破局)이 찾아 드는 숙명의 수문을 나는 상상해 보았다.

"그럼, 13호의 수문은?" 하고 나는 질문을 계속했다.

"수문 담당은 42세, 한쪽 팔이 없네. 마누라는 있는데 아이는 없어."

"그 남자도 심문을 했는가?"

"그는 아무것도 모르고 있어. 그는 선장들에게 가끔 계란을 팔고 있지. 이것은 금지되어 있는 일이라서 자백시키는 데 몹시 힘이 들었던 모양이야."

"죽은 사람들에게도 팔았는가?"

"두 사람에게만. 다른 사람에게는 팔지 않았네."

"항복했네!" 하며 나는 한숨을 지었다.

"이런 사건은 도무지 이해를 못 하겠어, 악몽 같군……."

다소 무뚝뚝하게 조젭 르보르뉴는 한마디 했다.

"어찌 되었을까, 나까지 단념했다면. 지금쯤 희생자는 열 명을 넘었을걸세."

"세상에는 말이야." 하며 르보르뉴가 말을 이었다.

"열정적인 사람도 있고 히스테리 환자도 있고, 알코올 중독자도 있어. 뿐만 아니라 정신병자도 있지.

위험하다고 알려진 정신병자는 별도로 치고, 보통 사람과 함께 살고 있으면서 고정관념에 사로잡힌 정신질환자도 있지.

모두 알고 있는 바와 같이 선장이란 사람은 항해중에 음료수를 수문에서 보급받지. 그럴 때는 대체로 혼잡한 하구(河區)의 수문이 이용되네. 어차피 상당한 시간을 기다리게 될 테니까.

그들은 여러 곳에서 필수품을 보급받고 있어. 그리고 식료문제가 우선 해결되면 남는 것은 음료수지.

때문에 14호의 수문은 혐의에서 제외되지. 요컨대 취사는 도중에서 하게 되고 14호 수문에 배가 닿을 저녁 무렵에는 식사 준비는 이미 끝나 있었을 걸세. 아마도 이때에 독도 들어가 있었겠지.

13호 수문에 대해서도 이와 같이 얘기할 수 있네. 선장이 저녁 6시경에 이곳을 통과할 때 저녁식사는 벌써 불 위에 얹어져 있었을 걸세.

느무르는 문제되지 않네. 여기에서는 물을 공급하지 않기 때문이야.

따라서 보다 더 상류 쪽으로 거슬러 올라가지 않으면 안 돼. 특히 11호의 수문 부근까지 말일세. 이 수문도 혼잡을 이루는 편이고 '샘'이라는 명칭에서 볼 수 있듯이 이곳은 물이 유명한 곳이야. 나는 경찰에게 부탁해서 '샘'의 우물을 조사해 달라고 했네. 예상대로 성냥이 백 상자가량 발견되었어.

뿐만 아니라 그곳 수문 담당은 전쟁후유증으로 정신이 이상했네. 그는 부정할 생각조차 없었어. 기분 나쁘게 빙글빙글 웃으면서 그는 이렇게 말했네.

'이렇게 사람이 많다니! 모두들 투덜대더군! 밥 먹을 틈도 없어! 어찌할 방법이 없다고 하기에……. 내가 해결책을 생각해냈지, 절반쯤 없애는 방법을…….'

그리고는 그 남자는 기쁜 듯이 설명을 했네. '우물에 독을 넣은 후 나는 운하의 물밖엔 안 마셨소.'라고.

이 가엾은 남자는 지금 요양소에 들어가 있네. 르완 운하의 배를 줄이려고 여전히 계획을 짜고 있다더군."

두 명의 기사

"그만두게, 그까짓 서류 때문에 고생하는 건!" 하며 조젭 르보르뉴가 말했다. 그 날의 그는 평소보다 상냥했다.

실제로 그는 이런 말도 해주었다.

"자네에겐 지나치게 복잡한 사건이네. 신문기사를 읽으면 자넨 백가지 이상의 선입견에 사로잡혀 갈팡질팡하게 될 걸세. 그 대신 내가 사건의 껍질을 한 가지만 벗겨 보여 주지, 단 한 가지 요점만을 말야.

사건은 '샤롱 쉴 소느'의 공장에서 발생했네. 공장의 이름은 접어 두겠네. 아무튼 거기엔 약 2천 명의 노동자들과 30명가량의 기술자가 있었네. 그들은 각종 실험실에서 분산되어 일하고 있지. 이것만 알아두면 충분하네.

그 실험실에서는 청동과 강철의 내구성 외에도 탄도학도 연구하고 있었지. 특히 A실험실은 이 연구를 위한 전문 시설이 구비되어 있었어. 그 때문에 A실험실은 공장에서 좀 떨어진 곳에 세워져 있지.

도면으로 그것을 알 수 있겠나? 정면에는 강력 모터가 있는 작업장이 있네. 이곳에서 공장 전체에 전력을 공급하네.

하루 중 단 2번, 10시부터 10시 15분과 12시부터 1시 사이에만 모터가 정지하고 나머지 시간은 쉬지 않고 돌아간다네.

작업장의 왼쪽에 있는 별장 같은 건물은 관리사무소야. 관리사무소는 모터 소리 때문에 너무 시끄러워서 사무원들이 일을 제대로 할 수 없을 정도라네.

하여튼 이 실험실 옆이 수위의 오두막이고 거기에서 수위는 아내와 15살 된 딸과 함께 살고 있네.

이 정도면 현장이 어떻게 배치되어 있는지를 이해할 수 있겠지? 그럼 다음을 계속하겠네.

A실험실에서는 두 명의 기사가 항상 일을 하고 있지. 한 사람은 작크 드비엔느고 28세의 독신이라네. 그는 샤롱 술 소느에서 가구가 붙어 있는 방에 살고 있지. 다른 한 사람은 에크토르 못세로 30세이며 역시 독신이네. 그는 번화가에서 몇 km 떨어진 교외에서 양친과 함께 살고 있지.

두 사람에게는 마음대로 부릴 수 있는 조수가 있는데 이름은 이반 자르스키야. 35세이며, 대학에 적을 둔 일도 있었지만 현재는 보시다시피 조수일 뿐이지. 아무튼 그는 샤롱의 싸구려 호텔에서 애인과 동거중일세. 이반이 하는 일은 두 명의 기사에게 필요한 자료를 다른 실험실이나 회계과에서 가져오는 거였지.

작크 드비엔느와 에크토르 못세의 사이는 좋은 편이 아니네. 오히려 2,3개월 전부터 더 악화되었지.

두 사람은 예전에는 '너', '나'라고 부를 정도로 그럭저럭 잘 지냈던 모양인데, 요새는 얘기를 나누어도 직무상 필요한 대화밖에는 나누지 않고, 또 그런 경우에도 의식적으로 격식을 차려 부르는 형편이네.

두 사람은 함께 공장을 나갈 때는 서로 몇 미터씩 떨어져서 걷는다네. 번화가의 분기점까지 그런 식으로 걸어가는 거지.

둘은 또 두세 번 굉장한 싸움도 했는데, 한 번은 조수가 사이에 끼여들어 겨우 말렸다고 하더군.

드비엔느는 몸집이 좋고 키가 큰 청년으로 혈색도 좋고 순수한 부르고뉴 인답게 맛있는 것이라든가 여자나 농담 등을 썩 좋아했다네.

못세는 두 살 연상이지만 드비엔느보다 머리가 하나쯤 차이 날 정도로 키가 작고, 몸집도 가냘픈 편이네. 얼굴빛은 노래서 그는 자주 간이 나쁘다고 불평을 하곤 했네.

두 사람의 사이가 나빠진 원인은 정확히 밝혀지지 않았지만 사람들은 3개월쯤 전에 드비엔느가 못세의 연인을 빼앗았기 때문이라고 생각하고 있다네. 그 여자는 이르마라는 이름의 귀여운 아가씨였는데 생긴 것 답지 않게 품행이 단정치 못하고 상대를 가리지 않고 사귄다는 거야.

조수인 자르스키 역시 예전에 이 여자와 사귄 적이 있다는군. 그는 아직도 이르마를 좋아하고 있는 모양이야.

여하튼 어느 수요일 오전에 다음과 같은 사건이 일어났네.

10시 5분 전, 용무가 있었던 자르스키가 두 사람을 남겨두고 A실험실을 나갔네.

그때 두 사람은 모두 일을 하고 있는 중이었지. 서로 대화는 전혀 나누지 않았고. 그리고 정확하게 10시 5분 전—관리사무소의 건물에 전자시계가 있네. 이건 바로 확인되었어. —에크토르 못세는 이 건물에 나타나서 중요한 보고가 있으니까 주임기사를 만나고 싶다고 했네. 주임은 자리를 뜰 수가 없었기 때문에 못세는 좁은 대합실에 앉아서 기다리고 있었지. 그동안 수위가 유리창 너머로 그를 보고 있었고.

수위는 그때의 상황을 명확하게 증언했네. 수위는 못세가 그 자리에서 움직이지 않았고 담배를 피웠다고 했네. 그래서 수위는 '여기는 금연입니다.' 하고 정중하게 주의를 주었지. 못세는 순순히 담배를 껐네.

10시 3분. 보통 때라면 모터의 소음이 그쳐 있을 시간이지. 그런데 갑자기 A실험실에서 '꽝' 하고 폭발소리가 울린 거야.

뜨락에 있었던 자르스키가 실험실로 달려가서 문을 열자 작크 드비엔느는 가슴에 총을 맞고 피투성이가 되어 바닥에 쓰러져 있었네. 약 2m정도 떨어진 곳에는 권총이 있었고.

실험실에는 드비엔느 외에는 아무도 없었네. 격투의 흔적도 전혀 없었고 모든 비품은 제자리에 똑바로 놓여져 있었지.

드비엔느가 쓰러져 있는 모양을 보건대, 드비엔느는 대리석 책상에 몸을 구부리고 있을 때에 총을 맞은 것 같아.

물론 현장과 주변에 대한 철저한 수사가 이루어졌네. 수위와 함께 미장이가 심문을 받았지. 참 미장이는 실험실 건물 가까이에서 일을 하고 있었네.

수상한 것을 목격한 사람은 없었어. 참고로 수위는 아침에 면도를 할 틈이 없어서 마침 범행이 일어난 시각에 방에서 수염을 깎고 있었다고 고백했는데 그곳에서는 공장의 출구가 보이지 않는다네.

사건은 이상과 같아. 자, 이제 남은 문제는 자네가 해결해 보게.

맥이 빠지지 않도록 이것만은 말해 줄까. 경찰에서도 아직 해결을 못했다네. 범행 후 3개월이 지났는데도 수사는 아직 진행중이야."

나는 정성을 들여서 두세 가지를 기록했다. 르보르뉴의 이야기는 간결하고 완벽했지만 나는 일단 물어 볼 수 있는 것은 모두 물어 보기로 했다.

"자르스키가 나갈 때 두 기사는 일을 하고 있었나?"

"앞서 말한 바와 같아."

"두 사람 중 어느 한 사람이 조수에게 다른 실험실로 가라고 했나?"

"아니, 그게 아니라 언제나 그 시각이 되면 조수는 다른 실험실을 돌며 필요한 자료들을 챙겼다네."

"10시 30분에 못세는 대기실에 있었다. 이것을 증명할 사람은 사무소의 수위 한 사람뿐인가?"

"아참, 잊고 있었는데 두 사람이 또 있어. 그들은 공장장을 기다리면서 못세와 함께 대기실에 있었네."

"사건이 일어난 후 못세의 태도는 어땠나?"

"분명히 놀라고 있었다네. 그러나 그는 곧바로 폭발의 이유를 설명했지. 그는 '증류기가 파열했다!' 하고 말했네."

"그런 일은 자주 있는가?"

"때때로 있었나 봐."

"드비엔느는 즉사했을까?"

"의사의 의견은 그러하네. 폭발한 후에 자르스키가 실험실로 달려갔을 때까지 2분도 걸리지 않았으니까."

"실험실의 창문은 열려 있었는가?"

"하나는."

"그 창문에서 총을 쏘았다고는?"

"구조로 보아 불가능한 것은 아니지만……."

"실험실은 입구가 몇 개인가?"

"두 개, 하지만 하나는 발판이 걸려 있었고 다른 하나는 임시로 폐쇄되어 있었지."

"그 발판에서 직공들이 일을 하고 있었던 건 아닌가?"

"아니!"

"드비엔느와 못세는 그 날 아침 동시에 출근했나?"

"평소와 같아. 5~6분 차이는 있었지."

"전날 밤에 두 사람이 거리에서 만났는지도 모르겠군?"

"사실, 두 사람을 본 사람이 있어. '포스트'의 카페에서 따로따로 말이야. 드비엔느는 이르마와 함께 있었다네. 대화는 나누지 않았던 모양이야."

"이르마는 아직도 못세에게 인사를 하는가?"

"눈에 띄지 않을 정도로. 그건 예의니까."

"남자 쪽도 답례를 하는가?"

"언제나 하는 것은 아니야."

"자르스키는 출세를 하고 싶어하겠지?"

"예전엔 그랬어. 와르소에서 가정부를 하던 여자의 아들이었는데 형편은 어려웠지만 학구열은 높았는지 낭시의 다핵에서 2년간 공부했다네. 학자금이 없어서 학교를 중퇴하고 조수를 하고 있지만 실제로는 기사의 일 정도는 쉽게 해치울 정도의 실력이 있지."

"드비엔느의 돈지갑은 물론 없어지지 않았겠지?"

"천만의 말씀, 지갑은 발견되지 않았네!"

"대금이라도 들어 있었는가?"

"5~600프랑쯤, 아마 그 정도일 거야. 전날 드비엔느가 받은 액수가 그거였으니까."

"그렇다면 범인은 실험실에 침입한 인간이 틀림없겠군?"

"그럴 것이라고 생각할 수도 있겠지만."

"게다가 자살은 불가능하고······."

"피스톨은 시체에서 2m 정도의 지점에 있었네. 어떤가? 이 정도 물어봤으면······."

"한 가지만 더. 드비엔느의 후임으로는 누가 되었나?"

"아르마의 상대?"

"아니, 공장에서······."

"후임은 없어. 못세와 자르스키, 두 사람이 일을 맡고 있네."

"그렇다면 자르스키가 승진한 셈이군?"

"겉으로 보면 그렇겠지만 자격으로는 그렇지 않아. 급료도 달라지지 않았고······. 인상 요구는 끊임없이 하고 있지만."

나는 입을 다물었다. 얼마나 시간이 흘렀을까, 조젭 르보르뉴는 드디어 귀찮아진 모양이다. 그는 강경한 말투로 나를 몰아세웠다.

"또, 정신을 못 차리는군, 도무지 생각을 안 해! 변명은 필요 없네! 어째서 생각을 하지 않는 거지?"

"에크토르 못세가 총으로 드비엔느를 사살한 거야. 9시 55분 조금 전에. 계획적인 행동이어서 드비엔느는 위험을 간파할 틈도 없었지.

기억해 두게, 이 시간에는 모터가 굉장한 소리를 내고 있었다구. 외부에서는 아무것도 들리지 않지.

꽤 오래 전부터 그는 계획을 세우고 폭약을 조합해 둔 거야. 그자로서는 참으로 간단한 일이지. 이 폭약은 말일세, 10시 몇 분 후에 폭발하도록 조합된 거라구.

알았나, 가령 우리들이 화약처리 실험실에 있었다고 하세. 방에는 커다란 굴뚝이 있어. 바닥에 굴러 있는 총을 보면 어느 누구도 굴뚝을 검사해 보려는 생각을 하지는 못할 걸세. 폭발이 일어난 건 굴뚝 속이 아니라고 확신해 버리니까······.

게다가 당연한 일이지만 시체는 아직 따뜻했고. 계획적이었다는 것은 단순히 미리 행동을 준비했다는 것뿐만은 아니야. 시간을 선택한 방법을 생각해 보아도 알 수 있지.

10시 전, 혹은 10시 15분 이후였다면 폭발음은 들리지 않았을 거야.

그런데 폭발음은 무슨 일이 있어도 들려야만 했지. 그렇지 않으면 대기실에서 주임기사를 기다리고 있는 못세에게 명백한 알리바이가 성립되지 않으니까 말야.

이 범죄는 세밀한 점까지 준비하려면 아마도 몇 주일, 아니 몇 개월 이 걸렸을 거야.

그리고 녀석은 성공했지. 혐의도 받지 않았네. 가까운 시일 내에 사건은 틀림없이 미궁에 빠져 버릴 거야."

아스토리아 호텔의 폭탄

"브뤼셀의 아스토리아 호텔을 알고 있나? 노스턴 역의 맞은편에 있는 것 말이야. 국제숙박회사가 경영하고 있는 호화 호텔 말일세.

여기에서 몹시 잔혹한 사건이 벌어졌네.

4월 10일 오전 0시 반, 굉장한 폭발이 일어나 호텔 전체가 진동했네. 유리창 태반이 산산조각으로 날아가 버렸어. 바닥은 흔들리고, 천장의 전등 몇 개가 떨어지고, 이곳저곳에서 대소동이 벌어졌지.

4층 왼쪽의 77호실에서 폭탄이 터진 거야. 이 방과 79호실 사이의 벽은 일부가 무너졌네. 75호실로 통하는 폐쇄된 문도 부서지고 뒤에 있던 벽장도 뒤집어졌지.

폭발 때문에 불이 났네. 그러나 77호실에는 도저히 들어갈 수가 없었어. 급히 소방서에 연락해서 두 시간 후에 겨우 불을 껐지. 그런데 그 방에서 엉망진창이 된 시체가 나왔네. 시체라고 할 수도 없었어. 인간의 몸은 산산조각난 잔해에 불과했다네.

불은 77호를 몽땅 태웠네. 양쪽 방도 부분적으로는 못 쓰게 됐고.

대혼란의 결과로 별별 일들이 일어났지만 그건 생략하겠네.

물론 경찰은 바로 현장으로 달려왔어. 그러나 수사는 처음부터 아무래도 사건의 양상이 이상했어.

첫째로 79호실의 손님이 자진해서 경찰에 출두하여 '저는 게르하르트 그로스, 베를린 경시청의 경감입니다.' 하고 이름을 밝혔지.

그로스의 신고로 피해자는 무직자 에른스트 골트슈타인이라는 것을 알았네. 이 녀석은 말이야, 1주일 전에 발생한 베를린 은행강도의 공범이었다네.

이 범행은 유례 없는 대담한 수법으로 이루어졌지. 범인들은 은행 지하실로 잠입해 들어갔어. 우선 공범의 한 사람이 은행 옆집을 몽땅

빌렸지. 범인들은 그곳에서 도로 밑으로 터널을 판 거야.

이 일에 열흘이나 걸렸지. 금고는 몽땅 털렸고 도난당한 돈은 총 400만 마르크 즉 1천 6백만 프랑으로 추정되었네. 그 중의 일부는 현금, 일부는 유가증권, 나머지는 보석이었어."

"잠깐, 실례!" 하며 나는 참견했다.

"그로스 경감이 골트슈타인을 미행한 것은 베를린부터였나?"

"베를린부터였지! 골트슈타인은 실수를 했어. 그는 물건을 사고서 훔친 지폐로 지불했던 거야. 그런데 그 번호를 경찰이 메모해 두었네. 4월 8일 브뤼셀행 기차에 탔을 때에는 경감이 이미 미행하고 있었지."

"어째서 체포를 하지 않았을까?"

"골트슈타인을 미행해서 한패를 찾아낼 속셈이었지. 골트슈타인은 짐을 잔뜩 가지고 있었는데 세관에서 일부러 호기 있게 행동했기 때문에 그가 가진 다섯 개의 트렁크 중에서 한 개만 세세하게 검열받았을 뿐 나머지는 별 제재 없이 통과됐다네. 그로스는 훔친 물건이 남은 네 개의 트렁크에 있었을 거라고 하더군."

"두 사람이 브뤼셀에 도착한 건 언제였나?"

"4월 9일 오전 11시. 골트슈타인이 아스토리아 호텔에서 방을 정했기 때문에 경감도 옆방에 묵었네. 그 날 종일 골트슈타인은 호텔의 종업원 이외에는 누구하고도 말을 하지 않았어. 그리고 거리에 나가서 훔친 지폐를 몇 장 바꿨지."

"미행을 눈치채지 못했는가?"

"눈치채지 못했다고 그로스는 말했네. 9일 밤 골트슈타인은 아스토리아의 식당에서 저녁식사를 마치고 끽연실에서 신문을 읽으면서 두 시간쯤 보냈네. 그는 밤중에 방으로 돌아갔네. 그리고 30분 후에 폭발이 일어났지. 그때 아마 그는 침대에서 자고 있었을 걸세."

"트렁크는 방에 있었겠지?"

"방에 있었네."

"부서졌겠지?"

"엉망진창이었고 불이 그 방을 쑥대밭으로 만들었네."

"75호실에 묵은 사람은 누구인가?"

"하리 브랄즈 경, 영국의 탐험가일세. 약 3년 전에 낙타를 타고 사하라 사막을 혼자서 횡단했지. 그때는 꽤 떠들썩했었네."

"브랄즈는 어디서 왔나?"

"베를린에서. 골트슈타인이나 그로스보다 24시간 전에 도착했네."

"그는 골트슈타인과 말을 주고받았나?"

"아니. 하지만 골트슈타인이 밤에 끽연실에 있었을 때 브랄즈도 있었네. 골트슈타인이 읽고 있던 신문을 빌려도 괜찮겠느냐고 독일말로 물었는데, 그것뿐이야."

"출발한 것은?"

"사건 다음 날 아침 8시에 오스텐드 경유로 런던으로 갔네."

"부근 방에는 다른 숙박인도 있었겠지?"

"74호실에는 미국의 댄서 로렌스 타이러, 그녀도 골트슈타인이나 경감과 같은 기차로 베를린에서 왔어. 76호실에는 조젭 반 디 베르, 앙트와프의 다이아몬드 상인이며 폭발사건 몇 시간 전에 파리에서 비행기로 도착했네."

"두 사람은 모두 골트슈타인과는 관련이 없는가?"

"응, 저녁식사 때 앙트와프의 상인은 댄서와 대화를 시작했고 둘이서 샴페인을 11시 반까지 계속 마셨네. 폭발 시각에는 아무래도—이것은 증명되지는 않았지만—같은 방에 있었던 것 같아."

"그럼, 78호실의 손님은?"

"스테판 스트레세프스키, 34세의 폴란드 사람. 이 사람도 골트슈타인과 같은 기차로 베를린에서 왔네. 오른쪽 다리가 골절되어 깁스를 하고 있어서 특별실을 이용했지. 침대자동차로 아스토리아 호텔에 도착하고 나서는 하루종일 방에 박혀 있었고. 밤 10시에 또다시 자동차가 마중나와서 역으로 갔네. 그는 암스테르담행의 열차에 침대칸을 예약하고 있었어."

"골트슈타인에게는 말을 걸지 않았겠지?"

"방에 박혀 있었으니까. 그와 접촉한 사람이라고는 간호사와 4층의 급사와 요리사뿐이었네."

"폭탄의 종류는 알아냈나?"

"그건 알 수 없었어. 화재가 휩쓸고 간 방은 재투성이였어. 시체도 분간할 수 없었네, 그야 그렇겠지. 토막토막 잘라져서 까맣게 타 버렸으니까."

"베를린의 은행강도는 몇 명쯤 되나?"

"적어도 네 명."

"하지만 용의자는 골트슈타인뿐이었나?"

"경찰에서는 전혀 실마리를 잡지 못하고 있어. 은행에서 현상금을 걸었을 정도지. 범인의 인상을 알려 주는 것만도 현상금이 10만 마르크라네."

"현상금은 경찰관도 받을 수 있나?"

"물론."

"그렇다면 그로스에게도 10만 마르크를 손에 넣을 찬스가……."

"그렇지."

"그로스는 벨기에 경찰에 사건을 통고하지 않았나?"

"응. 더 윤곽이 잡힌 후에 협조를 의뢰할 생각이었지."

"훔친 지폐로 물건을 사지 않았다면 골트슈타인은 용의자가 되지 않았겠지?"

"다시 한 번 말하겠네만, 단서는 전혀 없었다네."

"로렌스 타이러는 베를린에서 춤을 추었나?"

"위텔 가르텐 극장에서 2주일. 강도사건이 있었을 때는 베를린에 있었던 셈이지."

"조젭 반 디 베르는 그때 어디에 있었나?"

"비엔나."

"하리 브랄즈는?"

"베를린."

"무얼 하고 있었다고 말하던가?"

"시내를 구경했다더군."

"부자인가?"

"그의 아내에게 얼마간의 재산이 있네. 그녀는 절대로 런던을 떠나지 않는 여자로 남편의 방랑벽을 못 견뎌하고 있어. 벌써 몇 번이나 이혼까지 갈 뻔했지."

"폭탄은 반드시 화재를 일으키는가?"

"소이탄 이외에는 그런 경우가 드물어."

"그럼, 이번 경우가 그 드문 예일까?"

"그런 모양이군."

"도난당한 유가증권은 전혀 찾지 못했나?"

"한 다발 중 절반쯤이 발견되었네. 반쯤 불에 탄 것 말일세."

"게르하르트 그로스에 대해서 알고 있는 게 있나?"

"그는 유능한 경찰관이며 과학수사의 방법은 모조리 알고 있어. 같은 이름의 범죄학자인 그로스 교수의 숭배자라더군."

"나이는?"

"33세. 그는 영어와 프랑스어를 자유자재로 구사한다네. 45세가 되면 베를린의 경시총감이 되겠다고 동료에게 몇 번이나 선언한 적이 있다더군."

"스테판 스트레세프르스키의 직업은 뭔가?"

"모피상."

"반 디 베르는 기혼자인가?"

"아이도 있어. 그러나 출장 갈 때마다 결혼반지를 주머니에 넣는 족속이야. 브뤼셀에 있었던 것도 쓰지 말아 달라고 신문기자에게 매달렸다더군. 마누라에게는 죽 파리에 있었다고 말해 온 모양이야."

"4층의 급사는?"

"제프 브롱칼이라고 하며 1주일 전에 고용되었네. 그때까지는 죽 여객선의 룸 보이를 하고 있었네."

"폭발 때는 어디에 있었나?"

"엘리베이터 앞의 의자에 앉아 있었네. 야근할 때는 언제나 거기에 있지."

"호텔에서 살고 있나?"

"아니, 종업원의 일부는 시내에서 살고 있어. 방이 없기 때문이야."

"4월 9일에 골트슈타인의 방을 청소한 것은 급사였나?"

"한 시간쯤 걸려서 말이지."

조젭 르보르뉴는 내 질문에 신경질을 내지 않고 참을성 있게 대답해 주었다.

"문제는 아주 간단하다네!" 하고 드디어 그는 말했다.

"나는 이 사건을 푸는 데 꼬박 15분이 걸렸어……."

"알겠나, 은행을 털기 위해서 강도들은 도로에 지하도를 파는 일까지 해치웠어. 그들은 대담했고, 영리했고, 단결력이 있었지. 그런 패들이 경찰이 돈의 번호를 메모해 둔다는 것쯤은 잘 알 텐데도 서슴지 않고 돈을 쓰다니……, 이상하지 않나? 생각해야 할 문제는 바로 그 점이야!

즉 에른스트 골트슈타인은 미끼일 뿐이야. 무슨 짓을 해서라도 범인들은 훔친 돈을 독일에서 가지고 나가야했지. 그런데 국경은 감시되고 있네. 그래서 그들은 골트슈타인을 바람막이로 이용했지.

경찰은 그 수법에 속아넘어가 골트슈타인을 미행했지. 브뤼셀행 열차에서도 단 한 사람의 여객을 감시하는 데 열중했네.

그런데 말이야, 골트슈타인의 짐 속에는 유가증권과 지폐다발이 아주 조금밖에 들어 있지 않았어. 그로스 경찰관이 걸려들기 알맞을 정도의 미끼밖에는 없었던 거야.

진짜 전리품, 1,600만 프랑은 다른 남자가 같은 열차로 운반하고 있었지. 뿐만 아니라 되도록 의심을 받지 않게끔 일부러 다친 것처럼 보이게 하고 말야.

제대로 걷지도 못 하는 남자를 누가 무엇 때문에 경계하겠나?

스트레세프스키가 일당의 두목이었을 텐데 이 사나이는 브뤼셀에서 아주 멋진 착상을 얻었네. 이 착상이 없었다면 그자는 브뤼셀에는 오지 않았을 거야.

두목은 그로스가, 돈은 77호실에 있으며 주범(主犯)은 골트슈타인이라고 굳게 믿고 있다는 것을 잘 알고 있었지.

그러나 경감이 미끼를 체포해 버리면 머지 않아 진상이 폭로될 것이고 골트슈타인 역시 자백할 게 뻔했어.

폭탄이 그것을 멋지게 날려버린 거야.

미끼와 함께 전리품이 들어 있다고 생각되는 트렁크도 산산조각이 났지. 건강한 간호사가 스트레세프스키를 들것에 태우고 나가자 폭탄이 터졌지.

어쨌든 숙박인들은 식당에 가 있었고 골트슈타인만 4층에서 혼자 있었으니까…….

명백하다고, 응, 그렇지 않나?"

황금 담뱃갑

그 파일은 다른 것과는 구별되어 있었다. 내가 일부러 찾아낸 것은 아니다. 반쯤 열린 서랍 속에서 그 파일이 보였다. 언제나 조젭 르보르뉴의 비꼬는 시선을 의식하면서 조사하곤 하는 그런 종류의 파일이었다. 나는 그걸 꺼내서 조사해 보기로 마음먹었다.

르보르뉴는 거울 속으로 나를 보고 있었는지 별안간 달려와 내 손에서 서류를 빼앗으려고 했다. 그러나 이내 생각을 고쳐먹고는 묘한 목소리로 속삭이듯이 말했다.

"파일을 돌려주게."

때론 호기심은 무례를 동반한다. 나는 싱글거리면서 거절했다. 르보르뉴의 안색이 창백해졌다. 나는 르보르뉴가 해결을 하지 못하거나 실패한 사건의 꼬투리를 드디어 잡았다고 생각했다.

"돌려주지 않겠나?"

그 순간 서류 사이에서 사진이 첨부된 스크랩이 떨어졌다. 그 사진은 르보르뉴의 사진이었다. 사진 속의 그는 20살도 채 되어 보이지 않았다. 약간의 코밑수염이 입술 위를 엷게 가리고 있었다. 얼굴도 지금보다는 갸름했고, 머리카락은 곱슬곱슬하여 로맨틱했다.

우리들은 잠시 동안 꼼짝않고 서로를 바라보았다. 마침내 르보르뉴의 눈에 체념의 빛이 떠올랐다.

"할 수 없군, 어차피 언젠가는……."

그는 자신에게 타이르는 듯이 중얼거렸다.

이 수상한 서류의 비밀을 숨기기에는 이젠 늦었다. 나는 사진 밑에 있는 표제를 얼른 보았다.

<작크 셍 크레르, 굴동 모루유를 살해한 청년>

서류를 돌려 달라고 했을 때 거절한 내 자신이 원망스러웠다. 제기랄, 내게 직업적인 뻔뻔스러움이 이토록 몸에 배어 버렸는가. 이렇게 무서운 글을 읽지 않아도 된다면 아무리 커다란 희생일지라도 마다하지 않고 치를 텐데. 나는 의자로 돌아가는 르보르뉴의 뒷모습을 씁쓸한 마음으로 바라보았다.

"자네 이름은 르보르뉴가 아니었나?"

"18살까지는 셍 크레르였네."

"그럼…… 이건…… 정말 사실인가?"

나는 얼굴이 불같이 뜨거워졌다. 파일을 손에 들고 어쩔 줄 몰라 했다. 이런 내 모습이 그에게 얼마나 멍청하게 보였을까?

"읽어보게." 하며 그는 '후유' 하고 한숨을 내쉬었다.

변호사 굴동 모루유 살해사건의 기사를 모조리 적는다면 너무나 길어질 것이다. 그렇지만 나는 나 자신을 위해서도, 내 생각을 정리하기 위해서도 기사를 요약해야만 했다. 요약이라고는 하지만 사실은 완전한 기록이다.

이 요약의 가장 중요한 부분은 말할 것도 없이 당시에는 작크 셍 크레르라고 불리었으나 지금은 조젭 르보르뉴가 된 수수께끼 인물의 성장과정이다.

<태생은 몽모랑 시의 부유한 가정.

셍 크레르 가(家)는 4대째 대대로 내려온 공증인 집안이었다.

8살 때 작크 셍 크레르는 오를레앙 선(線)의 철도사고로 한꺼번에 양친을 잃고 그 자신도 부상을 입었다.

외가쪽 백부가 그의 후견인이 되었는데 백부는 자신의 재산과 아이들의 재산까지 모두 탕진하고 결국 3년 후에 파산하였다.

그래서 작크 셍 크레르의 이름을 지어준 대부 굴동 모루유 변호사가 작크를 보살피기로 하고 그를 콩도르세 중학교에 입학시키고 학비

와 생활비를 정기적으로 붙여 주었다.

17세 때 셍 크레르는 대학입학 자격시험에 합격하여 변호사의 동의를 얻어 법학부의 입학준비를 했다.

그는 셍 제르멩 가(街)의 어느 가정에 하숙을 했다. 그때부터 굴동 모루유와 셍 크레르는 수요일마다 베르샤스 가에 있는 모루유의 아파트에서 저녁식사를 함께 하는 습관이 생겼다.

작크 셍 크레르는 7시에 찾아왔다. 두 사람은 7시 반에 식탁에 앉았다. 하인인 아르망이 두 사람의 시중을 들었다.

셍 크레르는 9시에 돌아갔다. 굴동 모루유의 취침시간은 그보다 늦은 일이 없었기 때문이다.>

굴동 모루유라는 인물도 흥미를 끌었다.

그는 52세로 상당한 재산을 가지고 있었다. 그는 완고하고 편협한 독신 남자였다. 그는 베르샤스 가의 아파트에서 평생을 살았다. 하인 아르망은 그가 죽을 때까지 약 20년 이상을 그 밑에서 일하고 있었다.

굴동 모루유의 생활은 규칙적이었다.

그는 담뱃갑과 지팡이의 수집에 열중했고 조그마한 응접실을 진짜 미술관과 똑같이 개조하고 주위의 벽엔 모조리 유리를 끼웠다.

그는 손님을 초대하지도 않았고 사교계에 나가는 일도 없었다.

그 대신 굉장한 독서가여서 도서실에는 책들이 산더미처럼 쌓여 있었다.

사건에 관해서는 다음 줄에 요약해 두겠다. 이 요약은 한 다스 정도의 기사와 아르망의 심문조서를 기초로 해서 작성했다.

<그 날 셍 크레르는 평소와 다름없이 수요일 밤 7시에 찾아왔다. 하인 아르망은 그가 신경을 곤두세우고 있는 것을 눈치챘다. 때문에 몇 분 후에 주인의 노성이 들려 와도 그는 놀라지 않았다. 후견인과 청년은 응접실 안에서 서성이고 있었다.

굴동 모루유는 아르망에게 무슨 일이고 숨김없이 이야기하곤 했다. 때문에 아르망은 약 3개월 전부터 셍 크레르에게 애인이 있다는 것을 알고 있었다. 청년은 그녀에게 열중하여 이성을 잃고 있었으나 그녀는 행실이 좋지 않은 아가씨였다. 그녀는 카르티에 라탱에서는 '마르고'라는 이름으로 알려진 여자였다.

여자와 사귀기 전까지만 해도 청년은 은인의 관대함을 이용해서 버릇없이 굴거나 하지 않았는데 애인에게 정신을 뺏긴 후부터는 차츰 분별 없는 짓을 저지르기 시작했다. 굴동 모루유는 이 때문에 몇 번이나 여분의 돈을 주지 않으면 안 되었다. 7시 반에 식당에서 저녁식사가 시작되었지만 분위기는 폭풍이 불기 직전의 고요함처럼 적막하고 어색했다.

조금 전의 말다툼으로 굴동 모루유도 셍 크레르도 침울하기 짝이 없었다. 8시에 그들은 응접실에서 또 심한 말다툼을 벌였다.

자기 방에서 외출 준비를 하고 있었던 아르망에게도 고함 소리가 들려 왔다. 아무래도 셍 크레르가 협박을 하고 있는 모양이었다.

8시 반, 아르망이 밖으로 나가려고 할 때 등 뒤에서 황급한 발소리가 들리고 바로 셍 크레르가 나타났다. 그는 작은 응접실, 서재, 현관을 차례로 지나서 온 것이다. 이때는 큰 응접실을 왔다갔다하는 굴동 모루유의 발소리가 들렸었다.

함께 밖으로 나온 아르망과 셍 크레르는 나란히 계단을 내려왔다. 그때 아르망은 청년의 호주머니가 불룩하게 부풀어 있는 것을 깨달았다. 호주머니는 약간 벌어져 있었다. 아르망은 그것이 황금 담뱃갑 같다는 생각이 들었다. 황금 담뱃갑은 주인의 수집품 중에서도 가장 훌륭한 물건이었다. 도로로 나오자 아르망은 친밀한 태도를 보이며 손을 청년의 어깨에 얹으면서 물었다.

"주인님께서 당신에게 준 것입니까?"

"아니 내 멋대로 가져온 거야!" 하고 청년은 화를 내면서 대답했다.

"어떻든 이렇게 할 수밖에 없었네!"

대답이 끝나기가 바쁘게 셍 크레르는 뛰다시피 멀어져 갔다.

아르망은 몽루주 극장에서 밤을 보냈다.

그가 밤중에 돌아와 보니 아파트의 문이 열려 있었다. 깜짝 놀라서 무기를 지니고 있지 않음을 후회했다. 그는 어쩐지 불길한 예감이 들었다.

그는 현관 서재를 지나 수집품이 있는 응접실로 들어갔다. 그러자 수집품의 유리창이 죄다 열려 있고 안은 텅 비어 있었다.

지팡이만은 남아 있었다.

아르망은 큰 응접실 쪽으로 달려가다가 주인에게 부딪혔다. 주인은 가슴에 총을 맞고 양탄자 위에 쓰러져 있었다.

시체는 이미 차가웠다. 총은 어디에도 보이지 않았다.

아르망이 도움을 청하려고 하는 순간 부엌에서 무슨 소리가 들렸다. 그는 난로의 장작집게를 움켜쥐고 부엌으로 들어갔다.

놀랍고 끔찍한 광경이 그를 기다리고 있었다.

작크 셍 크레르가 쇠망치를 휘두르며 수집품인 황금 담뱃갑을 산산조각 내고 있었다. 그의 눈에서는 퍼렇게 불꽃이 일고 있었다. 그는 격렬한 분노에 이성을 잃고 진짜 고귀한 예술품을 그저 별다른 가치도 없는 금속 덩어리로 만들어 버리겠다며 안간힘을 쓰고 있었다

아르망이 들어갔을 땐 그 일은 벌써 끝나 있었다. 청년은 아르망을 보고 멈칫하더니 도망갈 곳을 찾았다.

셍 크레르는 엉망으로 부서진 황금 담뱃갑에 마지막 시선을 던지고 나서 금괴를 들고 달아났다.

아무리 찾아도 그를 찾을 수가 없었다. 두세 가지의 상황으로 미루어 볼 때 그는 아무래도 영국으로 달아난 모양이었다.

셍 크레르와 사귀었던 여자를 심문한 결과 여자는 셍 크레르가 귀찮도록 빚독촉을 받고 있었다는 것, 그가 부도 수표에 서명을 한 것 등을 증언했다. 그러나 여자는 사건에 관해서 아무것도 모른다고 잘라

말했다.

　큰 응접실은 손을 댄 흔적이 전혀 없었다. 굴동 모루유는 즉사했다. 그는 자리에 누운 것 같지도 않았고 옷을 벗은 것 같지도 않았다.

　수집품이 부서져 나머지를 대조할 수 없는 것을 제외하면 아파트 내에 강도나 도난의 흔적은 전혀 없었다.

　남은 것은 신문기사의 격렬한 논조뿐이었다. 어떤 기사도 예외 없이 셍 크레르를 괘씸하고 배은망덕한 사람이라고 비난했다. 그리고 그를 붙잡아서 교수형에 처해야 한다고 주장했다.>

　나는 르보르뉴를 꼼짝하지 않고 쳐다보았다. 그는 여전히 대리석처럼 굳은 채 움직이지 않았다. 나는 뭐라고 말을 해야 좋을지 몰랐다.

　어떻게 해서 이 곤경을 뚫고 나가야 할까 하고 궁리하고 있는데 그의 느릿한 목소리가 들렸다.

　"어떻게 생각하나, 자네는?"

　괴로움이 가득한 목소리였다. 나는 단호하게 그에게 물었다.

　"영국엔 오랫동안 있었나?"

　"5년 정도. 돌아올 무렵에는 조젭 르보르뉴로 개명했네…… 아직 시효(時效)는 되지 않았지만……."

　나는 그의 얼굴은 볼 수 없었으나 자포자기한 표정이리라는 것은 뼈저리게 느낄 수 있었다.

　"나라는 인간은 말이야, 경찰이라든가 범죄라든가 하는 것에 전혀 관심을 갖지 않았었네." 하고 그는 딱 잘라 말했다.

　"지금에 와서 생각해 보면 범죄수사와 같은 것이 좋아진 것도 이 사건 덕택이지. 나를 궁지로 몰아넣은 이 사건 말일세."

　"그 무렵 나는 지극히 평범한 청년이었으며 난생 처음으로 사랑을 했고 분별 없는 짓도 저질렀네. 자네가 읽은 바와 같이 낭비를 하거나 부도수표에 서명을 하기도 했지. 쫓기고 있었던 거야. 그 날은 무슨 짓을 해서라도 5천 프랑이 필요했는데 후견인은 내 연인을 형편없이 헐뜯고 거절했다네. 그때 담뱃갑을 한 번 훔쳐볼까 하는 생각이 들었지. 팔아먹을 생각은 아니었네. 전당포에 잡히고 언젠가는 다시 찾아내어 변상할 작정이었네.

전부터 보아둔 것인데 그것은 순금으로 만들어져 있었네. 굴동 모루유 씨는 그것을 황홀한 표정으로 바라보곤 했지.

돌아가는 길에 그것을 충동적으로 손에 들고 호주머니 속에 넣었지. 아르망이 내게 물었을 때 나는 거짓말을 할 용기가 없었네.

어찌되었건 그 날 밤중까지 나는 돈이 필요했네. 그 일만 해결되면 바로 모루유 씨에게 사실을 고백할 생각이었지. 시간은 늦었지만 나는 알고 지내던 전당포를 찾아갔네. 그런데 전당포 측에서는 물건을 얼핏 보기만 하고 내게 돌려주며 이건 누구에게도 보이지 말라고 충고를 했네. 잠시 후에 나는 그 이유를 이해했지. 그 담뱃갑은 굉장히 가치가 있는 역사적 보물로 1년 전에 크류니의 미술관에서 도난당한 것이었다네.

나에게는 청천벽력이었어. 나는 내 후견인이 무엇 때문에 자신의 수집품을 아무에게도 보이지 않았는지 그 이유를 직감적으로 깨달았네. 이어서 내겐 또 다른 기묘한 사실이 떠올랐어.

나는 급히 베르샤스 가로 되돌아갔네. 그리고 큰 응접실에서 모루유 씨의 시체를 발견했던 거야.

굴동 모루유 씨는 도난을 발견하고 자살을 했던 것이지. 내가 담뱃갑을 훔쳐낸 사실을 알고 자신의 죄가 발각되리라고 생각한 모양일세. 총이 그의 옆에 놓여 있었네.

그것을 나는 호주머니 속에 집어넣었다네. 나는 열이 올라 정신이 몽롱해진 모양이야. 어쨌든 그가 죽은 것은 간접적이나마 내가 원인이었고, 그 사람은 나의 은인이었네.

그 분은 오랜 세월 동안 도둑질을 하고 있었다네. 그렇지만 그는 악인이라기보다는 일종의 병자가 아니었을까?

이런 식으로 매사에 지나치게 열중해서 머리가 이상해지는 인간은 얼마든지 있지 않나.

나는 추억을 살리고 싶었네. 그곳에 있는 수집품을 모조리 실어 내
올 수는 없지 않나? 뿐만 아니라 어떤 것이 훔쳐 온 물건인지, 나는
도무지 짐작조차 할 수가 없었네. 그래서 나는 무턱대고 쇠망치로 때
려부수려고 했던 것일세.

그런데 아르망이 불시에 나타났기 때문에 나는 도망을 쳤다네……."

조젭 르보르뉴는 입가에 야릇한 미소를 띠고 나를 바라보며 후유
하고 한숨을 내쉬었다.

"어떨까, 범죄를 발견하는 나의 수법은 모조리 이 사건, 즉 나의 범
행이 기초가 된 것이 아닐까? 이 사건은 말이야, 나에게 어떤 진실을
가르쳐 주었다네.

이 세상에는 알려지지 않거나 또한 무시당하고 있는 진실이 있다는
사실을 말일세. 그건 이런 것이야. 비극에 말려든 인간의 논리는 의자
에 앉아서 그 기사를 읽는 인간의 논리, 즉 내가 말하는 흔해 빠진 케
케묵은 논리와는 전혀 다른 것이라네.

담배라도 한 대 주게나……."

제1호 수문

제1호 수문

1

도저히 가까이 접근할 수 없는 호수의 밑바닥에 물고기들이 유유히 헤엄쳐 다니고 있었다. 자세히 들여다보면 물고기들은 별다른 이유도 없이 오랫동안 꼼짝달싹도 하지 않았다. 그들은 한참을 그러고 있다가 지느러미를 꿈틀거리며 약간 먼 곳으로 조금 움직이더니 이내 또 가만히 정지해 버리곤 했다.

그 물고기들처럼 역시 아무 이유 없이 조용히 바스티유 크레테에유 사이를 왕래하는 13번선의 전차 막차가 누런 불빛을 꽁무니에 달고서 카리에르 강기슭을 달리고 있었다. 전차는 어느 상가 모퉁이의 푸른 가스등 옆에서 일단 멈추는 듯했으나 차장이 벨의 끈을 잡아당기자 다시 샤랑통 쪽으로 사라졌다.

뒤에 남은 강기슭 입구는 마냥 휑뎅그렁했고 물 속의 풍경처럼 깊이 가라앉아 있었다. 오른편 부근 전면의 달빛이 반사되는 운하(運河)에는 작은 짐배 몇 척이 떠 있었다. 가느다란 물줄기가 완전히 잠기지 않은 수문(水門)에서 졸졸 흘렀다. 호수보다도 더 깊고 고요한 하늘밑에서 들리는 소리라고는 그 물소리뿐이었다.

서로 마주보고 있는 두 채의 술집은 여전히 불빛이 환했다. 맞은편 한켠의 가게에서는 다섯 명의 사나이가 말도 없이 느릿느릿 트럼프를 치고 있었다. 그 중 세 사람은 선장이나 선원들이 쓰는 모자를 쓰고 있었고 테이블에 함께 앉아 있는 주인은 셔츠 차림이었다.

또 한 채의 술집에서는 트럼프를 하는 사람은 아무도 없었다. 단지 세 사람의 남자가 작은 테이블에 둘러앉아서 값싼 코냑의 작은 잔을 꿈을 꾸는 듯이 바라보고 있었다. 엷게 회색빛이 깔린 술집의 분위기는 졸음을 불러일으켰다. 검은 콧수염을 기르고 청색 스웨터를 입은 주인은 이따금 하품을 하며 팔을 뻗어 술잔을 입에 댔다.

주인 바로 맞은편에는 노란 털이 빽빽이 돋은 작은 사나이가 앉아 있었다. 질이 좋지 않은 말먹이 같은 털이었다. 슬픈 것일까, 졸린 것일까, 아니면 술에 취한 것일까? 밝은 빛의 눈동자가 흐린 물 속을 헤엄치고 있는 것처럼 몽롱해 보였다. 그는 마음속에서 하는 연설에 고개를 끄덕이는 것 마냥 가끔 머리를 꾸벅꾸벅 앞뒤로 흔들었다. 한편 그 옆의 사나이는, 그도 또한 운하에서 사는 사람이었으나, 밖의 막막한 어둠에 멍하니 시선을 던지고 있었다.

소리도 없이 시간이 흘러가고 있었다. 시계의 초침 소리조차도 들리지 않았다. 목로 주점의 뒤켠에는 초라한 집들이 고양이 이마 크기 정도의 작은 뜰에 에워싸인 채 나란히 들어서 있었다. 집들의 전등은 모두 꺼져 있고 그 끝의 8번지 부근에는 7층 건물 한 채가 오뚝 서 있었다. 이 건물은 너무 낡아서 허옇게 바래 있었고 높이에 비해서 폭이 턱없이 좁았다. 2층의 덧문에서 약간의 불빛이 새어나왔다. 3층에는 덧문이 없기 때문에 밝은 장병형의 회전식 차일이 그대로 보였다.

건너편 운하를 따라서 돌과 모래가 겹겹이 쌓여 있고 기중기(起重機)와 빈 모래차가 서 있었다.

음악이 은은하게 공기를 진동시키고 있었다. 어디서 들려 오는지 귀를 기울이지 않으면 모를 정도로 희미한 그 음악은, 8번지보다 더 깊숙이 들어간 '댄스 홀'이라고 써 있는 판잣집에서 흘러나오는 것이었다.

춤을 추는 사람은 한 명도 없었고, 신문을 열심히 읽고 있는 뚱뚱한 안주인 외에는 손님도 없었다. 안주인은 자동 피아노에 동전을 집어넣기 위해 가끔씩 자리에서 일어났다.

누군가가, 아니면 뭔가가 당장 움직여 주지 않으면 견딜 수 없을 정도의 무거운 침묵이 감돌았다. 그때 오른쪽 주막에 있던 털보 노선장이 몸을 움직였다. 그는 일어서서 잔을 쳐다보고는 머릿속으로 셈을 하면서 호주머니를 뒤졌다. 사나이는 돈을 매끈매끈한 나무 테이블 위에 놓고서 모자 차양에 손을 대며 입구 쪽으로 비틀거리며 나갔다.

다른 두 사람이 얼굴을 마주 보았다. 주인은 눈을 깜박거렸다. 노인의 손이 때때로 허공을 가를 듯 망설이더니 결국 비틀거리면서 뒤를 돌아 문을 '쾅' 닫고는 나가버렸다. 그의 불규칙한 발소리는 마치 울퉁불퉁한 길을 걸어가는 듯한 느낌을 주었다. 그는 두세 걸음 걷다가는 걸음을 멈추었다. 균형에 자신이 없는 듯 주저하며 잠깐씩 쉬기도 했다. 운하 근처까지 걸어간 그는 '쾅' 하고 난간벽에 부딪쳤다. 그가 휘청거리며 돌계단을 내려간 곳은 짐을 끌어올리는 하역 부두였다.

달빛이 선박의 윤곽을 선명하게 비추었다. 대낮처럼 환하게 배의 이름이 보였다. 기슭과의 사이에 통로 대용으로 판자를 걸쳐놓고 있는 제일 앞줄의 배 이름은 '황금양모(黃金羊毛)'였다. 그 뒤에는 다른 배들이 적어도 좌우 5열은 됨직하게 빽빽이 늘어서 있었다. 짐을 실어주기를 기다리며 기중기 옆에 선복(船腹 ; 배의 중간 부분)을 드러낸 것도 있었고, 새벽에 통과할 예정으로 수문 쪽으로 뱃머리를 돌리고 있는 것도 있었다. 또 어째서인지 모르지만 귀찮은 존재처럼 항구의 한복판에서 꼼짝도 않는 것도 있었다.

잠든 듯이 고요한 세계에서 노인은 외톨이였다. 노인은 딸꾹질을 한번 하고 다리 대용인 널빤지를 건너기 시작했다. 널빤지는 휘어졌다. 중간쯤 가자 주막집 창문이 보였기 때문에 노인은 주막으로 되돌아가고 싶어졌다. 오른쪽으로 발을 돌리는 동작은 제대로 되었지만 다음 순간 그는 비틀거리며 허리가 굳어진 듯 멈칫 하다가 순식간에 물 속으로 풍덩 떨어졌다. 그는 간신히 한 손으로 널빤지를 붙들었다. 노인은 외치지도 않았고 신음소리도 내지 않았다. 떨어진 순간에 '풍덩' 하고 물소리가 났을 뿐이었다. 이마저도 이젠 들리지 않았다. 그는 몸부림조차 치지 않았다. 단지 부득이 생각을 떠올리려고 애쓰는 사람처럼 이마에 잔뜩 주름을 잡고 손목에 힘을 주면서 널빤지를 기어오르려고 했다. 그는 뜻대로 되지 않자 눈을 부릅뜨고는 숨을 헐떡이면서 안간힘을 썼다.

부둣가 돌벽에 붙어 있던 연인들이 꼼짝달싹도 않은 채 숨죽이며 귀를 기울이고 있었다. 샤랑통 부근에서 날카로운 자동차의 경적 소리가 들렸다.

그때 갑자기 커다란 신음소리가 죽은 듯이 고요하던 정적을 깨웠다.

물 속에서 노인이 두려움을 이기지 못하고 목이 찢어져라 소리를 지른 것이었다. 이젠 안간힘을 쓰는 정도가 아니었다. 미친 듯이 발을 구르며 허우적거려서 강물은 펄펄 끓어오르는 듯이 출렁거렸다.

부근에서 사람들의 소리가 들리기 시작했다. 어느 한 배에서 그림자가 서성였다. 어디선가 여자의 어리둥절한 목소리도 들려왔다.

"보고 와요."

강기슭 쪽에서 '탕' 하고 문이 열렸다. 두 채의 주막집 문이었다. 돌벽에 기대어 붙어 있던 연인들이 떨어지더니 남자가 속삭였다.

"빨리 집으로 돌아가!"

남자는 망설이면서 몇 걸음 걷다가 커다란 소리로 외쳤다.

"어디지?"

외치는 소리가 들렸기 때문에 대충 짐작은 할 수 있었다. 여기저기서 웅성웅성 소리가 들리더니 사람들이 난간으로 모이며 서로에게 되물었다.

"도대체 어디지?"

젊은 남자가 뛰어가면서 대답했다.

"아마……저 부근일 거예요. 강물 속이요……."

함께 온 여자는 그 자리에 못박아 놓은 듯 꼼짝도 하지 않았다. 앞으로 갈 수도 뒤로 물러설 수도 없는 형편인 듯했다.

"보인다, 보여! 빨리 이쪽으로……!"

구원을 바라는 소리는 약해져서 이제는 헐떡이는 숨소리만 간신히 새어나왔다. 노인은 한 손으로 널빤지를 부들부들 떨며 움켜잡았다. 머리는 물 위에 둥실 떠 있었다. 젊은 남자의 눈에 들어온 광경은 그것뿐이었다. 그러나 그는 어떻게 해야 좋을지 몰랐다. 그는 부두의 계단 쪽을 돌아보며 잠시 기다렸다.

"빨리 이쪽으로 오세요……."

누군가가 무뚝뚝하게 말했다.

"갓생 아닌가?"

남자 일곱 명이 달려왔다. 다섯은 목로 주점, 두 사람은 또 한 채의 주점에 있었던 남자들이었다.

"더 앞으로……. 그쪽 팔을 잡게, 나는 이쪽을……."

"조심하게, 널빤지가 부실해!"

널빤지는 무거워서 휘어져 있었다. 배의 승강구 너머로 밝은 머리카락을 한 하얀 그림자가 '붕' 하고 떠올랐다.

"단단히 붙들었나?"

더 이상 노인은 소란을 피우지 않았다. 그렇다고 기절한 것은 아니었다. 그는 구조하는 사람들의 수고를 덜어줄 생각도 없는 듯 까닭도 없이 꼼짝 않고 그저 앞만 노려보고 있었다.

사람들은 서서히 노인을 물 속에서 끌어올렸다. 노인이 녹초가 되어 있어서 둑까지 끌고 가야만 했다.

하얀 그림자가 널빤지 다리를 걸어왔다. 길다란 잠옷을 입은 맨발의 젊은 아가씨였다. 등 뒤에서 비치는 달빛이 옷감 밑의 알몸을 선명하게 드러내 보였다. 그녀는 예전처럼 고요해진 강물을 바라보다가 갑자기 소리를 지르더니 메두사처럼 안색이 변해서는 무언가 희미한 하얀 것을 손가락질했다.

노선원을 치료하고 있던 사람 중 두 사람이 뒤를 돌아보았다. 어두운 물 위에 떠 있는 우윳빛 덩어리를 발견한 순간 두 사람은 모두 소름이 끼치고 등골이 오싹해졌다.

"여, 여보게들…… 저건……."

길바닥 위에 물자국을 남긴 채 팽개쳐져 있는 노인을 까맣게 잊어버린 듯 사람들은 가만히 서서 보고 있었다.

"막대기를 가져 와!"

아가씨가 갑판에 있는 것을 집어 사람들 앞에 내밀었다. 사람들의 모습은 이전과는 완전히 달라져 있었다. 주변의 공기와 밤의 온도마저도 일순간 얼어붙은 듯했다. 미지근한 바람이 불고 있었으나 날씨가 춥게만 느껴졌다.

"걸릴까?"

납작한 덩어리를 찔러서 걸리게 할 작정으로 장대의 갈고리를 이리저리 휘저으며 물 속을 더듬으면서 남자가 말했다. 드디어 남자가 널빤지에 엎드려서 한쪽 손을 뻗치더니 옷자락을 잡았다.

밤인데도 이쪽저쪽의 배 위에서 사람들이 가만히 서서 잠자코 기다리고 있는 것이 보였다.

"붙들었다……."

"가만히 끌어당겨……."

앞서 건져올린 노인을 팽개쳐 놓은 채 사람들은 또 한 명의 물에 빠진 사람을 건져 올렸다. 이번 사람은 노인보다도 더 무거웠다. 남자는 키가 몽땅하고 생기가 없었다. 멀리 떨어진 예인선에서 두런두런 소리가 들리더니 말을 건넸다.

"죽었나?"

사람들은 노인에게서 1m쯤 떨어진 곳에 남자를 눕혔다. 잠옷 바람의 소녀는 그것을 가만히 바라보았다. 소녀는 뭐가 뭔지 잘 모르는 모양이었다. 소녀는 금방이라도 울음을 터뜨릴 듯이 입술을 떨었다.

"큰일났다, 에밀이다!"

"듀크로다!"

누워 있는 두 사람을 둘러싸고 서 있는 남자들은 어찌할 바를 모르겠다는 듯 허둥댔다. 극도로 불안감에 사로잡힌 모습이었다. 어떻게든 손은 써야겠는데 모두들 잔뜩 겁을 집어먹어 어쩔 줄 몰라 했다.

"여보게 빨리……."

"알았네, 내가 가지."

한 사람이 수문 쪽으로 달려갔다. 사무소의 문을 양손으로 두드리며 외치는 소리가 들렸다.

"빨리, 호흡기를 가지고 나와! 에밀 듀크로가 물에 빠졌다!"

에밀 듀크로……! 에밀 듀크로……! 에밀……? 듀크로……?

사람들 사이에서 이런 속삭임이 분주히 오가고, 배에서 배로 전해졌다. 사람들이 키와 뱃전을 뛰어넘어 달려왔다. 그 사이에 주점 주인은 물에 빠진 사람의 팔을 올렸다 내렸다 하고 있었다.

부둣가 노인은 팽개쳐진 그대로였다. 허둥대는 사람들에게 밟히기도 한 노인은 정신이 들었는지 어리둥절해하며 몸을 일으켜 사방을 멍청하게 바라보았다.

수문지기가 달려왔다. 한 남자가 경관의 눈앞에서 계단을 굴러가듯이 재빨리 달려 내려갔다.

예의 드높은 집의 3층 창문이 열리고 핑크빛 여자가 내다보았다. 명주 스탠드의 핑크색 전등갓에서 새어 나오는 빛에 반사되어 여자도 온통 핑크빛이었다.

"죽었나?" 하고 누군가가 속삭였다.

아무도 모른다. 알 수 없을 것이다. 수문지기가 산소호흡기를 고정시키자 규칙적인 기계소리가 들렸다. 소곤거리는 이야기, 나직이 명령을 내리는 목소리, 모래를 밟는 구두소리. 혼란이 한창일 무렵 팽개쳐 있던 노인은 바닥을 양손으로 짚고 몸을 일으키려다가 비틀거렸다. 노인은 결국 옆에 있던 한 사나이에게 부딪쳤다. 그 사나이는 노인이 일어설 수 있도록 부축했다.

그 모습은 마치 바다 속의 풍경처럼 불안하고 망막하며 은밀하게 왜곡되어 있는 듯했다. 노인이 취한 채 토해 내는 숨결은 답답했다. 쉰 알코올 냄새가 물씬 풍겼다.

"밑바닥에서 걸려들었단 말이야!"

노인의 서 있는 모습은 음산했다. 노인은 유령처럼 음울한 목소리로 소리쳤다. 그는 물에 빠진 사람의 몸뚱이를, 산소호흡기를, 강물을, 그리고 널빤지 가까이 있는 수면을 몇 번이고 바라보았다.

"이 새끼가 붙들고서 놓아주려 하지 않았어!"

사람들은 귀를 기울이기는 했지만 곧이듣지 않았다. 하얀 잠옷의 소녀가 목에 스카프를 둘러 주려고 하자 노인은 소녀를 와락 밀치고 곧바로 경계하는 동작을 취하며 자리에 우뚝 섰다. 인력으로는 어떻게 할 수 없는 난관에 부딪친 듯한 모습이었다.

"밑바닥에서 올라왔어." 하고 혼잣말을 하듯 노인이 중얼거렸다.

"뭔가가 내 바지 가랑이를 움켜잡았어. 발꿈치로 걷어차면 찰수록 더 바싹 달라붙었어……."

여자 뱃사공이 코냑 한 병을 가지고 와서 컵에 가득 부어 내밀었다. 노인은 그것을 절반 이상이나 흘려 버렸다. 노인은 시체에서 눈을 떼지 않고 줄곧 생각에 잠겼다.

"정확히 어떻게 된 노릇인가?"

경관이 물었다.

그러나 노인은 어깨를 움츠릴 뿐이었다. 그는 전보다도 더 낮은 목소리로 중얼중얼 혼잣말을 계속했다.

산소호흡기를 들고 있는 사람들 이외에도 여기저기에 구경꾼들이 잔뜩 모여 강기슭을 서성거리고 있었다. 의사가 오기를 기다리는 눈치였다.

"가서 잠이나 자." 하고 누군가가 말했다.

"그럼 나중에 얘기해주겠수?"

노인이 석재(石材)위에 놓여 있던 술병을 훔친 것을 눈치챈 사람은 아무도 없었다. 노인은 혼자서 부둣가의 한 쪽 벽에 등을 돌리고 앉더니 술병을 입에 붙이고 마시면서 얼굴에 경련이 일어날 정도로 골똘히 생각에 잠겼다.

거기에서도 물에 빠진 사람의 모습이 보였는데, 노인의 투덜대는 소리는 그 사나이에게 향해 있었고, 그 사나이에게 불평을 늘어놓고 있었다. 욕설을 하고 있는 것이다. 속임수를 쓴 것은 네 놈이라는 둥, 때로는 또 한 번 덤벼 보라는 둥 노인은 헛소리를 늘어놓고 있었다.

잠옷차림의 소녀가 노인에게서 술병을 뺏으려고 했지만 노인은 이렇게 말할 뿐이었다.

"가서 자거라!"

노인은 소녀를 떼밀었다. 소녀가 물에 빠진 사람의 모습을 가리고 있었다. 노인 다음으로 물에서 건져진 남자는 목덜미가 몽당하고 튼튼했다. 굵고 네모진 머리 위의 머리카락은 유난히도 짙었다.

자동차 소리가 들렸다. 몇 사람이 자동차를 내려서 계단으로 다가왔다. 사람들은 그 광경을 호기심어린 눈으로 바라보았다. 경관들과 의사였다. 경관들은 오자마자 즉시 구경꾼들을 쫓아버렸다. 의사는 콘크리트 위에 가방을 내려놓았다.

사람들과 이야기를 하려고 온 사복형사가 어떤 사람의 손짓을 따라 노인 쪽으로 시선을 돌렸다. 그러나 노인을 심문하기에는 이미 때가 늦었다. 코냑 병을 절반 이상 비운 그는 의심스러운 눈으로 한 사람 한 사람을 바라보고 있었다.

"네 아버진가?" 하고 형사는 잠옷바람의 소녀에게 물었다.

소녀는 뭐가 뭔지 모르는 모양이었다. 어쨌든 너무나도 많은 일들이 한꺼번에 일어났던 것이다. 주막집 주인이 다가와서 참견을 했다.

"갓생은 몹시 취했어요. 널빤지 다리에서 미끄러졌을 겁니다."

"그럼, 저쪽 남자는?"

의사는 쓰러져 있는 남자의 옷을 벗기고 있었다.

"에밀 듀크로입니다. 예인선과 돌산의 소유자지요. 살고 있는 집은 저곳입니다만."

주막집 주인이 가리킨 것은 커다란 집이었다. 3층의 창문에서 여전히 빛이 새어 나오고, 문은 핑크색으로 물들어 있었다.

"3층인가?"

사람들은 설명을 꺼리는 듯 머뭇거렸다.

"2층입니다."

그러자 또 한 사람이 뭔가 까닭이 있는 듯이 말했다.

"3층에도! 요컨대 3층에도 누군가에게 살림을 시키고 있지요."

"독립 세대라는 말이군!"

핑크빛 방 창문이 닫히고 커튼이 드리워졌다.

"가족에게는 알렸나?"

"아직……. 어쨌든 아직 확실치 않으니까요."

"양말을 신고 와." 하고 한 선원이 마누라에게 말했다.

"내 모자도 갖다 주고."

이따금 사람들의 그림자가 배에서 배로 옮겨가는 광경이 펼쳐졌다. 승강구나 뱃전 쪽의 창문 너머로 석유 램프라든가, 때로는 흩어진 침대라든가, 소나무 벽에 붙여 놓은 사진 같은 것이 보였다.

의사가 목소리를 죽이며 형사에게 말했다.

"서장에게 보고해야겠습니다. 이 사나이는 단도로 찔린 후에 강 속에 내던져진 거예요."

"죽었나?"

그때 마치 그 말만을 기다렸다는 듯이 물에 빠졌던 사나이가 별안간 눈을 떴다. 그리고 바로 후욱 하고 숨을 내쉬며 물을 토해 냈다. 사나이는 비스듬히 누워서 사방을 올려다보았다. 땅바닥에 누워 있었기 때문에 그는 하늘에 아로새겨진 별밖에 볼 수 없었다. 아래에서 올려다보니 자신을 둘러싼 주변의 인간들이 무한 속에 우뚝 서 있는 거인 같았다. 다리는 끝없는 기둥처럼 보였다. 사나이는 한마디 말도 없었다. 생각조차도 하지 않는지도 모른다. 그는 천천히 주위를 사나운 눈으로 바라보았다. 그러나 눈초리는 차츰 흐려져 갔다.

모든 사람들은 사나이가 후욱 하고 숨을 내쉬는 것을 들었다. 그들은 한꺼번에 밀려 와서 사나이의 곁에 서 있었다. 그러자 경관들은 순식간에 사람들을 쫓아내며 사나이의 주위를 빙 둘러서서 울타리를 만들었다. 경관들은 울타리 안에는 꼭 필요한 사람만을 들어오게 했다.

누워 있는 사나이는 주변의 공간이 텅 비어 가는 것을 지켜보았다. 제복이나 은장식이 붙은 경찰모자 등이 눈에 띄었다. 회색 물이 연신 토해지며, 턱에서 가슴으로 쭈룩쭈룩 흘렀다. 그동안에도 의사는 쉴새 없이 사나이의 양팔을 움직이고 있었다. 자기 자신의 팔이었는데도 사나이는 무척 신기하다는 듯이 의사가 팔을 움직이는 것을 보고 있었다. 순간 그는 눈살을 찌푸렸다. 가장 끝줄에 있는 누군가의 중얼거리는 소리가 들렸기 때문이다.

"죽었나?"

갓생 노인이 술병을 든 채 일어섰다. 두어 걸음 비틀거리다가 물에 빠질 뻔했던 사나이의 양쪽 팔 사이를 가로막고 섰다. 노인은 상대에게 뭔가를 따지는 듯했다. 하지만 혀가 꼬부라져 입만 우물우물 할 뿐 무슨 말을 하는지는 도통 알 수가 없었다.

그러나 듀크로는 노인에게서 눈을 떼지 않았다. 가만히 뭔가를 생각하며 기억을 더듬고 있는 듯했다.

"저쪽으로 가시오."

의사가 소리를 지르면서 갓생을 떼밀었다. 늙은 주정뱅이는 땅바닥에 구르면서 술병을 깨뜨렸다. 하지만 그는 소란을 피우고 고함을 지르면서 절대 그 자리를 떠나려하지 않았다. 그리고 그는 자신을 지켜보고 있는 소녀를 부득부득 쫓아내려고 했다.

또 한 대의 자동차가 부둣가에 멈춰 섰고, 경찰서장이 내렸다. 듀크로의 주위를 사람들이 새삼 또 에워쌌다.

"심문하는 데 지장은 없는가?"

"괜찮을 겁니다."

"어떻소, 살아날 가망은?"

미소로 대답한 것은 그 사나이, 바로 에밀 듀크로였다. 그것은 기묘한 미소, 아직 희미하게 찌푸린 미소였다. 사람들은 한눈에 그 질문에 대답하고 있는 것이라는 것을 알 수 있었다.

서장은 약간 주눅 든 태도로 모자를 벗으면서 인사를 했다.

"다행입니다, 상태가 좋아지셔서."

하늘을 보고 누워 있는 사람에게 말을 건다는 것은 쉬운 일이 아니었다. 뿐만 아니라 구조 요원들에게 치료를 받고 있는 중에는…….

"누군가에게 당했군요? 장소는 이 부근입니까? 어디서 당했는지 기억나십니까?"

듀크로의 입에서는 여전히 발작적으로 물이 나오고 있었다. 에밀 듀크로는 대답을 서둘지도 않았고 억지로 입을 열려고도 하지 않은 채 얼굴을 약간 옆으로 돌렸다. 하얀 잠옷차림의 소녀가 듀크로의 시선 속에 들어왔다. 그는 소녀가 널빤지 다리까지 가는 것을 끈질기게 눈으로 쫓았다.

소녀는 근처에 사는 여자의 부축을 받으며 아버지를 위해 커피를 끓이러 가는 길이었다. 소녀가 아버지를 침대에 눕히려고 할 때마다 발버둥을 치며 난폭하게 굴었다.

"무슨 일이 있었는지 기억하십니까?"

그러나 듀크로는 여전히 대답이 없었다. 서장은 의사를 한구석으로 끌고 갔다.

"이쪽에서 하는 말을 알아듣긴 하는 건가?"

"그러리라고 생각합니다만."

"그렇다면……."

물에 빠진 사나이에게 등을 돌리고 있는데 난데없이 소리가 들려왔다. 두 사람은 어안이벙벙해져서 소리나는 쪽을 쳐다보았다.

"나를 그만 괴롭혀……."

듀크로는 명백하게 초조함을 드러내고 있었다. 말을 하려고 노력하고 있는 게 분명했다. 그는 간신히 한쪽 팔을 움직이며 말을 이어갔다.

"집에 가고 싶어……."

손짓으로 가리킨 쪽은 바로 뒤에 보이는 7층 건물이었다. 예상이 빗나간 서장은 망설이면서 말했다.

"되풀이하는 것 같아서 실례지만 이것도 일이니까요. 당신은 범인의 모습을 보셨습니까? 그게 누군지 아십니까? 어쩌면 그 녀석은 아직 그렇게 멀리 가지는 않았을지도…….”

두 사람의 시선이 맞부딪쳤다. 에밀 듀크로의 눈은 날카로웠다. 그러나 그래도 대답은 없었다.

“바로 수사를 시작해야 하고, 이쪽에서도 검찰청에 보고를 해야 되니까…….”

예기치 않은 일이 일어났다. 짐을 올리는 부둣가를 둘러싸고 구경을 하고 있던 사람들이 별안간 경관들을 떠밀었던 것이다.

“집으로 보내 주게!” 하고 듀크로는 성난 듯이 되풀이했다.

이 이상 반항하면 그는 몹시 화를 낼지도 모른다. 어쩌면 그는 기운을 되찾아 자리를 박차고 일어나 군중 속으로 뛰어들지도 모른다.

“조심해요. 상처가 벌어져요…….” 하고 의사가 외쳤다.

그러나 그는 비웃었다. 황소처럼 튼튼한 목을 가진 이 사나이는 구경꾼들에게 에워싸인 채 쓰러져 있는 자신의 꼴이 딱 질색이었던 것이다.

단념한 서장은 한숨을 내쉬면서 말했다.

“집까지 데려다 주게.”

제1호 수문의 들것이 운반되어 왔다. 듀크로는 들것에 올려지는 것이 싫은지 투덜거렸다. 그래서 사람들은 그의 손발을 붙들어 어깨까지 눌러야만 했다. 듀크로는 실려 가면서도 화를 내며 사람들을 쳐다보았다. 사람들은 한쪽으로 길을 비켰다. 듀크로가 무서웠기 때문이다.

서장이 들것을 막으며 말했다.

“잠깐 기다리게. 우선 부인에게 알려야하네.”

서장이 초인종을 눌렀다. 그동안 들것을 나르던 사람들은 전차와 버스의 정류소 푯말이 있는 파란 가스등 밑에서 기다리고 있었다.

그 무렵, 선원들은 형편없이 취해서 술병 조각에 손을 다친 갓생 노인을 끌고 ‘황금양모’호(號)의 출입문을 건너가려고 몹시 애를 태웠다.

2

다음 다음 날 오전 10시, 메그레 경감은 13번선 전차에서 내려 두 채의 주막집 앞에 섰다. 햇살은 눈부셨고 귀에는 왕왕 소음이 울렸다. 메그레는 길가의 한쪽 구석에서 미동도 않고 눈살을 찌푸리며 서 있었다. 시멘트 운반용의 하얀 트럭 몇 대가 그와 운하 사이로 들어왔다.

검찰 당국의 현장검증에는 입회하지 않았기 때문에 메그레 경감의 현장지식은 이 사건 자체를 잘 알지 못하는 것과 마찬가지로 그다지 신통치 않았다. 누군가가 그려준 조그마한 지도에 의하면 지리는 지극히 간단해 보였다. 요컨대 오른쪽에 운하와 수문이 있고, 갓생의 배는 짐을 올리는 부둣가에 정박해 있었다. 왼편에는 두 채의 목로 주점, 커다란 집, 그리고 그보다도 훨씬 떨어진 곳에 아담한 댄스 홀이 있었다.

어쩌면 현장은 이 지도처럼 속속들이 보이지 않을지도 모르며 그 배경에도 활기가 없을 수도 있었다.

수문 저쪽에 있는 정박소에는 50척가량의 배가 모여 있었다. 어떤 배들은 부둣가에 매어 있기도 하고, 또 어떤 배들은 서로 밀치며 웅성거리고 있었다. 태양을 쪼이면서 서서히 움직이려 하는 배도 있었다. 그뿐만 아니라 통로에는 트럭이 한층 더 소음을 가중시키며 온갖 법석을 떨고 있었다.

이 풍경의 중심부나 심장부가 다른 곳에 있을지는 몰라도 공기 그 자체에 리듬감을 실어주고 있는 건 분명 고동소리였다. 그것은 강가에 있는 높다랗고 모양 없는 쇄석기(碎石機)로부터 나오는 소리였다. 밤에는 회색의 점으로밖에 보이지 않는 낡은 철탑이 낮에는 그 모든 강철 판에서, 대들보 재목에서, 도르래에서 돌을 깨는 소음을 토해내었다.

돌은 체 위에 떨어져서는 시끄러운 소리를 내다가 멀리 실려간 뒤 끝내는 산더미처럼 많은 자욱한 먼지에 휩싸이고 말았다.

기계의 꼭대기에는 '청부업 에밀 뒤크로'라고 써 있는 푸른 에나멜을 입힌 판자가 선명하게 보였다.

많은 배 위에는 달아맨 밧줄에 빨래가 널려 있었고 '황금양모'호에서는 금발의 처녀가 혼자서 갑판에 물을 뿌리고 있었다.

13번선 전차가 통과하고 그 뒤로 또 두 대가 지나갔다. 포근하고 따사로운 햇볕에 이내 메그레의 피부는 땀으로 흠뻑 젖었다. 4월의 태양을 쐴 때면 느껴지는 나른한 권태감이 온몸을 휘감았다. 그는 불안한 듯이 예의 커다란 집에 시선을 던지며 그 집으로 향했다. 그는 수위실의 유리창 너머로 집 안을 들여다보았다. 문지기의 모습은 보이지 않았다. 니스를 칠한 계단에는 암적색 융단이 깔려 있었고 벽에는 모조품 대리석이 붙어 있었다. 층계참은 먼지투성이였고 어두운 색깔의 두 개의 문은 혼했지만 깔끔한 인상을 주었다. 잘 닦여진 구리 손잡이에서 번쩍번쩍 윤이 났다. 태양은 비스듬히 뜰을 비추고, 천장 창문을 통해서 계단을 위에서 아래까지 황금색으로 물들였다.

메그레는 두세 번 되풀이하여 초인종을 눌렀다. 몇 번째가에 안에서 인기척이 들렸으나 문이 열릴 때까지는 장장 5분이나 걸렸다.

"뒤크로 씨의 댁입니까?"

"그런데요."

하녀의 볼은 상기되어 있었고 지나치게 싱싱했다. 까닭 모르게 메그레는 하녀를 보자 싱글싱글 웃음이 나왔다. 그녀는 살이 통통해서 껴안아 보고 싶은 아가씨였다. 특히 뒷모습이 그러했다. 하지만 못생긴 얼굴에다 표정도 딱딱해서 다음 순간 이내 실망해 버렸다.

"어디서 오셨습니까?"

아가씨는 문 쪽으로 두세 걸음 다가와 고개를 숙이며 스타킹을 끌어올렸다. 그리고 또 두세 걸음 움직이더니, 열린 문 뒤편이라 보이지 않는다고 생각했는지 고리를 다시 매고 속옷을 잡아당겼다. 메그레는 그 모습을 보고 더욱 싱글거렸다. 곁에서 소곤대는 소리가 들렸다. 하녀가 되돌아왔다.

"들어오십시오."

메그레가 싱글벙글한 것은 반드시 태양 때문만은 아니었다. 미소가 입가에서 저절로 새어나와 터져 버렸기 때문이다. 대기실에 들어간 순간, 아니 신발장을 넘어서면서 메그레는 무슨 일이 일어났는지를 직감하고 있었으나 이제 그것은 거의 확실해졌다. 메그레는 말문을 열었다.

"뒤크로 씨군요?"

경감의 눈은 웃고 있었으나 그 입은 저절로 비틀어졌다. 바로 그 순간부터 두 남자 사이에 진실한 고백이 이루어진 것이나 다름없었다. 뒤크로는 먼저 하녀를, 다음에는 메그레를, 또 마지막으로 빨간 벨벳을 씌운 의자 쪽으로 시선을 옮겼다. 그리고 그럴 필요도 없는데 숱이 많은 머리를 매만지며 싱긋 웃었다. 그는 득의만면한, 그러면서도 약간은 거북스러운 만족감이 섞인 미소를 지었다.

세 개의 창문으로 햇빛이 찬란하게 내리쬐었다. 열려 있는 커다란 창문 중 하나를 통해 바깥의 와글거리는 소리와 쇄석기의 소음이 섞여 들려왔기 때문에, 메그레가 아무리 큰 소리로 얘기를 해도 자신의 목소리조차 제대로 들리지 않았다.

에밀 뒤크로는 한시름을 놓았다는 듯이 한숨을 내쉬고서 의자에 다시 앉았다. 아직 충분히 회복되지 않은 것 같았다. 하녀와의 정사 때문인지 이마에는 땀자국이 남아 있었고 숨결도 여전히 가빴다. 아무튼 틀림없이 침대에 누워 있으리라고 예상했던 사나이가 의자에 앉아 있으니 검찰청에서 나온 메그레는 어안이벙벙했다.

사나이는 슬리퍼를 신고 붉은 자수로 만들어진 깃이 달린 잠옷 위에 낡은 웃옷을 걸치고 있었다. 30~40년 전의 평범한 가구가 있는 응접실의 자질구레한 장식, 예인선의 사진을 넣은 금색과 흑색의 사진틀, 한쪽 모퉁이에 둔 조립식 책상, 그 모든 것에도 조금 전과 같은 평범함과 무관심이 엿보였다.

"당신입니까, 수사 담당은?"

듀크로의 얼굴에서 서서히 미소가 사라졌다. 진지한 얼굴로 돌아간 듀크로는 탐색하는 눈빛으로 메그레를 쳐다보았다. 그 목소리마저 덤벼들 듯이 날카로웠다.

"이 사건에 대해서 당연히 뭔가 생각이 있으시겠지요? 뭐, 아직이라고요? 그럼 됐소, 그러나 경찰에 계시는 분치고는 속도가 꽤 느리군요."

불쾌한 태도를 일부러 취한 것은 아니었다. 이것은 듀크로의 천성이었다. 이따금 약간 얼굴을 찌푸리는 건 아마도 등의 상처가 결리기 때문이리라.

"뭔가 마실 거라도 드시겠소? 마칠드! 마칠드! 마칠드, 무얼 하고 있나!"

한 아가씨가 비누거품투성이의 손을 하고 나타났다.

"백포도주를 가지고 와. 좋은 걸로!"

듀크로는 또다시 쿵 하고 의자에 앉았다. 색실로 무늬를 짜 넣은 쿠션에 양쪽 다리를 얹혀서인지 다리가 땅딸보 같아 보였다.

"그런데 이야기는 대충 어느 정도까지 알고 계십니까?"

말을 하면서도 창문 너머로 수문 쪽을 흘끗 보는 것이 듀크로의 버릇인 모양이다. 별안간 그는 고함을 질렀다.

"저 새끼! 포리에 쇼송 상사 따위의 배에 추월당하다니!"

메그레가 들여다보니 가장자리를 노란색으로 칠한 배가 짐을 싣고 서서히 운하의 수문으로 들어오고 있었다. 뒤따라 푸른 삼각형 표시가 붙은 또 한 척의 배가 운하를 지나가고 있었다. 3,4명의 선원이 손과 발을 연신 휘둘렀다. 아마 싸우고들 있는 모양이다.

"푸른 삼각형이 붙은 것은 내 배지요." 하고 듀크로는 설명하고는 방에 들어온 하녀에게 의자 하나를 가리키며 말했다.

"병과 컵은 그 위에 놓아라. 경감님, 우리집에서는 거드름을 피우지 않는 것이 좋습니다. 요컨대…… 아참, 사건의 소문이 어떻게 나돌고 있는지부터 먼저 들려주십시오."

듀크로의 상냥한 태도의 밑바닥에는 심술궂은 저의 같은 게 있는 듯했다. 메그레가 그를 탐색하듯 지켜보자 그의 심술은 더욱 사나워졌다. 그건 아마도 경감의 체구가 자기와 비슷할 정도로 우람하고 힘이 세어 보이는 데다가 키가 자신보다 더 크기 때문일지도 모른다. 또한 메그레 경감의 침착한 태도가 아무리 움직이려고 애를 써도 꼼짝도 하지 않는 바위처럼 느껴졌기 때문이다.

"오늘 아침에 서류가 왔습니다." 하고 경감은 말문을 열었다.

"읽었습니까?"

현관문이 열리고 누군가가 대기실을 거쳐서 얼굴을 내밀었다. 쉰 살쯤 되어 보이는 깡마르고 음울한 여자가 시장 바구니를 들고 있었다. 그녀는 곧 변명을 했다.

"실례했습니다. 손님이 계신 줄도 모르고."

그때 메그레가 일어서며 말했다.

"부인이십니까? 처음 뵙겠습니다."

여자는 딱딱한 동작으로 인사를 하고서 뒷걸음질을 치며 안으로 들어갔다. 하녀와 얘기를 하는 소리가 들렸다. 메그레는 또 싱긋 웃었다. 아침의 광경이 또다시 떠올랐기 때문이었다.

듀크로는 불평을 했다.

"집사람은 가사를 돕는 습관이 아무리 말려도 없어지지 않아서 큰일이오. 마음만 먹으면 하녀를 열 명이라도 둘 수 있는데…… 직접 시장엘 간단 말이오!"

"아마 예인선의 선장으로 첫출발을 하셨지요?"

"평범한 첫출발이었소. 똑딱선이었지요. 배 이름은 '카레'라고 했던가. 선장의 딸, 조금 전에 만난 마누라입니다. 내가 그녀와 결혼했기 때문에 그 배는 내 것이 되었소. 지금은 '독수리'호와 같은 형의 자매선이 24척이나 있소. 정박소에는 두 척밖에 없지만 그건 오늘 잠시 후면 디지까지 올라갑니다. 그리고 다섯 척이 내려가고 있는 중이고요.

밑에 있는 두 채의 주막에 모여 있는 선원들 모두 우리 배에서 일하고 있는 녀석들이오. 지금까지 사서 늘린 것만 소형선이 18척, 운송선이 몇 척, 준설선(浚渫船 ; 준설기를 장치하여 물 속에서 모래, 자갈 등을 파내는 배)이 두 척으로……."

사나이는 눈을 가느다랗게 떴다. 마침내 메그레만이 간신히 들여다보일 정도로 실눈이 되었다.

"이 정도입니다, 조사하고 싶으신 것은 뭡니까?"

그는 별안간 문 쪽을 돌아보고 두 여자에게 소리를 질렀다.

"시끄럽다!"

여자들의 모습은 보이지 않았으나 소곤거리는 얘기 소리가 들렸기 때문이다.

"이만하니 다행이죠. 아시겠지만 범인이 발견되면 2만 프랑을 경찰에 기부하겠다고 말해뒀습니다. 그러니까 유능한 사람을 보낸 것이겠지요. 그런데 경감님은 뭐 좀 둘러보셨습니까?"

"별로요. 운하라든가 수문이라든가 배 같은 것을 좀 봤습니다."

창문 틈으로 보이는 밝은 경치는 인생의 놀라운 양상을 나타내고 있었다. 위에서 바라본 배는 묵직하고 위엄이 있었고 짙은 수면 속에 묻혀 있는 것처럼 보였다. 작은 배 위에 우뚝 선 한 선장이 수면에서 2m가량 떠 있는 회색 선체를 조종하며 끈끈한 물을 헤치면서 나아갔다. 철망을 친 울에는 개와 암탉이 있었고 금발의 젊은 아가씨가 갑판의 동기구(銅器具)를 닦고 있었다. 사람들은 수문 입구 위를 왕래하고 하류 쪽으로 나가는 배는 망설이는 듯한 동작으로 세느 강의 본류로 미끄러지듯이 빠져나갔다.

"요컨대 이 사람들이나 배는 당신의 소유라는 것이군요?"

"전부라는 것은 과장이겠죠. 그러나 지금 보고 계신 사람들은, 어떤 녀석이건, 일단은 내 덕으로 밥을 먹고 있지요. 특히 샴파이뉴의 채석장을 손에 넣은 후부터는 더욱 그렇습니다."

그 방의 가구는 값싼 테이블이나 대야 등을 산더미처럼 쌓아 놓고 판매하는 토요일의 염가 판매장에서 돈이 없는 사람들이 구입한 것 같은 인상을 풍겼다. 부엌에서 버터가 녹아서 지글지글하는 소리와 양파가 눈는 냄새가 섞여 흘러나왔다.

"한 가지만 여쭙겠습니다. 조서에 의하면 구조 받으시기 전의 일은 기억하지 못한다고 하셨다는데……."

듀크로는 나른한 눈초리로 잎담배의 끝을 잘랐다.

"정확히 말해서 기억은 어디서 끊겼습니까? 가령 그저께 밤에는 무슨 일을 하셨는지 말씀하실 수 있습니까?"

"딸과 사위과 여기에 와서 함께 저녁 식사를 했소. 사위는 베르사이유 보병대 소속의 대위로, 매주 수요일에는 딸애와 같이 옵니다."

"아드님도 있으시지요?"

"있지요. 샤르트의 학교에 다니고 있소. 아무튼 6층에 혼자 있으니 집에서는 좀처럼 볼 수가 없지만 말이오."

"그렇다면 그 날 밤도 아드님은 보지 못하셨습니까?"

듀크로는 대답을 서두르지 않았다. 천천히 잎담배를 한 모금 빨아 연기를 내뿜고는 메그레에게 눈을 떼지 않은 채 나오는 질문을 하나하나 저울에 올려놓고 대답을 한마디 한마디 가늠하듯이 신중하게 생각했다.

"알겠소, 경감님. 지금부터 하는 이야기는 중대한 일이니까 피차 흉금을 털어 놓고 해보겠다는 생각이라면 단단히 마음속에 새겨두기 바라오. 미미일을 상대로 잔재주를 부리려는 놈은 하나도 없습니다. 미미일이란 나를 두고 하는 말이오. 처음으로 예인선을 가졌을 때부터 나는 이 별명으로 불려왔소. 오트 마르느의 수문 담당 중에는 나를 이 이름으로만 기억하는 사람이 있을 정도요. 아시겠소?

나 역시 당신과 같은 인간이오. 이 사건도, 돈을 지불하는 것도 습격당한 것도 나 자신이며 당신을 오게 한 것도 바로 나요."

메그레는 눈살 한번 찌푸리지 않았다. 오히려 오랜만에 연구할 가치가 있는 인간을 만났다고 내심 매우 기뻐하고 있었다.

"좌우간 술을 좀 드시고 몇 개비라도 괜찮으니 호주머니에 있는 여송연을 꺼내 피우십시오. 드시라니까요! 일은 얼마든지 해도 좋습니다. 하지만 잔재주를 부리는 건 사양하겠소! 어제도 검찰청 녀석들이 찾아왔는데 그 중에 참으로 건방진 예심판사가 있었소. 마치 손이 더러워질까 두렵다는 태도로 노란색 장갑을 낀 채로 집 안을 서성거리더군. 그래서 나도 그자의 콧잔등에 담배연기를 내뿜어 주었소. 그리고 모자를 집어라, 담배를 꺼라, 하고 명령했지요. 어떻습니까, 이해할 수 있습니까? 그럼 이제 내 말을 들어보겠소?"

"한가지만 묻겠습니다. 당신은 고소를 취하할 의사가 없으신지요? 그리고 또 말입니다, 꼭 범인을 찾아내라고 하시는데, 그게 진심인지요?"

듀크로의 입술에 미소가 그림자처럼 떠올랐다. 그는 대답을 하지 않은 채 뭐라고 중얼거렸다.

"질문이 그게 다요?"

"그뿐입니다! 아직 시간은 얼마든지 있으니까요."

"그 밖에 할 말은 아무것도 없소?"

"아무것도!"

이렇게 말하고 메그레는 일어서서 눈이 부시다는 듯이 눈을 가느다랗게 뜨고 활짝 열어 젖힌 창문 앞에 섰다.

듀크로는 고함을 질렀다.

"마칠드! 마칠드! 도대체, 부르면 곧장 와야지. 그리고 앞치마는 깨끗한 것을 둘러라. 어서 샴페인을 한 병 가져와. 왼쪽 서랍장 안에 있는 여덟 병 중 하나 말이야."

"저는 샴페인을 마시지 않습니다."

하녀가 물러가자 메그레가 말했다.

"이거라면 마실 수 있을 거요. 1897년산 순도 100프로 샴페인이죠. 랑스에서 제일 큰 술집 사장께서 보내온 거요."

사나이의 태도가 한결 부드러워졌다. 거의 눈에 띄지 않을 정도였지만 탄복했다는 눈치마저 보였다.

"지금 보고 있는 것은 무엇입니까?"

"갓생의 배를……."

"아시겠지만 갓생은 저와 오랜 친구로 그자만은 지금도 너나 하며 서로 맞먹는 사이지요! 처음으로 배를 탔을 때도 그와 함께 있었습니다. 지금은 오로지 벨기에행의 배를 한 척 맡고 있을 뿐이지만요."

"예쁜 딸이 있더군요."

그건 전적으로 메그레가 받은 흐릿한 인상이었다. 어쨌든 먼 빛으로 옆얼굴밖에 보지 않았니까. 하지만 그것만으로도 아가씨가 아름답다는 건 확연히 알 수 있었다. 옆으로 돌린 얼굴뿐이었는데도 말이다! 그녀는 검은 옷에 흰 앞치마, 맨발에 나막신을 신고 있었다.

듀크로는 대답을 하지 않고 잠시 묵묵히 있다가 참을 수 없다는 듯이 따지고 들었다.

"알았소, 그런 식으로 하려거든 해보시오! 위층에 있는 여자도 그렇고 하녀 건도 있으니까! 이렇게 되면 피차 배짱이야."

부엌문이 반쯤 열렸다. 문 옆에서 듀크로 부인이 헛기침을 한 뒤에 결심한 듯이 물었다.

"얼음이 필요한가요?"

남편이 화를 벌컥 내고 고함을 질렀다.

"샴페인을 랑스까지 가지러 갈 작정이야!"

부인이 말대답도 못 하고 방을 나가자 문이 약간 열려 있는 데도 불구하고 듀크로는 계속 말했다.

"아무튼 나는 이 방 바로 위층인 3층에 여자를 숨겨두고 있소. 이름은 로즈, '맥심'의 호스티스였소."

목소리를 낮추기는커녕 그 반대였다. 물론 듀크로 부인에게도 들렸을 것이다. 부엌에서 컵이 '달가닥' 하는 소리가 났다. 하녀가 정갈한 앞치마 차림으로 쟁반을 들고 들어왔다.

"더 자세히 얘기하자면 난 그 여자에게 매달 2천 프랑과 옷값을 치르고 있소. 하긴 의복은 거의 자기가 부담하고 있는 것 같지만. 어떻습니까, 경감님! 알아낼 만큼 알아냈으면 빨랑빨랑 물러가 주시기 바라오! 샴페인을 드시겠소, 경감님?"

듀크로는 평소의 습관으로 되돌아와 있었다. 메그레의 귀에는 쇄석기의 소음도, 거리의 와글거리는 잡음도, 방 안을 날아다니고 있는 두 마리의 커다란 파리의 왱왱거리는 소리도 들리지 않았다.

"그저께였지요. 딸애와 딸애의 못난 서방이 여느 때처럼 여기서 저녁 식사를 했소. 디저트가 끝나자 나는 곧장 외출했습니다. 난 원래 귀찮은 남자는 좋아하지 않는데 우리 사위가 바로 그 귀찮은 타입이었거든요. 자, 건강을 위해서!"

그는 입맛을 다시며 '후유' 하고 숨을 내쉬었다.

"그뿐이에요. 아마 10시쯤이었을 거요. 길을 따라 걸었소. 그리고는 약간 외진 곳에서 댄스 홀을 운영하고 있는 카트린느와 함께 한 잔 마셨소. 그리고 또 계속 걸어가 저기 좁다란 길모퉁이의 가로등이 있는 부근까지 갔소. 사위 녀석과 술을 마시느니 거리의 여자들과 마시는 편이 훨씬 나으니까."

"이 집에서 나가셨을 때 혹시 누군가 뒤를 밟고 있다는 기분은 들지 않았습니까?"

"아니, 그런 느낌은 들지 않았소."

"어느 방향으로 가셨습니까?"

"모르겠소."

확고한 대답이었다. 목소리는 또다시 싸움을 걸며 덤벼드는 듯했다. 그는 샴페인을 너무 마신 탓에 목이 쉬었는지 기침을 하고는 색이 바랜 양탄자 위에 침을 뱉었다.

의사의 진단에 의하면 선주가 입은 등의 상처는 조금 스친 정도로 가벼운 것이라고 한다. 그리고 그가 물에 잠겨 있었던 것도 고작 3,4분가량으로, 그동안 한두 번은 물 밖으로 떴을 것이라고 했다.

"당신은 아무도 의심하지 않고 있습니까?"

"의심하고 있지요, 이놈도 저놈도!"

듀크로의 표정이 우스웠다. 커다란 얼굴이 푸석푸석해서 표정은 둔해 보였지만 유달리 억센 위엄이 느껴졌다. 그가 메그레의 반응을 엿볼 때의 눈초리는 시장에서 물건을 사고 파는 늙은 농부를 방불케 했다. 하지만 그것은 순간이었고 그 파란 눈은 어느 새 이쪽을 얼떨떨하게 할 정도로 어린아이 같은 눈이 되었다.

협박, 고함, 매도, 도전—그런 짓을 하는가 하면 다음 순간에는 마치 그 모든 게 농담이었다는 듯한 태도로 돌변했다.

"내가 말하고 싶었던 건 바로 이거요. 나로서는 어떤 녀석이라도 의심할 권리가 있다는 말이오. 마누라건, 자식이건, 딸이건, 사위건, 로즈건, 하녀건, 갓생이건."

"갓생의 딸은……?"

"아리이느 역시 그렇지요!"

말은 그렇게 했지만 어조에는 미묘한 여운이 담겨있었다.

"아시겠지만, 지금 열거한 인간들은 모두 나와 아주 가까운 사이오. 그러니 호되게 혼내 주어도 상관없소. 경찰의 수법은 이미 알고 있어요. 쓰레기통까지도 냄새를 맡고 다니니까요. 지금 당장 시작하셔도 좋습니다. 잔느! 이봐, 잔느!"

듀크로 부인이 깜짝 놀라서 조심조심 모습을 나타냈다.

"빨리 들어와, 제기랄! 하녀 같은 꼴로 남 앞에 나오는군. 한 잔 마셔. 마시라니까! 경감님과 함께 마시는 거야.

어이, 한번 맞춰봐. 경감님이 지금 무슨 말을 듣고 싶은지 알고 있나?"

듀크로 부인은 새파랗게 질려 있었다. 입고 있는 것도 초라했고 머리는 손질도 하지 않아서 응접실에 있는 가구와 똑같았다. 그녀는 보기 흉할 정도로 늙어 보였다. 햇빛이 눈부셔서 눈이 아찔아찔한 것 같았다. 그녀는 결혼한 지 25년이 지났는데도 남편이 고함을 지를 때마다 깜짝깜짝 놀랐다.

"경감님께서는 베르트 부부와 식사를 했을 때 어떤 이야기가 오갔는지 듣고 싶어 하신단 말이야."

듀크로 부인은 미소를 지으려고 했다. 샴페인 잔을 든 손이 부들부들 떨렸다. 부엌 일로 거칠어진 손을 메그레는 가만히 바라보았다.

"마시기 전에 대답을 먼저 해."

"여러 가지 얘기를 했어요."

"거짓말쟁이 같으니."

"죄송해요, 경감님. 하지만 전 남편이 하는 말이 무슨 뜻인지 하나도 모르겠어요……."

"알고 있지 않나! 정 그렇다면 내가 생각나게 해줄까……."

듀크로 부인은 남편이 딱 버티고 앉은 의자 옆에 똑바로 서 있었다.

"이야기를 꺼낸 건 베르트였어, 그렇지. 베르트가 한 말은……."

"에밀!"

"에밀이고 나발이고 알 게 뭐야! 베르트는 어린애가 태어날지도 모른다, 그런 경우에 드샤름은 군대를 그만두어야 한다, 벌이가 적어서 아이를 보는 사람을 도저히 고용할 수도 없고, 지금도 간신히 먹고 살고 있다. 그러자 나는 땅콩 장사라도 하면 되겠군 하고 말해 주었어. 틀렸나?"

듀크로 부인은 어쩔 수 없다는 듯이 씁쓸한 미소를 지었다.

"여보, 제발 그만하세요."

"그랬더니 그 멍청이가 뭐라고 했나? 대답해 봐! 그 녀석이 어떻게 해달라고 했지? 재산의 일부를 나눠줘요, 언젠가는 어차피 그렇게 될 테니까, 그렇게 지껄였단 말이야! 그 분배금으로 프로방스에 집을 구해서 살면 기후도 좋고 아이들을 위해서도 아주 적합할 거라 하면서 말이야. 우리들 같은 할바씨나 할마씨에게는 여름 방학에 문안이나 드리러 오면 된다는 속셈이야."

격한 태도는 보이지 않았지만 일시적인 노여움은 단 하루만에 쌓인 감정이 아닌 모양이었다. 듀크로는 천천히 엄격하게 차례차례 말을 쏟아냈다.

"내가 밖으로 나가려고 모자를 쓰니까 그 녀석이 뭐라고 했나? 네 입으로 말해 봐."

"모르겠어요, 이젠."

금방 울음이라도 터뜨릴 듯이 듀크로 부인이 컵이 뒤집어지지 않도록 내려놓으며 말했다.

"말해봐!"

"딴 일에는 굉장히 낭비를 하고 있다고."

"딴 일이라는 그런 말투가 아니지 않았나?"

"저어……."

"저어…… 뭐야?"

"여자들에겐……."

"그리고?"

"3층의 여자라든가."

"들으셨습니까, 경감님? 이 여자에게 물어 볼 것은 이 외에 또 없습니까? 당장 울 것 같군. 난 우는 건 딱 질색이야. 가버려!"

듀크로는 또 한숨을 내쉬었다. 그와 같이 두꺼운 가슴이 아니면 절대 나오지 않을 것 같은 긴 한숨이었다.

"그것 보시오, 벌써 범죄의 견본이 하나 생기지 않았소! 괜찮다면 이젠 혼자서 해보구려. 난 내일은 의사가 뭐라고 해도 일어날 생각이요. 평상시와 다름없이 6시에는 일터로 나갈 작정이지. 한 잔 더하는 것이 어떻소? 여송연도 더 피우시오. 갓생이 배로 배달해 준 것이오. 밀수품이지만 500개비 정도 될 거요. 이런, 당신에게는 뭐든지 실토해 버렸군."

의자의 팔걸이에 기대어 있던 그는 엄숙한 표정으로 일어섰다.

"여러 가지를 말씀해 주셔서 감사합니다."

메그레는 가장 흔해빠진 문구로 말했다.

듀크로의 눈도 경감의 눈도 웃고 있었다. 두 사람은 잠자코 즐거운

듯이 서로 얼굴을 마주보았다. 암묵적인 양해와 어쩌면 불신감과 또한
기묘한 매력을 동시에 느끼면서 말이다.

"하녀에게 배웅하도록 할까요?"

"고맙습니다. 돌아가는 길은 알고 있으니 나오지 않으셔도 됩니다."

두 사람은 악수를 하지 않았으나 이것 또한 서로의 암묵적인 합의
였다. 듀크로는 밝은 장소가 잘 내다보이는 그늘의 열린 창문 곁에 꼼
짝하지 않고 서 있었다. 그는 겉으로 드러나는 것보다 훨씬 더 피곤한
것 같았다. 그의 숨결이 가빴다.

"행운을 빌겠소! 잘 되면 2만 프랑은 당신 것이오!"

부엌의 문 앞을 지나갈 무렵 메그레는 울음소리를 들었다. 그는 층
계참으로 나와 두세 계단을 내려갔다. 햇빛은 좀 전과는 달리 다른 곳
을 비추고 있었으나 메그레는 아까의 그 자리에서 걸음을 멈췄다. 그
리고는 호주머니 속에서 서류 한 장을 꺼내 조사했다. 그것은 의사의
보고서였다. 보고서에는 다음과 같이 적혀 있었다.

<자살미수라는 가정은 성립되지 않는다. 상처의 위치로 보아 스스
로 그곳을 단도로 찌르는 것은 불가능하다.>

수위실의 희미한 어둠 속에서 누군가가 움직였다. 문지기의 마누라
가 돌아온 모양이다. 거리로 나오자 열, 빛, 소음, 각양각색의 먼지, 와
글거리는 소리 등이 한꺼번에 밀려들었다. 13번선 전차가 멈추더니 바
로 또 출발했다. 오른쪽 술집의 벨이 찌르릉찌르릉 울렸다. 다른 한켠
에서는 모래가 쇄석기 속으로 쭈르륵 떨어져 내려갔다. 파란 삼각형이
붙은 예인선 한 척이 수문 앞에서 미친 듯이 안감힘을 쓰며 기적을
울렸다. 그러나 바로 눈앞에서 수문이 닫혀 버렸다.

3

유별나게 눈에 띄는 파란색 간판의 한복판에 기선이 그려져 있고, 그 위를 갈매기 떼가 날고 있었다. 간판의 밑에는 '독수리를 타시오! 마르느 강과 세느 강 상류 수로 안내'라고 쓰여져 있었다.

이 가게가 오른쪽 술집이다. 메그레가 문을 밀고 들어가 한쪽 구석에 자리를 잡자 주변이 조용해졌다. 테이블에 앉아 있는 남자는 다섯 명뿐으로, 그들은 다리를 포갠 채 의자를 뒤로 제치고는 햇빛이 눈부신 탓인지 모자를 깊숙이 눌러 쓰고 있었다. 네 사람은 깃이 없고 둥글게 파인 파란 스웨터를 입고 있었는데 모두 한결같이 살갗이 햇빛에 그을려 있었으며 군데군데 눈에 띄지 않는 주름살이 있었다. 목덜미나 관자놀이 주변의 피부색은 바래있었다.

주인이 자리에서 일어나 메그레 쪽으로 걸어왔다.

"무엇으로 하시겠습니까?"

카페는 깨끗했다. 바닥에 톱밥이 흩어져 있었지만 카운터는 번쩍번쩍했다. 주변에 떠도는 달콤하고 씁쓸한 냄새가 식전에 한 잔을 들이키는 시간이 되었음을 상기시켜주었다.

"후유!" 하고 한 사람이 담배 끝에 불을 붙이면서 한숨을 내쉬었다.

이 '후유!'는 메그레가 왔기 때문인 것 같았다. 경감은 맥주를 주문하고서 파이프에 한가롭게 담배를 채워 넣었다. 맞은편에 그들과 한패인 듯한 노란 수염을 기른 작은 노인이 단숨에 술잔을 들이키더니 코밑 수염을 쓱 닦으면서 고함을 질렀다.

"페르낭, 한 잔 더 따라 주게!"

오른쪽 팔에 붕대를 감고 있는 걸로 봐서 이 사람이 갓생 노인인 것 같았다. 다른 사람들은 늙은 선장을 가리키면서 서로 슬그머니 눈짓을 주고받았다. 노인은 털이 잔뜩난 얼굴에 주름이 잡힐 정도로 뚫어지게 메그레를 주시했다.

그의 흐느적거리는 동작으로 미루어 보아 노인은 상당히 취해 있었다. 메그레가 경찰관임을 눈치챈 다른 사람들은 그들 나름대로 노인이 어리둥절하는 것을 재미있게 보고 있었다.

"여보게, 갓생, 기분이 좋으시군!"

노인은 금새 발끈 화를 냈다.

"저쪽 어른께서 뭐라고 했나?"

앉아 있던 남자들 중 한 명이 메그레에게 귓속말을 했다.

"모른 척하십시오! 보시는 바와 같이 저런 상태니까요."

주인 혼자만이 안절부절못해 하는 것 같았다. 손님들은 그저 재미있어 할 뿐이었다. 창 너머로 보이는 건 부둣가의 벽난간, 배의 돛대와 키, 수문 건물의 지붕뿐이었다.

"닻은 언제 올리나, 갓생?"

또 한 사람이 낮은 소리로 말했다.

"얘기 좀 해보게!"

노인은 시키는 대로 할 것같이 온순해 보였지만 주정뱅이들 특유의 허세를 부리며 일어나더니 카운터 쪽으로 걸어갔다.

"한 잔 더 따라 주게, 페르낭!"

노인은 여전히 메그레를 주시하고 있었다. 그 시선은 어쩐지 참으로 복잡다단한 감정이 섞인 듯했다. 확실히 사람을 깔보는 듯하면서도 동시에 어떤 절망감 같은 것이 깃들어 있었다.

경감은 잔돈으로 테이블을 두드리면서 주인을 불렀다.

"얼만가?"

그러자 페르낭이 테이블에 몸을 구부리며 가격을 말했다. 그리고 그는 다시 또 목소리를 죽여가며 덧붙였다.

"노인을 흥분시키지 말아 주세요. 여하튼 어제부터 저 지경이랍니다."

거의 속삭이는 목소리로 말했는데도 노인은 그 자리에서 소리를 버럭 질렀다.

"뭐라고 지껄이고 있는 거야?"

메그레는 일어섰다. 말다툼은 질색이었다. 되도록 상냥한 태도로 문쪽으로 걸어갔다. 거리를 건넌 후에 뒤돌아다보니 창가로 다가온 갓생이 술잔을 한 손에 든 채로 그를 바라보고 있었다.

공기는 아까보다도 한결 더웠고, 밖은 탁한 금빛을 띠고 있었다. 거지가 강기슭의 돌바닥에 신문을 펼쳐 베개 대신으로 삼고서 길다랗게 누워 있었다.

자동차, 트럭, 전차 등이 지나갔다. 그러나 그런 것은 별 상관이 없다는 것을 메그레는 알고 있었다. 파리의 성문을 나와서 차례차례 거리를 지나가는 저런 자동차 따위는 이 경치와는 아무런 상관이 없다. 파리 사람들은 여기를 통과해 마르느 강기슭으로 가는 것이지만, 그건 다만 자동차의 으르릉대는 소음에 지나지 않는 것이다. 문제가 되는 건 수문이라든가, 예인선의 기적, 쇄석기, 기중기, 두 채의 목로 주점 등이고, 그 중에서도 각별히 주의해야 하는 것은 저 커다란 집이다. 창문 너머로 뒤크로의 붉은 의자가 보였다.

밖을 거니는 사람들은 마치 자기 집에 있은 것 마냥 태연했다. 기중기의 노동자들은 모래 위에서 도시락을 먹고 있었다. 뱃사람들의 아낙네들이 자기 배의 갑판 위에 테이블을 세우고 있었고 그 옆에서는 여자가 빨래를 하고 있었다.

메그레는 서둘지 않고 천천히 돌계단을 내려갔다. 그러자 예전에 마르느 강 상류에서 발생한 사건 때부터 낯익은, 도도히 흐르는 강물을 다시 만날 수 있었다. 운하 특유의 독특한 냄새가 감돌자 물 위를 미끄러지듯이 움직이고 있는 배의 영상이 눈에 떠올랐다.

메그레는 '황금양모'호의 바로 옆으로 갔다. 이 배는 다갈색 송진을 칠한 나무로 만들어져 있었다. 방금 씻은 듯한 갑판은 금속 부분만이 말라 있었다. 소녀의 모습은 어디에서도 보이지 않았다.

메그레는 널빤지 다리를 두세 걸음 걷다가 뒤를 돌아보았다. 노인이 난간에 팔꿈치를 대고 있는 모습이 보였다. 경감은 걸어가면서 배 쪽을 보며 말을 했다.

"계십니까?"

옆 배에서 빨래를 하던 여자가 그를 쳐다보았다. 메그레는 붉은색과 파란색의 색유리가 끼어 있는 이중문으로 다가갔다.

"계십니까!"

몇 개뿐인 계단 밑에 깨끗하고 말쑥한 방이 있었다. 보자기를 씌운 테이블의 가장자리가 보였다. 메그레가 마지막 계단에 발을 내딛자 바로 눈앞에 금발의 아가씨가 있었다. 그녀는 의자에 걸터앉아 갓난 아기에게 젖을 물리고 있었다.

갑작스럽고 너무나도 천진스러운 광경이었으므로 경감은 저도 모르게 한 발짝 뒤로 물러섰다. 그는 어색한 표정으로 모자를 벗고서 뜨거운 파이프를 그대로 호주머니 속에 비벼 넣었다.

"매우 실례⋯⋯."

아가씨는 두려웠던 모양이다. 그녀는 메그레의 의도를 간파하려는 듯이 경계하며 경감을 바라보았다. 하지만 자리를 떠나지는 않았다. 갓난애의 조그마한 입이 여자의 가슴에 그대로 물려 있었다.

"방해해서 죄송합니다. 수사 담당자로서 몇 가지 알아볼 게 있어서 찾아 왔습니다."

아가씨를 보자 메그레는 뭐라고 말할 수 없는 답답한 심정에 사로잡혔다. 어쩐지 이상한 예감이 들었지만 그것이 무엇인지는 또렷하게 파악할 수 없었다.

이곳은 니스를 칠한 송진 소나무로 된 방으로 꽤 넓었다. 한쪽 구석에 덮개를 씌운 침대가 있었고, 그 위에 검은 박달나무로 된 십자가가 걸려 있었다. 선실의 중앙부는 식당 역할도 겸하는 모양이었다. 두 사람 분량의 식사가 식탁에 준비되어 있었다.

"앉으세요." 하고 젊은 여자는 말했다.

그 목소리는 조금 뜻밖이었다. 그렇기는 하나 메그레는, 이미 듀크로의 방 창문에서 그녀를 처음 보았을 때 '멀리서 보아도 아리이느에게는 어딘지 공기와 같은 두둥실한 묘한 느낌이 있구나!' 하고 여겼었다.

하지만 이 젊은 여자는 화사하지도 않았고 연약하지도 않았다. 뿐만 아니라 가까이에서 보니 건강하고 야무지고 싱싱한 육체의 소유자라는 것을 확실히 알 수 있었다. 얼굴의 생김새는 단정했고, 곱게 홍조를 띤 볼은 금빛 머리카락을 더욱 돋보이게 했다.

그런데도 전체의 인상이 어째서 그토록 가련해 보이고 또 도대체 어떤 점이 위로해 주고 보호해 주고 싶다는 생각을 자아내는 것일까?

"당신의 아기입니까?"

무언가 말을 해야한다는 생각에 메그레는 아기를 가리키며 물었다. 낡은 목조 요람이 곁에 놓여있었다.

"제가 이름을 지어 준 아기예요."

아가씨는 예의 바르게 미소를 지었으나 몸짓은 겁에 질려 있었다.

"당신은 갓생의 따님이시지요?"

"네."

어린 음성, 온순한 어린 아이가 무슨 질문을 받을 때의 그런 유순한 목소리였다.

"이런 시간에 찾아와서 죄송합니다만, 그저께 사건이 일어났을 때 당신은 여기 계셨다고 들었습니다. 그 날 밤 누가 이 배에 왔는지 알고 싶군요. 가령 말입니다. 에밀 듀크로 씨가 여기 왔었습니까?"

"네."

메그레는 전혀 예기치 않았던 대답이 나오자 도대체 이 아가씨가 금방 한 질문의 의미를 이해하고 있는지 심히 의심스러웠다.

"사건이 있었던 밤 듀크로 씨가 여기 왔었습니까, 틀림없이?"

"문은 열어 주지 않았어요."

"갑판으로 올라왔습니까?"

"네, 이름을 불렀지만 전 잠자리에 들어 있었어요."

메그레는 두 번째 선실을 홀끗 보았다. 그것은 첫번째의 방보다는 좁았으며, 붙박이 침대가 놓여 있었다. 젊은 여자는 이야기를 하면서 갓난애를 살며시 가슴에서 떼어 이마를 닦아주고는 옷자락을 여몄다.

"몇 시쯤이었습니까?"

"잘 모르겠어요."

"아버님께서 물에 빠졌을 때보다도 먼저였나요?"

"모르겠어요."

확실한 이유도 없는데 아가씨는 걱정스러운 표정이었다. 아리이느는 일어서더니 갓난애를 요람에 넣었다. 아기가 입을 벌리고 울려고 하자 그녀는 빨강 고무 젖꼭지를 물려주었다.

"듀크로 씨를 잘 알고 계십니까?"

"네."

아가씨는 난로에 불을 지피더니 갑자기 뭔가가 가득 들어 있는 냄비에 소금을 집어넣었다. 그 하나하나의 동작을 세심하게 쫓던 메그레는 순간 눈치를 챘다. 아리이느는 아마 바보는 아닐지라도 외부와 그녀의 사이에는 베일이 덮여 있을 것이다. 여자의 동작, 목소리, 미소 등 모든 행동은 부드럽지만 어딘지 둔했다. 손님 앞을 지나가면서 그녀는 미안하다는 듯이 미소를 지었다.

"듀크로 씨는 어째서 왔습니까?"

"언제나 같은 용건이에요!"

경감은 점점 답답해졌다. 손바닥이 땀으로 축축했다. 젊은 여자의 한마디 한마디가 극적인 효과를 가져올지도 모른다. 질문을 할 때마다 이 불가사의한 사건의 안개는 걷혀갔다. 그러나 메그레는 질문하는 것이 두려웠다. 아가씨는 자기가 하고 있는 말의 뜻을 알고 있는 것일까? 어떤 질문에도 "네."라고 대답을 하고 있는 게 아닐까?

"당신이 말하고 있는 듀크로 씨는 아드님입니까?"

경감은 시험삼아 중얼거려 보았다.

"장은 오지 않았어요."

"당신께 사랑을 호소하는 것은 장의 아버지입니까?"

순간 아가씨는 메그레의 얼굴을 홀끗 쳐다보다가 곧 얼굴을 돌렸다.

그 순간 경감은 이야기를 중단하고 싶어졌다. 머지 않아 폭로될지도 모르는 이 사실에 지나치게 깊이 들어간 것은 아닐까?

"그것이 목적이어서 그 사람은 여기에 오는 거군요? 당신을 쫓아다니고, 어떻게라도 해볼 속셈……."

경감은 후닥닥 말을 끊었다. 아가씨가 울기 시작해서 뭐라고 해야 좋을지 몰랐기 때문이다.

"죄송합니다. 잘못했습니다. 제 말에 신경쓰지 마십시오."

아가씨가 너무나 가까운 곳에 있었기 때문에 메그레는 어깨를 기계적으로 두드려 주었다. 그러나 그건 오히려 역효과였다! 아가씨는 잽싸게 물러서는 두 번째 선실로 달아나더니 문을 잠가 버렸다. 그리고는 칸막이의 저쪽에서 계속 울었다. 갓난애까지도 젖꼭지를 잃어버리고 울기 시작했다. 메그레는 당황하여 아기에게 젖꼭지를 입에 물려주었다.

이제는 물러갈 수밖에 없었다. 계단이 낮아서 승강구의 천장에 머리가 부딪쳤다. 틀림없이 갓생 노인이 갑판에 있을 거라고 생각했는데 옆 배의 사람들만 키 옆의 식탁에 앉아 있을 뿐이었다. 그들은 메그레가 돌아가는 것을 가만히 보고 있었다.

선창가에도 갓생의 모습은 없었다. 길가로 나와보니 예의 커다란 집 앞에 자동차가 한 대 멈춰 있었다. 평범한 중형 자동차였으며 '세느 에 오와즈' 지방의 번호판이 붙어 있었다. 경감은 자동차 안에서 내린 여자를 보고 한눈에 누군지를 알아봤다.

듀크로의 딸이었다. 아버지를 닮아서인지 야하고 다부졌다. 평상복 차림의 남편은 검소한 양복을 입은 어깨폭이 좁은 사나이였다. 그는 자동차의 문을 닫더니 열쇠를 호주머니 속에 넣었다.

그러나 뭔가 물건을 잊은 듯 부인이 문지방에서 뒤를 돌아보았다. 남편은 다시 열쇠를 꺼내어 문을 열고 작은 봉지를 꺼냈다. 병문안용 스페인산 포도라도 들어 있는 모양이다.

부부는 뭔가 언쟁을 벌이더니 조금 있다 집 안으로 들어갔다. 두 사람 다 소심한 속물인 것 같았다.

메그레는 전차 정거장의 녹색 금속판 밑에 서 있었는데 도착한 전차에 신호를 하는 것을 깜빡 잊어버렸다. 머릿속이 걷잡을 수 없는 생각으로 꽉 차 있어서 약간 이상해진 것 같았다. 그는 빨리 이 사건을 해결하고 싶었다. 선원들이 주막에서 나와 악수를 하고는 뿔뿔이 흩어졌다. 그 중 낙천적인 표정을 한 키가 큰 청년 한 명이 이쪽으로 걸어왔다. 메그레는 그를 불러세웠다.

"실례, 잠깐 묻고 싶은데."

"경감님, 저는 현장에 없었어요."

"그런 일이 아닐세. 자네는 갓생을 알고 있겠지? 갓생의 딸이 키우는 아기는 대체 누구의 아기인가?"

선원은 픽 하고 웃음을 터뜨렸다.

"그 아가씨의 아긴 아닙니다!"

"확실한가?"

"갓생 영감이 그 아기를 데리고 왔답니다. 그는 15년 전부터 홀아비였지요. 틀림없이 북쪽 어딘가에서 술집이라도 하고 있는 여자나 수문지기를 하고 있는 여자에게서 낳은 걸 겁니다."

"그럼 그 아가씨는 아기를 낳은 적이 없단 말인가?"

"아리이느가요? 오오, 경감님 눈은 창구멍인가요? 아무튼 그 아가씨에겐 친절히 대해 주십시오. 보통 아가씨와는 전혀 다르니까요."

그때 바로 옆을 어떤 사람이 지나갔다. 햇빛 아래 오래 서 있었더니 메그레는 목덜미가 타는 듯했다.

"두 사람 모두 진실한 사람들입니다. 갓생은 술이 좀 과하기는 하지만 평소에는 절대로 오늘과 같은 행동을 하지 않아요. 그저께 사건 때문에 충격을 받은 모양입니다. 오늘 아침에는 경감님에게 호되게 당하리라고 생각했나봐요."

키가 큰 청년은 또다시 싱긋 웃더니 모자를 집어들고 사라졌다. 메그레도 점심을 먹어야 했다. 주변의 움직임은 완전히 달라져 있었다.

쇄석기가 작동을 멈췄고 자동차 수도 줄었으며 수문조차 느릿느릿하게 움직이는 것처럼 보였다.

머지않아 또 이곳을 찾게 되리라. 이 좁은 바닥에서 얻을 수 있는 얼마간의 정보는 손에 쥔 듯 하지만 겨우 어렴풋이 느끼기 시작한 것에 불과했다.

갓생은 배로 돌아갔을까? 그는 니스를 칠한 식탁에 앉아 조그마한 장미꽃 무늬의 식탁보 앞에서 식사를 하고 있을까?

어쨌든 간에 듀크로의 집은 말다툼이 한창일 터이고, 스페인산 포도 정도로는 그자의 기분을 유쾌하게 할 수가 없으리라.

어떤 이끌림에 의해 메그레는 좀 전의 술집으로 되돌아갔다. 가게에는 손님이 아무도 없었다. 주인과 갈색 머리의 아담한 몸매의 마누라가 카운터 옆에서 스튜를 먹고 있었다. 마누라는 화장을 할 틈도 없었는지 어수선한 모습이었지만 상당한 미인이었다. 붉은 포도주가 받침이 없는 컵 속에서 반짝 빛났다.

"벌써 돌아가시려고요?" 하며 페르낭이 입을 닦으면서 놀란 듯이 외쳤다.

그럭저럭 그가 여기에 있어도 괜찮은 모양이었다. 일부러 신분을 밝힐 필요도 없었다.

"그 아가씨를 너무 괴롭힌 것은 아닙니까? 또 맥주로 하시겠습니까? 이르마, 시원한 것을 가져와요."

메그레는 밖을 내다보았다. 항구 쪽이 아니라 건너편 목로 주점 쪽을 말이다.

"불쌍한 갓생 녀석, 덕분에 몸을 망쳐버릴 거예요. 밤중에 강물에 빠지다니…… 어떤 사람도 감당 못할 노릇이죠. 뿐만 아니라 누군가가 강바닥으로 끌어당기려고 했다니……."

"배로 돌아갔나요?"

"아니오. 저쪽에 있어요."

주인이 건너편 주점을 가리켰다. 거기서는 네 사람이 아직도 계속 마시고 있었는데 그 틈에 끼어서 곤드레만드레로 취한 갓생이 손짓을 하며 소리치고 있었다.

"저렇게 장소를 옮겨가며 끊임없이 마시고 있어요."

"울고 있는 것 같은데."

"물론이지요. 울만도 합니다. 아침부터 적어도 열다섯 잔을 들이켰으니까요, 두서 잔의 럼주는 별도로 하고라도 말이에요."

메그레는 안주인이 가져온 맥주를 조금씩 마셨다.

"그 아가씨에게 애인은 없었나?"

"아리이느에게 말인가요? 당치도 않는 말입니다!"

그렇게 되묻는 페르낭의 태도는 아리이느에게 연애사건이 있었느냐고 탐색하는 쪽이 어지간히 이상한 사람이라고 여기는 눈치였다. 아무튼 자기의 아기든 남의 아기든간에 그 아가씨가 아기에게 젖을 물리고 있는 것을 메그레가 직접 본 것은 사실이었다. 그러나 그렇다고 해서 겁에 질린 젊은 아기 엄마가 모성 본능을 잊고 안방으로 숨어버렸다는 것은 말이 되지 않는다!

술에 흠뻑 젖어서 울고 있는 곤드레만드레 노인, 요람의 갓난아기. 계속 생각할수록 메그레의 머리는 어지러워져만 갔다.

"그 두 사람은 항상 여행을 합니까?"

"1년 내내 하죠."

"승무원은 없습니까?"

"그 두 사람뿐이에요. 아리이느의 키잡는 솜씨는 남자 선원 뺨칠 정도지요."

메그레는 두 사람의 모습을 상상해 보았다. 북쪽의 운하, 일직선으로 뻗은 양쪽 기슭에는 파란 풀과 포플러 나무가 자라며 그 한가운데를 길다란 계곡이 잔잔히 흐르는 평화로운 광경을 마음속에 그려보았다. 들에는 군데군데 인가에서 멀리 떨어진 수문이 있을 테고, 아마도 수문의 손잡이는 완전히 녹이 슬어 있을 것이다. 쓰러져 가는 집에는 장미와 접시꽃 등이 찬란하게 피어 있고 수문이 움직일 때마다 물오리가 날개를 치겠지.

　메그레는 이 모든 것을 마음속으로 그려보았다. '황금양모'호가 어딘가의 부둣가를 찾아서 물 위를 시시각각으로, 아니 매일같이 나아가는 모습을. 아리이느가 키를 조종하고 갓난애는 아마도 갑판의 키 옆에 둔 요람 속에 있으리라. 그리고 노인은 엔진 뒤에 앉아 있을 것이다.

　늙은 주정뱅이, 머리가 이상한 소녀, 그리고 갓난아기······.

4

　다음 날 아침 메그레가 13번선 전차에서 내려 수문 쪽으로 걸어갈 무렵, 에밀 듀크로는 선원모자를 쓰고 손에는 무거운 지팡이를 들고 짐을 푸는 부둣가에 서 있었다.

　봄기운 탓인지, 이른 아침의 파리의 공기에는 순진한 명랑함이 넘쳐 흘렀다. 물건들이라든가, 사람들이라든가, 집집의 앞에 놓여 있는 우유병, 진열대 옆에 서 있는 하얀 앞치마 차림의 여점원, 중앙시장에서 돌아오는 길에 호배추의 찌꺼기를 뿌리는 트럭, 이 모두가 그 나름대로 삶의 환희와 평온을 상징하고 있었다.

　정면의 햇빛에 반짝이고 있는 저 커다란 집 창가에서 먼지떨이를 휘두르고 있는 듀크로의 하녀에게도 그건 매한가지가 아닐까? 하녀의 등 뒤 응접실의 어둠 속에서 마드라스 천을 머리에 두른 듀크로의 부인이 왔다갔다하는 모습이 보였다.

　3층의 덧문은 꼭 닫혀 있었으나 로즈의 침대에도 역시 햇빛이 스며 들어 그녀의 겨드랑이 밑이 땀에 젖는 광경이 저도 모르게 방자하게 떠오르는 듯했다.

　듀크로는 거뜬하게 하루의 일에 임하는 태세를 갖추고 있었다. 그는 수문에서 나와 세느 강의 물줄기를 따라 건너가는 배의 선장에게 작별 인사를 건넸다. 그는 메그레의 모습을 보자 호주머니에서 커다란 금시계를 꺼냈다.

"예상했던 대로야. 당신도 나하고 꼭 닮았군."

그건 요컨대 경감 역시 일찍 일어나서 남의 일에 이러쿵저러쿵 참견을 하는 족속이라는 뜻이 아닐까?

"잠깐 실례하겠소."

선주는 빈틈없이 단단했으며 매우 엄격해 보였다. 배에 붕대를 감고 있는 것이 분명한데도 동작이 민첩했다. 그는 수문 벽을 뛰어넘어 1m 가량 밑에 있는 배의 갑판 위로 깡충 뛰어내렸다.

"밤새 안녕하신가, 모리스. '제4독수리'호를 만났나? 샤리페엘의 상류에서? 그들은 카프링을 받았는가?"

그는 하고 싶은 말만 하고 필요한 대답만 들었다. 그는 고함을 치며 답례를 하고서는 느닷없이 딴 사람에게 말을 걸었다.

"루방 다리 밑에 사고가 있었다고?"

'황금양모'호의 갑판의 키 옆에서 아리이느가 멍청하게 전방을 바라보면서 커피를 갈고 있었다. 메그레가 그것을 얼핏 본 순간에 듀크로가 짧은 파이프를 물고 다가왔다.

"조금이라도 알아낸 게 있소?"

턱을 움직이는 모습으로 봐서 그가 말하고 있는 것은 사건 얘기가 아니라 항구나 수문의 동태에 대한 것이 확실했다. 그는 어제보다 훨씬 명랑했고 어떤 꿍꿍이도 없는 것 같았다.

"이것 보시오. 이 물은 거위의 다리와 같은 모양으로 세느 강으로 흘러들고 있소. 여기가 마르느 운하. 저쪽 편에 진짜 마르느 강이 있지만 그 지점에서는 배가 갈 수 없소. 그 끝이 세느 강의 상류고요. 세느 강의 상류를 지나면 부르고뉴가 나오고 르와르 강, 리옹, 마르세이유, 이렇게 이어지오. 르와불과 루앙에서는 세느 강의 하류를 지나가지 않으면 안 되지요. 이 수송을 서로 나누어 갖는 것이 두 개의 회사인데 하나는 '중부운하'이고 또 하나는 '합동운하'요. 그러나 이 수문에서 벨기에까지, 그 끝에 있는 네덜란드에서 자르까지, 이건 듀크로의 세력권이라오!"

그의 눈은 푸른색이었다. 모든 풍경을 장밋빛으로 물들이고 있는 아침 햇살이 그의 얼굴에 스며들었다.

"우리집이 있는 부근은 말이오, 술집도 창고도 댄스 홀도 모두 통틀어서 내 소유요! 저 밑에 보이는 세 대의 기중기나 쇄석기도 그렇고, 널빤지 다리의 맞은편 수리 공장도 그렇소!"

그는 기쁨을 꿀꺽 삼키거나 들이마신 듯 신나했다.

"소문으로는 모두 4천만이라더군요." 하고 메그레가 말했다.

"잘도 조사했군요, 거의 5천 정도는 될 겁니다. 당신 부하인 형사들은 어떻습니까, 어제 뭔가 알아냈습니까?"

이것 또한 기쁜 듯한 말투였다. 사실 메그레는 샤랑통에서고 어디서고 좋으니까 듀크로와 그의 가족 등 사건 관계자 한 사람 한 사람에 대한 상세한 수소문을 하라고 세 명의 형사에게 지시해 두었다.

그러나 수확은 약간뿐이었다. 사건이 일어난 밤, 선주가 샤랑통의 창녀 집에 있었던 것은 확인되었다. 그는 그곳에 늘 출입하고 있었다. 술을 마시거나 여자들을 희롱하거나 잡담을 할 뿐 그 이상의 짓은 하지 않고 돌아가는 일이 빈번하다고 했다.

아들인 장에 관해서는 근처에 살고 있는 사람들조차 거의 아무것도 모르고 있었다. 장은 공부만 하고 좀처럼 바깥 출입은 하지 않는다고 한다. 풍채는 양가의 청년답지만 몸이 약하다고 했다.

메그레는 '황금양모'를 가리키면서 말했다.

"그런데 작년에 당신 아드님이 저 배 위에서 석 달 동안 살았다지요?"

듀크로는 꿈적도 하지 않았다. 그러나 그는 다소 심각한 얼굴이었다.

"그렇소."

"병은 완치되었습니까?"

"과로였던 모양이오. 의사가 휴식을 권하기에 '황금양모'에 태워서 아르자스에 보냈지요."

커피를 가는 기계를 손에 든 아리이느가 선실로 돌아갔다. 듀크로가 잠시 동안 기관사에게 명령을 하러 자리를 뜬 사이에 메그레는 두 사람의 대화를 곱씹어 생각해 보았다.

딸과 사위에 관해서는 흔해빠진 정보밖에는 없었다. 드샤름 대위는 르망의 회계사의 아들이었다. 부부는 베르사이유 교외의 깨끗한 신축 건물에 살고 있었기 때문에 매일 아침 당번병이 대위의 말을 끌고 왔고, 또 다른 당번병이 살림을 맡고 있었다.

"파리로 돌아갑니까?" 하고 듀크로가 되돌아오자마자 물었다.

"괜찮으시다면 강기슭을 따라 걸어보지 않겠습니까? 매일 아침 그렇게 산책을 하고 있습니다."

그는 슬쩍 집 쪽을 보았다. 천장이 달린 7층의 창문은 커튼이 아직 내려져 있었다. 전차는 만원이었고 야채를 실은 조그마한 짐차는 아침 시장 시간에 대려고 파리 쪽에서 달려오고 있었다.

"자네가 뒷일을 보게." 하고 듀크로는 수문지기에게 소리를 쳤다.

"알았습니다, 나리."

선주는 잠깐 메그레를 돌아보았다. 수문지기에게서 '나리'라고 불리운 것을 강조라도 하듯이 말이다. 두 사람은 세느 강을 따라 빈둥빈둥 걷기 시작했다. 강은 온통 배의 행렬이었다. 배들은 스크루프로펠러(원동기의 힘에 의해 선박·항공기를 추진하는 장치)를 전부 켠 채 상류나 하류 쪽으로 향하고 있었다.

"내가 어떤 식으로 한 재산 만들었는지 아시오? 약간의 착안으로 이렇게 됐소. 예인선은 일이 없는 한가한 시기가 있었소. 그것을 어떻게 해서든지 일을 할 수 있도록 해야겠다고 생각했지요. 그래서 모래와 석탄을, 다음에는 엉터리 공장이건 뭐건 강가에 있는 건 모조리 사버렸소!"

그는 스쳐 지나가는 선원과 악수를 했다. 선원은, "안녕하시오, 에밀." 하고 중얼거릴 뿐이었다. 커다란 통들이 베르시의 선창가에 가득 넘치고 있다. 포도주 시장의 울타리가 보이기 시작했다.

"저기에 있는 샴페인은 모두 내가 운반하고 있는 거요. 여보게, 피에르, 뮤리에 녀석이 샤토 체리 다리에 배를 부딪혔다는 게 정말인가?"

"정말입니다, 나리."

"만나면 전해 주게, 녀석에게는 좋은 경험이 될 거라고!"

그는 웃으면서 걸었다. 강 맞은편 기슭에는 창고회사의 거대한 콘크리트 건물이 빈틈없이 서 있었고, 두 척의 화물선이—한 척은 런던에서 또 한 척은 암스테르담에서—여기 파리의 한복판에 바다의 냄새를 실어오고 있었다.

"실례지만 도대체 어떤 방법으로 수사를 계속할 생각이오?"

이번에는 메그레가 미소를 지었다. 어쩌면 산책의 목적은 이 질문을 하고 싶었기 때문인지도 몰랐다. 듀크로도 재빨리 눈치챘다. 자기의 속셈을 상대가 알아차린 것을 깨닫게 되자 이번에는 그의 쪽에서 싱글거렸다. 흡사 자신의 아둔함을 비웃기나 하듯이…….

"글쎄요. 대충 이런 식이지요." 하며 메그레는 잔뜩 뻐기는 듯이 걸었다.

오스텔리스 다리를 바라보면서 두 사람은 묵묵히 400m쯤 걸었다. 다리의 철골이 햇빛에 비추자 흡사 진짜 불꽃같았다. 그 뒤로 노틀담 사원의 건물이 파란색과 복숭아색으로 물들어 있었다.

"어이, 바아쉐! 네 형의 배가 라지클에서 고장이 났단다. 갓난애의 세례는 미뤄야겠어."

그렇게 말하고 듀크로는 또 걸었다. 곁눈으로 메그레를 보고서 일부러 작정하고 실수를 저지른다는 듯 매우 실례되는 질문을 했다.

"당신 같은 사람은 대체 어느 정도의 돈을 법니까?"

"대수롭지 않습니다."

"6만 정도요?"

"그보다도 훨씬 적어요."

듀크로는 눈살을 찌푸리더니 새삼스레 메그레를 쳐다보았다. 이번에는 이상하다는 것뿐만 아니라 탄복했다는 표정이었다.

"우리 집사람에 대해서는 어떻게 생각하십니까? 내가 그 사람을 불행하게 하고 있다고 생각하나요?"

"당치도 않습니다! 당신이건 딴 사람이건 모두 똑같습니다. 운명 같은 것과는 상관없이, 부인의 성품이 애당초 남의 눈에 띄지 않는 음울한 성품이더군요."

메그레의 말이 적중했는지 듀크로가 당황한 듯 걸음을 멈췄다.

"그 여잔 아무튼 우울하고 얼이 빠졌소. 품위가 없어요." 하며 그는 탄식했다.

"근처의 오두막에 살고 있는 자기 어머니와 똑같아요. 항상 홀쩍홀쩍 울기만 하죠! 저것을 보세요, 내 쇄석기입니다. 파리의 선착장에서 가장 마력이 센 것이지요. 그건 그렇고, 요컨대 당신은 어느 선을 쫓고 있나요?"

"모든 선이지요."

강과 제방의 소음 사이를 두 사람은 계속 걸었다. 아침 공기에서 물과 콜타르의 냄새가 났다. 이따금 두 사람은 기중기의 주변을 우회하거나, 두 대의 트럭 사이에 갇혀서 빠져나갈 수 있을 때가지 기다렸다.

"'황금양모'호에 갔었지요?"

이 질문을 하는데 듀크로는 꽤 오랜 시간을 망설였다. 그는 곧장 배의 작업에 마음이 팔려 있는 척을 했다. 그는 창문으로 메그레가 배에 올라가는 것을 지켜보고 있었던 것이다. 경감이 간단하게 대답했다.

"아기 엄마로서는 별난 면이 있더군요."

이 말은 즉각적인 효과를 가져왔다. 듀크로는 갑자기 걸음을 멈추더니 다리를 오므렸다. 목덜미가 부풀어올라 돌진 직전의 황소의 모습이었다.

"누구야, 그런 말을 한 녀석은?"

"아무도 아닙니다. 내가 그렇게 생각했을 뿐이지요."

"그래서요?"

그는 양쪽 손을 뒤로 돌리고 눈살을 찌푸리며 그렇게 말했지만 그건 다만 말을 이어가기 위함이었다.

"아무것도."

"그 아가씨가 뭐라고 말했소?"

"당신이 찾아왔다고 하더군요."

"그뿐이오?"

"문을 열어 주지 않았다고도 했습니다. 갓생 노인이 가장 친한 친구라고 말한 것은 당신이 아니었던가요? 그렇다면 아무래도…… 듀크로 씨."

이때 듀크로가 외쳤다.

"이 바보 같은 녀석! 내가 말리지 않으면 어떻게 됐을 줄 알아? 네 다리는 이미 통에 깔려 납작해졌을 거야!"

그는 뒤돌아 통을 굴리고 있던 노동자에게 호통을 쳤다.

"정신차려, 눈이 없어? 멍청이 새끼!"

듀크로는 고함을 치는 동시에 파이프의 대통을 발꿈치에 두드리며 재를 털었다.

"당신은 그 갓난애가 내 아이라고 의심하고 있소……. 빨랑빨랑 고백을 하시오! 뭐라고 해도 나는 소문난 바람둥이니까! 하지만 이번만은 오해요."

그 말투는 상당히 부드러웠다. 태도도 갑자기 돌변했다. 이전보다 고집스럽지도 않았고 자신감도 없는 것 같았다. 자기의 세력권을 자랑하는 소유자의 오만함이 사라져 버린 것이다.

"당신에게는 아이가 있습니까?" 하며 듀크로는 슬쩍 곁눈질했다. 메그레는 이제 이런 눈짓쯤은 익숙했다.

"딸애가 하나 있었는데 죽었습니다."

"내게는 있소! 잠깐 기다리시오! 잠자코 있으라고는 하지 않겠소, 그러나 한마디라도 하면 그 쌍통을 때려부술지도 모르오. 먼저 당신도 알고 있는 두 아이, 제 어미와 똑같이 음침한 딸애와 그리고 사내 녀석 말이오. 사내 녀석은 아직은 잘 모르겠지만 아무튼 쓸 만한 놈이 되리라고는 애당초 포기했소. 아들을 만나 보았소? 아직? 녀석은 친절하지만 겁쟁이고, 곱게 자라서 인정이 많소. 그러나 몸이 약한 녀석이오! 그건 그렇고, 내게는 또 딸이 있소. 앞서 갓생의 이야기가 나왔지만 그는 좋은 사람이에요. 그건 그렇지만 그 자의 마누라는 단정하지 못한 여자였소. 어쩌다 나와 함께 자 버렸소. 이 이야기는 갓생은 전혀 모르오. 만약 알고 있다면 무슨 짓을 저지를지 몰라요. 어쨌든 파리에 갈 때마다 반드시 죽은 아내의 묘지에 꽃을 들고 가니까 말이오. 16년이나 지났는데도 지금도 그래요!"

두 사람은 톨네르 다리를 건너 고요에 감싸인 상 루이 섬으로 들어갔다. 길가의 술집에서 선원 모자를 쓴 남자가 뛰어나와 듀크로의 뒤를 쫓아왔다. 메그레가 자리를 비켜 주자 두 사람은 두세 마디 말을 주고 받았다. 그동안에 메그레의 눈망울에는 아리이느의 환상이 세상에 존재하지 않는 듯한 비현실적인 모습을 띠며 오래도록 사라지지 않았다.

조금 전에도 메그레는 눈부신 운하 위를 미끄러지듯이 흘러가는 '황금양모'호의 모습을 떠올리고 있었다. 금발의 소녀가 키를 잡고 그녀의 머리카락 뒤에는 노인이 서 있었다. 그리고 갑판에는 회복기에 있는 학문을 좋아하는 청년이 해먹에 드러눕기도 하고, 햇볕을 쪼이며 뜨겁게 달아오른 널빤지 위에 눕기도 했다.

"알았네, 승낙하지, 내주의 일요일로 하지." 하고 등 뒤에서 듀크로의 고함소리가 들렸다.

그리고 그는 메그레 쪽을 향해서 덧붙였다.

"선원 한 사람의 30년 근속 축하를 노장에서 한다는군."

듀크로는 몹시 더운 듯했다. 두 사람은 한 시간 이상 걸었던 것이다. 가게의 점원들이 덧문을 열어두고 있었고 지각한 타이피스트들이 길가를 달리고 있었다.

뒤크로는 이젠 아무 말도 하지 않았다. 끊어진 대화를 메그레 쪽에서 꺼내기만을 기다리고 있는지도 모른다. 그러나 경감은 멍청하니 꿈이라도 꾸고 있는 듯했다.

"이렇게 먼 곳까지 끌고 다녀서 미안하오. 뇌프 다리의 한복판에 '앙리 4세'라는 가게가 있는데 알고 있소? 경시청에서 그다지 멀지 않소. 흔히 있는 술집과는 달라요. 본 적이 있소? 아마도 없겠지요. 우리들 동업자들은 매일 거기 가서 만나고 있소. 다섯 명이나 여섯 명, 때로는 더 많이 오지요. 선주들의 집합소라고나 할까요."

"아리이느는 전부터 백치였나요?"

"백치라니, 터무니없는 말이오. 당신은 잘못 보셨소, 전혀 그녀를 몰라요. 차라리 발육이 늦은 애라고나 할까. 그렇지, 의사가 멋지게 설명해 주었으니까. 열 아홉이 되었는데, 말하자면 열 살난 계집애 정도라고 하더군. 그러나 곧 정상으로 될 거요. 기대도 하고 있을 뿐더러…… 출산시에는……."

그는 부끄러운 듯이 모기가 우는 듯한 목소리로 말을 했다.

"그 아가씨는 알고 있습니까? 당신이 아버지라는 것을 말입니다."

뒤크로는 얼굴이 새빨개지더니 펄쩍 뛰었다.

"그것만은 그애에게 말하지 마십시오! 첫째, 곧이 듣지 않을 겁니다. 뿐만 아니라, 알겠습니까, 절대로 갓생이 눈치를 채서는 안 됩니다."

그 늙은 선장은 오늘도 아침부터 어딘가의 술집에서 벌써 취해 있을 것이다.

"갓생이 눈치를 못 챈 건 확실합니까?"

"확실하오."

"다른 사람은 아무도?"

"아무도 모를 거요, 나뿐이오."

"그 때문이군요. '황금양모'호가 짐을 풀 때도 쌓을 때도 다른 배보다 훨씬 오래 정박하는 것은?"

그것은 의문의 여지가 없었다. 뒤크로는 어깨를 움츠리고 말투도 안색도 누그러뜨렸다.

"어떻습니까, 여송연이라도? 이젠 그 이야기는 그만둡시다."

"그렇지만, 만약 그것이 사건의 원인이었다면?"

"설마!"

분명히 협박하는 듯한 어조였다.

"함께 들어갑시다, 한 2~3분만."

두 사람은 '앙리 4세'의 앞까지 와 있었다. 바의 카운터에 팔꿈치를 집고 있는 손님은 모두 보통 선원들이었다. 그러나 칸막이 건너편에 또 하나의 방이 있었다. 거기에 들어간 듀크로는 몇 사람과 악수를 했지만 메그레를 소개하려고는 하지 않았다.

"샤르르로와의 석탄을 52프랑에 누가 인수했다고 하던데, 정말인가?"

"벨기에 녀석이야, 배를 세 척 가지고 있는 녀석이지."

"보이! 백포도주 작은 병 하나. 당신도 하시겠소, 백으로?"

메그레는 고개를 끄덕이고는 파이프를 피우면서 뇌프 다리에 사람들이 오가는 것을 바라보았다. 한 쪽 귀로 그들의 대화가 희미하게 들려 왔다.

뭔가 예사롭지 않은 기미가 있다고 느낀 것은 잠시 후였다. 그러나 그것이 배의 기적(汽笛)이라는 것을 깨닫는 데에는 좀더 시간이 걸렸다. 기적은 기선이 다리 밑을 통과할 때 늘 하던 것처럼 두세 번 울린 게 아니라 삐이익 하고 꼬리를 늘어뜨리면서 길게 울었다. 메그레도 깜짝 놀랄 정도였고, 지나가던 사람들도 저도 모르게 걸음을 멈췄을 정도였다.

술집 주인이 먼저 얼굴을 들었다. 두 사람의 선원이 주인의 뒤를 쫓아 메그레가 서 있는 입구까지 왔다.

강을 내려가고 있던 디젤 기선이 뇌프 다리의 교각(橋脚)을 목표로 서행하고 있었다. 기관사는 덜컹덜컹 역회전시키며 속도를 멈추었다. 기적은 여전히 울려 퍼졌다. 여자가 키를 잡자 남자가 보트로 뛰어올라 노를 저으며 기슭으로 다가왔다.

"프랑소와 아냐!"

선원의 누군가가 말했다.

사람들은 강기슭으로 내려가 돌을 쌓은 둑에 섰다. 보트가 멈췄다. 키를 잡은 여자는 길다란 배의 위치를 똑바로 해두는 데 여념이 없었다.

"나리는 계시나요?"

"술집에 있는데."

"나리께 전해 주세요. 부드럽게 말해야하는 데……. 저어, 제 말은 침착하게 말이에요. 실은 나리의 아드님이……."

"뭐라고?"

"조금 전에 발견되었어요, 시체로……. 저쪽에서는 큰 소동이 벌어졌어요……. 아마 자기가……."

그는 말하면서 손으로 목을 긋는 불길한 몸짓을 해보였다. 그것만으로 사정은 이해되었다. 때마침 거슬러 온 예인선이 기적을 울렸다. 가늘고 길다란 배가 항로를 막았기 때문이다. 선원은 황급히 보트를 돌렸다.

다리 위에 멈춰 있는 사람들은 다시 걷기 시작했지만, 강기슭에 있던 세 사람은 망연히 어찌할 바를 모르고 서로 얼굴을 마주 보았다. 듀크로가 '앙리 4세'의 입구에 나타났을 때 어색함은 점점 더해졌다. 그는 무슨 일이 일어났는지 확인하러 온 것이다.

"내게 볼일이 있나?"

듀크로는 용무라고 하면 자기에게 볼일이 있을 거라고 생각해 버리는 습관이 있었다! 하천 수송의 선주는 특별히 그 한 사람만이 아니라 그 밖에도 4,5명은 있는데 말이다!

메그레는 선원들이 하는 대로 내버려두었다. 그들은 서로 팔꿈치를 가볍게 찌르고 있었다. 마침내 한 사람이 횡설수설 더듬거리며 말했다.

"나리, 바로 돌아가십시오, 아무래도……."

듀크로는 눈살을 찌푸리며 메그레 쪽을 보았다.

"뭐야?"

"댁에서……."

"뭐, 집이 어떻게 됐나?"

그는 화를 냈다. 모두들 무언가를 감추고 있는 것 같았다.

"장 도련님이……."

"빨랑빨랑 말해, 이 맹추 녀석아!"

"돌아가셨다고요."

대낮, 뇌프 다리의 한복판, 술집 입구에서의 일이었다. 카운터에는 포도주 컵이 금빛으로 빛났고 주인은 팔소매를 걷어붙이고 있었으며, 담배 상자는 각양각색의 빛깔별로 놓여 있었다.

듀크로는 주위를 둘러보았다. 그의 시선이 너무나 공허해서 혹시 이야기를 이해하지 못한 걸까 하는 의문이 들 정도였다. 그의 가슴이 불룩해졌다. 그러나 나온 것은 조소뿐이었다.

"농담 말게."

이렇게 말했지만 그의 눈꺼풀은 흠뻑 젖어 있었다.

"프랑소와 녀석의 전갈입니다, 제가 내려가는 길에 잠깐 들려서……."

이 작은 사나이가 갑자기 커다랗게 보였다. 어깨 폭이 넓고 완강하게 보여서 누구도 애도의 뜻을 표시할 기분이 나지 않았다. 메그레를 향한 그의 눈초리에는 비통함이 가득했다. 하지만 그는 동업자들에게는 흥 하고 콧방귀를 뀔 뿐이었다.

"내가 없으면 일이 안 된다는군!"

그러나 그런 말을 하면서도, 메그레의 앞에서 무례한 짓을 늘어 놓으면서도, 그 표정에는 어린애와 같은 위축된 오만스러움이 서려 있었다. 그는 손을 들어 빨간 택시를 불러 세웠다. 경감에게 함께 타자고도 하지 않았다. 듀크로에겐 그 정도는 당연한 일이었고 말을 걸지 않는 것도 또한 지극히 당연한 일이었던 것이다!

"샤랑통의 수문까지."

두 사람을 태운 자동차는 세느 강의 흐름을 다시 거슬러 올라갔다. 바로 한 시간쯤 전에 선박이나 정류장 곁을 지나갈 때마다 선주는 이 강의 생활을 얘기했었는데……. 뒤크로는 지금도 가만히 강을 내려다보았지만 사실은 보고 있는 게 아니었다. 베르시의 울타리에 이르렀을 때 그는 별안간 고함을 질렀다.

"어째서 그렇게 멍청한 놈인고!"

마지막 음절은 말이 되어 나오지 않았다. 뒤크로는 복받치는 슬픔을 집에 닿을 때까지 꾹 참고 있었다.

항구의 양상은 모조리 변해 있었다. 사람들은 택시의 창문 속에서 선주의 모습을 확인했다. 수문지기가 핸들에서 손을 놓고 모자를 벗었다. 선창가에서는 노동자들이 우두커니 서 있어서 마치 생활이 멈춰 버린 것 같았다. 입구에서 공장장이 기다리고 있었다.

"네가 그랬나, 쇄석기를 멈춘 건?"

"실은……."

뒤크로가 맨 먼저 계단을 뛰어 올라갔다. 메그레는 그 뒤를 쫓았다. 훨씬 위쪽에서 발소리와 말소리가 들렸다. 2층 문이 열리자 잔느 뒤크로가 남편의 팔에 쓰러지며 축 늘어졌다. 남편은 아내를 안아 일으켜서 기댈 곳이 없는지 찾더니 뾰로통해 하며 서 있는 한 뚱뚱한 여자의 팔에 마치 소포를 붙이듯 맡겨 버렸다.

그리고 또다시 우당탕 소리를 내며 올라갔다. 이상하게도 뒤크로는 이 와중에도 연신 돌아보며 메그레가 뒤를 쫓아오는지를 확인했다. 4층과 5층 사이에서 내려오던 경찰서장과 마주쳤다. 서장은 모자를 손에 든 채 입을 열었다.

"뒤크로 씨, 이거 참 뜻밖의……."

"제기랄!"

그는 서장을 밀어뜨리고 또 올라갔다.

"경감님, 여기는······."

"어떻든, 나중에 얘기하지." 하고 메그레가 중얼거렸다.

"유서가 있었습니다."

"이리 주게나!"

경감은 문자 그대로 잽싸게 낚아채서 호주머니 속에 집어넣었다. 지금 당장 시급한 일은 꼭 한 가지, 숨을 헐떡이며 계단을 올라가는 일뿐이었다. 듀크로는 구리 손잡이가 붙은 문 앞에 서자마자 곧장 문을 열었다.

방은 지붕 밑에 있었다. 천장에서 햇빛이 스며들어 자잘한 먼지가 태양의 광선 속에서 춤을 추고 있었다. 몇 권의 책이 놓여 있는 테이블, 아래층에 있는 것과 같은 붉은 벨벳을 씌운 의자도 보였다.

의사가 테이블 앞에서 응급 검시증명서에 서명을 하고 있었다. 의사가 말렸지만 듀크로는 아들의 시체를 덮은 모포를 걷어버렸다.

한마디 말도 나오지 않았다. 아무것도 나오지 않았다. 듀크로는 믿기지 않는 광경이 눈앞에 펼쳐진 듯 멍청히 서 있었다. 틀림없이 그건 설명하기 어려운, 기묘하리만큼 애처로운 광경이었다. 카랑카랑하고 키가 큰 한 청년의 지나치게 하얀 가슴이 가느다란 줄무늬가 있는 푸른 파자마 틈에서 비죽이 튀어나와 있었다. 목덜미에 굵고 검푸른 자국이 있었고 표정은 흉하게 일그러져 있었다.

듀크로는 아들에게 키스할 듯 다가갔으나 키스는 하지 않았다. 두려워하고 있는 태도였다. 눈을 돌리고 천장 쪽을 살피더니 문 쪽으로 고개를 돌렸다.

"천장에서 그랬습니다." 하고 의사는 낮은 목소리로 말했다.

새벽녘에 청년은 목을 맨 것이다. 그 후 아침식사를 나르는 하녀가 죽은 청년을 발견했다.

"유서를 주시오!"

듀크로가 메그레에게 말했다.

이 순간 듀크로가 대단한 정신의 소유자임이 증명되었다. 그는 굉장한 기세로 계단을 올라가던 그 사이에도 모든 것을 보고 들었던 것이다.

경감은 호주머니에서 유서를 내놓았다. 듀크로는 양손으로 유서를 움켜쥐고는 한눈에 읽어버렸다. 그리고 맥이 풀려서는 양쪽 팔을 떨구었다.

"어리석은 짓도 어지간히 해야지!"

그뿐이었다. 분명히 그것이 그의 생각이었다. 마음속에서 튀어나온 이 말은 그 어떤 말보다도 훨씬 비통했다.

"좀 읽어보시오!"

바닥에 떨어진 유서를 메그레가 별로 당황하지도 않고 줍자 그는 이번에는 이유도 없이 경감에게 짜증을 부렸다.

<아버지를 찌른 것은 저입니다. 때문에 나는 자살합니다. 여러분, 용서하십시오. 어머니, 낙심하지 마십시오.>

듀크로는 또다시 꾹 참고 있었던 허탈한 웃음을 터뜨렸다

"이런 일이 있을 수 있나?"

의사가 시체에 모포를 씌우려고 하자 듀크로는 이번에는 반대하지 않았다. 그러나 이 자리에 있어야 옳은가, 내려가야 하는가, 앉아야 하는가, 걸어야 하는가……. 자기 자신도 알 수 없는 듯했다.

"당치도 않은 이야기야!"

간신히 그는 메그레의 어깨에다 손을 얹었다. 통통하고 무겁고 축 늘어진 손을.

"목이 마르군!"

듀크로의 볼은 자색으로 변했고 이마에서는 땀이 솟아 나왔으며, 머리카락은 관자놀이에 들러붙어 있었다. 에테르 냄새가 다락방 가득히 번져 있었다. 누군가가 기절한 듀크로 부인에게 사용한 모양이다.

5

다음 날 9시 조금 전, 메그레가 경시청에 출근하자 전화가 왔었다고 급사가 알렸다.

"나중에 다시 걸겠다고 하며 이름은 밝히지 않았습니다."

산더미같이 쌓인 편지 위에 메모지가 놓여 있었다.

<오늘 아침 샤랑통의 수문에서 수문지기 조수가 목을 맨 시체로 발견됨.>

메그레가 놀랄 틈도 없이 전화벨이 울렸다. 투덜거리면서 수화기를 집어든 메그레는 전화를 건 남자가 누구인지를 확인하고서 더욱 놀랐다. 그는 목소리가 완전히 달라져 있었다. 뜻밖에도 두려워하는 어조마저 느껴졌다.

"여보세요! 경감님이오? 듀크로입니다. 어떻습니까, 곧 와 주실 수 있습니까? 직무에 지장이 있겠지만 긴요히 할 말이 있습니다. 여보세요! 지금 있는 곳은 샤랑통이 아닙니다. 사무소에 있습니다. 세레스탕 강기슭에 있는 33번지. 와 주시겠습니까? 고맙소!"

열흘 전부터 아침마다 태양은 까치밤나무 열매 술처럼 새콤한 여름 맛을 풍기고 있었다. 세느 강 부근은 한결 더 봄기운이 강하게 느껴졌다. 세레스탕 강기슭에 이른 메그레는, 헌책방에서 먼지가 묻은 상자를 뒤적거리고 있는 학생들과 두세 명의 노인들의 모습을 부러운 듯이 바라보았다.

33번지의 집은 낡은 3층 건물로 문에는 많은 동판이 너덜너덜하게 붙어 있었다. 낡은 집 한 채를 사무소로 개조한 건물에는 독특한 분위기가 내부를 지배하고 있었다. 문에는 저마다 회계실, 비서실 등의 팻말이 붙어 있었다. 경감의 바로 앞에 2층으로 올라가는 계단이 있었다. 메그레가 물어볼 만한 사람을 찾으려고 두리번거리는 데 그 계단

끝에서 듀크로가 모습을 드러냈다.

"이쪽으로 들어오십시오."

그는 사무실로 되어 있는 홀로 메그레를 맞이했다. 정밀하게 세공을 한 천장, 금을 입힌 벽, 모든 것에 창연한 고색이 남아 있어서 밝은 색깔의 나무로 만든 가구와 잘 조화를 이루고 있었다.

"동판의 문구를 읽어 보셨습니까?"

의자를 가리키면서 듀크로가 물었다.

"1층은 마르느 석재회사입니다. 여기는 예인선의 사무실이고 3층은 하천운송업, 요컨대 모두 듀크로 것이라는 말이지요."

그러나 그 어조는 이런 것을 말한들 그까짓 게 무슨 의미라는 투였고, 자랑스럽게 여기는 기색도 없었다. 밝은 쪽으로 등을 돌리고 앉아 있었기 때문에 메그레는 그가 두꺼운 청색 상의의 팔에 주름진 비단 천의 상장(喪章)을 달고 있는 것을 똑똑히 보았다. 수염을 깎지 않았는지 예전보다도 더 살이 뒤룩뒤룩 찐 것처럼 보였다.

상대는 잠시 동안 묵묵히 불이 꺼진 파이프를 만지작거리고 있었다. 메그레는 그때 불현듯 깨달았다. 틀림없이 두 사람의 듀크로가 앉아 있는 거라고. 한 사람은 자신에게조차 허세를 부리고 한없이 격렬하게 연극조의 승부를 벌이며 번번이 화를 내는 듀크로. 그리고 또 하나는 자기가 살고 있는 그대로를 받아들이는 것을 두려워하는, 겁이 많고 매사에 서투른 남자에 지나지 않는 듀크로.

그러나 전자의 듀크로가 되는 것을 단념하는 것은 꽤 어려운 노릇인 듯했다. 그는 항상 현실보다는 한층 더 높은 곳에 있고자 했고, 그러자면 순식간에 눈이 반짝반짝 빛나는 새로운 허영심이 마음속에서 깜박거리기 시작했던 것이다.

"여기엔 되도록 오지 않으려 합니다. 여기서 하는 일이란 형편없는 사람들이 하는 일이니까요. 그러나 오늘 아침은 어디로 도망쳐야 할지 알 수가 없어서……."

메그레가 대답을 하지 않자 듀크로는 원망스러워졌다. 어쨌든 승부를 걸려고 해도 상대가 반발을 해주지 않으면 어찌할 도리가 없다.

"어젯밤엔 어디에 있었다고 생각하십니까? 리보리 가의 호텔이었지요! 아무튼 집에는 이 녀석도 저 녀석도, 마누라의 어머니까지도, 그리고 딸과 멍청한 사위뿐만 아니라 인근에 살고 있는 것들까지도 모여들어 와글와글 대소동을 벌이고 있었소! 정말로 다들 장례 카니발을 할 모양이니 난 뺑소니를 칠 수밖엔 없었단 말이요!"

듀크로는 진심이었다. 그래도 '카니발'이란 말이 그의 마음에 든 모양이었다.

"여기저기 싸돌아 다녔지요, 내 자신이 정말로 싫어졌소. 당신도 자기혐오에 빠질 때가 있습니까?"

그러고서 듀크로는 느닷없이 테이블 위에서 며칠이나 묵은 헌신문을 한 장 움켜쥐었다. 그는 일어서더니 메그레 옆으로 다가왔다. 그는 경감 앞에 신문을 내밀고 잡보란을 가리켰다.

"읽었습니까?"

<경시청에 근무하는 메그레 경감은 정년 전인데도 불구하고 은퇴를 신청하여 허가가 떨어졌다. 정식 사임 발령은 내주 중으로, 후임에는 르당 경감이 내정됐다.>

"호오, 이게 어쨌다는 겁니까?"

메그레는 깜짝 놀라 물었다.

"얼마나 남은 거요? 엿새인가요?"

그는 이제는 앉지도 않았다. 걷지 않고는 견딜 수 없는 모양이었다. 손가락을 조끼의 겨드랑이에 넣고선 역광선을 받으며 창문 쪽으로 걷다가 하면서 왔다갔다했다.

"당신의 봉급은 어느 정도냐고 바로 어저께 물었죠, 기억하십니까? 그런데 오늘 내가 하고 싶은 이야긴 이렇소. 나는 당신이 생각하고 있는 이상으로 당신을 잘 알고 있소. 내주부터 연봉 10만 프랑으로 내

회사에 와 주시기 바라오! 서둘러 답할 필요는 없소. 천천히 생각해 보시오."

그는 초조한 동작으로 문을 열고서 경감에게 옆으로 오라는 눈짓을 했다. 밝은 사무실에서는 벌써 머리가 약간 벗겨지기 시작한 서른 살 가량의 남자가 기다란 궐련용 파이프를 물고서 산더미같이 쌓인 서류 앞에 앉아 있었다. 그 앞에서 타이피스트가 구술을 기다리고 있었다.

"예인선 사무의 지배인입니다." 하고 듀크로가 소개를 하자 그 사람은 황급히 일어섰다.

선주는 말을 계속했다.

"그대로 앉아 있게, 자스파르 군!(그는 군이라는 발음을 일부러 세게 했다.) 그런데 자넨 매일 밤 무엇을 하고 있었더라. 틀림없이 뭔가의 명수였을 텐데."

"크로스 워드 퍼즐입니다."

"그랬지, 바로 그거야! 어떻습니까, 경감님? 지배인인 자스파르 군 말이오. 서른 두 살에 예인선의 지배인으로 크로스 워드 퍼즐의 명수 랍니다!"

그는 한 구절 한 구절의 음절을 똑똑 끊어서 말하다가 마지막 문구와 동시에 문을 쾅 하고 닫아 버렸다. 그리고 메그레의 앞을 가로막고 서서 뚫어지도록 그의 눈을 들여다보았다.

"저 얼간이 녀석의 대가리를 보셨습니까? 1층에도 3층에도 저런 녀석들이 우글우글합니다. 어떤 녀석이든 모두 옷차림도 좋고 진실한 소위 샐러리맨이란 것들이지요. 내가 이렇게 말하고 있는 지금도 자스파르 녀석은 정신없이 생각에 잠겨 있을 겁니다. 도대체 무엇 때문에 내 기분을 상하게 했는가 하고요. 타이피스트는 이 이야기를 회사 내에 온통 퍼트리고 다닐 거고, 열흘쯤은 이 소문으로 자자할 겁니다. 아무튼 지배인이라는 이름을 붙여 주었으니까요. 그 자들은 진심으로 뭔가를 지배하고 있다고 생각한단 말이오! 여송연은?"

난로 위에 하바나의 상자가 있었지만 경감은 자기의 담배를 꺼내

파이프에 채웠다.

"당신에게는 아무런 직책을 붙이지 않겠소. 처음에는 그냥 내 일을 대충 둘러보기만 하시오. 우선 첫째로 운수업과 예인선업, 다음에는 채석장과 그 외의 일. 그 밖의 일은 자유자재로 하시오. 담당자에게는 당신을 가만히 놔두라고 다짐을 해두겠소. 좋을 때 출입하고 아무 때나 얼굴을 내미시오……."

몇 초 동안 또다시 메그레는 양쪽 기슭에 나무가 자라고 있는 길다란 운하가 머릿속에 떠올랐다. 검은 밀대 모자를 쓴 아낙네들, 배 쪽으로 굴러가는 채석장의 손수레. 듀크로가 초인종을 누르자 속기장을 손에 든 여비서가 바로 들어왔다.

"받아쓰도록 해."

<서명인 에밀 듀크로 및 메그레…… (이름은?) 조젭 메그레는 아래의 계약에 동의함. 3월 18일부터 조젭 메그레는 당사의…….>

선주는 메그레의 태도를 알아차렸다. 그는 눈썹을 찌푸리더니 여비서를 호통쳤다.

"돌아가!"

그리고 이번에는 양쪽 손을 뒤로 돌리고 상대방을 걱정스러운 시선으로 바라보면서 방 안을 걸어 다녔다. 그러나 이쪽은 아무런 대답이 없었다.

"어째서요?" 하고 드디어 그가 따졌다.

"아무것도."

"15만 프랑이면요? 아니야, 그게 아니야. 그런 문제가 아니지."

그는 창문을 열었다. 거리의 소음이 방 안으로 스며들어왔다. 더웠다. 그는 여송연을 던져 버렸다.

"어째서 경찰을 그만두십니까?"

메그레는 파이프를 피우면서 미소를 지었다.

"당신이란 사람은 아무것도 하지 않고 가만히 앉아 있을 사람은 아니지 않소."

그는 굴욕감을 느끼며 초조하게 화를 내고 있었지만 메그레에게 향한 눈초리에는 존경과 호의가 넘쳐 흐르고 있었다.

"돈 문제도 아니고."

그러자 경감은 옆 사무실의 문, 천장, 바닥을 차례로 바라보며 중얼거렸다.

"어쩌면 당신과 똑같은 이유인지도 모르지요."

"당신의 사무실에도 있습니까, 얼간이 녀석들이?"

"그렇게 말하지는 않았는데요!"

경감은 기분이 매우 좋았다고 하기보다는 오히려 자기 자신을 완전히 되찾았다고 하는 편이 나을 것이다. 그는 스스로 기분이 유쾌해짐을 느끼고 있었다. 말하자면 예민하고 느끼기 쉬운 상태가 되었으며 듀크로와 동등하게, 때로는 듀크로보다 앞서 생각할 수가 있게 되었다.

듀크로는 겁을 먹으면서도 공격하는 것을 포기하지 않았는데 자신감을 잃었는지 기운이 없어 보였다. 메그레는 듀크로의 이런 노력을 얼굴에 드러난 표정을 보고 알아차렸다.

"아마도 당신은 지금 의무를 다하는 기분이겠지." 하고 선주는 심술 궂게 중얼거렸다. 그리고 다시금 힘차게 물었다.

"내가 당신을 돈으로 사려고 하는 거라 생각하는 것이라면, 맞았소. 그러나 어떻습니까, 1주일 후에도 같은 제의를 한다면?"

메그레는 고개를 저었다.

듀크로는 화를 내면서도 어쩌면 자기 쪽에서 경감을 조금이나마 흔들어 놓았을지도 모른다고 생각했다. 그러나 바로 그때 전화벨이 울렸다.

"그래, 나요. 그래서? 영구차라고? 영구차 같은 건 뒈지라고 해! 더이상 이러쿵저러쿵 하면 장례식에도 안 갈 테야."

이렇게 말했지만 듀크로의 얼굴은 창백했다.

"쓸데없는 일로 떠들어대다니!"

그는 전화를 끊더니 콧구멍을 벌렁대면서 숨을 내뿜었다.

"모든 녀석들이 아들놈 주변에 모여드는군. 하긴 죽은 인간이 쫓아 내지는 않을 테니……. 그런데 어젯밤 내가 어디에 갔었는지 당신은 상상도 못 할 거요. 이 말을 지껄이면 당신은 나를 그야말로 괴물 취급을 할 테지. 하지만 매춘부의 집에서나마 여자들에게 에워싸여 송아지처럼 울어버릴 수 있었소. 그녀들이 내가 곤드레만드레 된 줄 알고 지갑에서 돈을 몽땅 훔쳐 갔지만……."

어쩔 줄을 몰라 하던 초조한 기분은 이제 사라진 듯했다. 그는 이야기를 끝내고 의자에 앉더니 양쪽 팔꿈치를 책상 위에 얹고 얼굴을 거꾸로 문질렀다. 어디까지 생각했는지 사고의 실마리를 끌어당기기라도 하는 듯했다. 마치 메그레가 보이지 않는 것 같았다. 경감은 듀크로를 잠깐 동안 가만히 놔두었다가 슬그머니 중얼거리듯 물었다.

"샤랑통에 또 목을 맨 사람이 생겼지요?"

듀크로는 흐리멍텅한 눈꺼풀을 치켜올리고 다음 말을 기다렸다.

"아시는 남자일 겁니다, 수문지기의 조수였으니까……."

"베베르 말인가?"

"베베르인지 누군지는 모르지만 말입니다. 하여튼 오늘 아침, 수문의 상류 하구에서 목을 맨 시체가 발견되었습니다."

듀크로는 피곤해서 지친 듯이 한숨을 내쉬었다.

"그 사건에 대해서 달리 하실 말은 없으십니까?"

그는 어깨를 움츠렸다.

"어젯밤을 어디서 보냈는지 분명히 증명하라고 하면 어떻게 하시겠습니까?"

이번에는 선주의 입술에 미소가 떠올랐다. 그는 금방이라도 입을 열려고 했으나 생각을 고치고 어깨를 움츠렸다.

"정말로 하실 말씀은 없습니까?"

"오늘은 무슨 요일이오?"

"수요일입니다."

"당신이 직장을 그만두는 것은 다음 주의 무슨 요일입니까?"

"아마 수요일일겁니다."

"또 한 가지 묻고 싶은데 그 날까지 당신의 수사가 끝나지 않으면 어떻게 됩니까?"

"후임의 동료에게 서류를 인계합니다."

듀크로는 미소를 지으며 어린애같이 들떠서 말하기 시작했다.

"그 사람도 얼간이인가요?"

메그레도 엉겁결에 싱글벙글 웃었다.

"경찰들이 얼간이 녀석들만 있는 건 아닙니다."

뜻밖에도 명랑한 대화였다. 두 사람이 모두 이런 상태로 계속했으면 좋았을 텐데. 듀크로는 일어서서 커다란 손을 내밀었다.

"그럼 안녕히 가십시오, 경감님. 아마도 또 만나 뵐 테지만요."

메그레는 듀크로와 악수를 하면서 그의 밝은 눈을 가만히 들여다보았다. 그러나 듀크로의 미소는 변하지 않았다. 그 미소는—아마도—약간 동요했을 뿐이었다.

"그럼, 또."

듀크로는 층계참까지 따라오더니 난간 너머로 그를 전송했다. 강기슭 입구로 나온 메그레는 가벼운 현기증을 느꼈다. 그는 창문에서 누군가가 자신을 엿보고 있음을 감지했다. 전차를 기다리는 동안에 미소는 차츰 사라졌다.

그건 문지기 마누라의 착상이었다. 그녀는 그 집에 살고 있는 사람들이 모두 덧문을 꼭 닫아버리고 애도의 뜻을 표시해야 한다고 했다. 아마도 그게 멋진 처사라고 생각했던 모양이었다. 선창가에 매어 있던 배는 일제히 반기(半旗)를 게양했기 때문에 운하는 병적인 양상을 띠게 되었다. 주변의 움직임까지도 어쩐지 의미심장해 보였다. 구경꾼들의 모습은 사방에 보였으나 특히 수문의 벽부근에 떼를 지어 서성이던 패들은 갈고랑이 하나를 가리키면서 이 사람 저 사람에게 물었다.

"저건가?"

시체는 벌써 법의학연구소로 운반됐다. 베베르는 가늘고 긴 딱딱한 몸매였고, 마르느 강 패들에게 예부터 낯익은 사람이었다.

베베르의 출생지가 어딘지는 아무도 몰랐다. 그는 의지할 사람도 없었다. 그는 10년 전부터 선창가의 한쪽 구석에 녹이 슨 채 있는 토목국(土木局)의 준설기 귀퉁이에서 잠을 자곤 하였다.

조수는 배에서 던져지는 동아줄을 받아서 수문의 문짝을 돌리는 역할을 맡고 있었다. 자질구레한 일을 하고 술값을 긁어모은다. 그가 하는 짓은 이것뿐이었다.

수문의 감시인은 거드름을 피우며 자기의 세력권 내를 돌아다녔다. 오늘 아침에 세 사람의 신문기자가 질문을 하러 왔기 때문이었다. 그 중 한 사람은 사진을 찍어 갔다.

메그레는 전차에서 내려 바로 페르낭의 가게로 들어갔다. 평소보다는 손님이 많았다. 메그레를 보자 모두들 소곤거렸다. 그의 얼굴을 알고 있는 사람들은 다른 사람들에게 메그레의 신분을 가르쳐 주었다. 주인이 매우 반가운 듯이 다가왔다.

"맥주를 하시겠습니까? 가득 따라 드리죠."

한쪽 눈을 깜박이며 주인은 방의 반대쪽 구석을 가리켰다. 갓생 노인이 혼자 있었다. 그는 병든 개처럼 퉁명스러웠다. 눈 가장자리는 여느 때보다도 한결 불그레했다. 갓생 노인은 메그레를 보고는 고개를 돌리기는커녕 오히려 얼굴을 찌푸리고는 진절머리가 난다는 듯이 노골적으로 감정을 드러냈다.

그동안에 경감은 생맥주를 꿀꺽 한 모금 들이키고 입술을 닦고 파이프에 담배를 채우기 시작했다. 갓생의 등 뒤의 창문으로 '황금양모' 호가 보였으나 아리이느의 모습은 보이지 않았다. 메그레는 다소 낙심했다.

주인은 또다시 몸을 기울이고 테이블을 닦는 척하면서 살짝 소곤거렸다.

"저 노인을 어떻게 해주십시오. 도무지 제정신으로는 집에 돌아가지 않아요. 바닥에 종이쪽지가 흩어져 있지요? 투르넬 부둣가의 짐을 실으라는 명령서인데 저렇게 찢어 버렸어요!"

자기 이야기를 한다는 것을 노인도 눈치를 챈 듯했다. 갓생 노인은 비틀비틀 일어서더니 메그레에게 다가와 도전하는 듯한 눈으로 쏘아보았다. 그리고는 밖으로 나가면서 주인을 팔꿈치로 쿡 찔렀다.

출입구에서 그가 망설이는 것이 보였다. 지나가는 버스를 보지 못하고 금방이라도 차도로 뛰어들 것처럼 위태롭게 느껴졌다. 그러나 노인은 비틀거리며 건너편 목로 주점으로 똑바로 걸어갔다. 그동안 손님들은 모두 얼굴을 서로 마주보고 있었다.

"대관절 어떻게 생각하십니까, 경감님?"

사람들은 삽시간에 와글와글 지껄여댔다. 그들은 메그레와 안면이 있는 것처럼 말을 걸어왔다.

"저런 꼴이지만 갓생 노인은 좀 드물 정도로 올곧은 사람이에요. 그런데 아무래도 앞서의 사건에 관해서는 뭔가 사정이 있는 것 같습니다. 과연 기억하고 있는지 어떨지 모르지만요. 베베르에 대해서는 어떻게 생각하십니까? 역시 관련이 있는 건가요? 어떻습니까?"

모든 사람이 호의적이고 정다운 척했다. 사건을 그다지 대수롭게는 취급하지 않았지만 웃음소리에는 조급한 가시가 세워져 있었다.

메그레는 고개를 끄덕이거나 미소짓거나 혹은 중얼거림으로 대답을 대신했다.

"선주님께서 장례식에 가고 싶지 않아 한다는 건 정말인가요?"

그 뉴스는 벌써 주막집까지도 퍼져 있었다! 전화로 통화를 한 지 아직 한 시간도 되지 않았는데!

"그렇긴 해도 너무 고집쟁이예요, 선주님은! 그런데 베베르의 사건 말입니다. 그자가 어저께 갈리아 영화관에 있는 것을 본 사람이 있어요. 당한 것은 그 후, 준설기에 올라가려고 했을 때가 틀림없을 겁니다."

"나도 영화관에 있었네." 하고 누군가가 대화에 끼여들었다.

"보았나, 그자를?"

"보진 않았지만 나도 있었네."

"그렇다면 쓸모가 없군!"

"여하튼 난 거기에 있었다고!"

메그레는 미소를 지으면서 자리에서 일어나 계산을 치르고 나서 주위에 있는 사람들과 차례차례 악수를 했다. 형사 두 명에게 확실한 정보를 수집하라고 말해 두었는데, 그 중의 한 사람인 루카가 강 건너편에 있는 것을 발견한 것이다. 루카는 문제의 토목국의 준설기에 올라가 있었다.

경감은 듀크로의 집 앞을 지나갔다. 아침부터, 어쩌면 어젯밤부터였는지도 모르지만, 길가에 드샤름 부부의 자동차가 세워져 있었다. 방문하는 건 간단하지만 그런들 무슨 소용이겠는가? 듀크로 씨가 말하는 '그자들의 카니발'이 어떤 것인가를 메그레는 쉽게 상상할 수 있었다.

경감은 어슬렁어슬렁 걸어갔다. 도무지 알 수가 없었다. 그러나 잘 생각나진 않지만 무언가 형태를 이루기 시작한 것 같은 느낌은 들었다. 무슨 일이 있더라도 좀더 확실히 알아내려고 조급하게 굴어서는 안 되었다.

택시를 불러 세우는 소리가 들려서 그는 뒤를 돌아보았다. 문지기의 마누라였다. 잠시 후에 검은 명주옷을 입고 눈이 빨간 뚱뚱한 아가씨가 히스테리를 일으킬 듯이 자동차에 올라탔다. 아낙네가 자동차에 짐을 실어 주고 있었다.

물론 로즈일 것이다! 무의식중에 입이 벌어졌다! 메그레가 가까이 가니 문지기의 아내의 태도가 갑자기 퉁명스러워졌다. 이거 점점 재미있군!

"3층의 여자로군요?"

"그렇게 말하는 당신은 누구세요?"

"경시청에 있는 사람입니다."

"그렇다면 말을 안 해도 아시겠네요."

"남편분인가요? 나가라고 한 것은?"

"누구이건 알 거 없어요."

그건 너무나도 뻔한 일이 아니었던가! 2층의 상을 입은 가족들은 몇 시간이고 몇 시간이고 소곤소곤 의논했으리라. 지금같이 엄숙한 사태에 저토록 좋지 않은 인물을 집에 두는 것이 과연 예의에 맞는가 어떤가를. 그 결과 아마 대표로 파견된 대위가 가족회의의 결정을 전달한 것일 테고…….

커다랗고 푸른 함석판 위에 하얀 글씨로 '댄스 홀'이라고 쓰여져 있었다. 그 앞에서 메그레는 문득 발길을 멈췄다. 쑥 들어간 입구 앞에는 담쟁이 넝쿨이 심어져 있어서 변두리의 주막집다운 특색을 뚜렷이 나타내고 있었다. 내부는 어둡고 싸늘했다. 눈부신 바깥과는 아주 대조적이었다. 자동 피아노의 금속제 싸구려 장식이 진짜 보석처럼 반짝반짝 빛났다.

테이블과 의자가 몇 개, 그 사이의 공간은 휑뎅그렁했다. 안쪽 벽에는 과거에 극장에서 썼으리라고 짐작되는 낡은 막(幕)이 걸려 있었다.

"누구세요?"

계단 위에서 외치는 소리가 들렸다.

"계십니까?"

누군가가 얼굴이라도 씻고 있는가 보다. 수도꼭지가 열린 채 물방울이 세면대에 튀어 흩어졌다. 실내복 차림의 여자가 슬리퍼 바람으로 내려와서 우물우물했다.

"어머나, 당신이었군요."

샤랑통의 사람이라면 모두 메그레를 알고 있었고, 이 여자 역시 그랬다. 예전엔 미인이었으리라. 다소 살이 쪄서, 이렇게 지저분한 생활에 젖어 있긴 했지만, 꾸밈이 없는 차분한 매력이 아직도 남아 있었다.

"뭐 좀 마시겠어요?"

"뭐든지 좋습니다, 아페리티프라면. 함께 하시죠."

여자는 겐치아나를 마셨다. 그녀는 테이블 위에 양쪽 팔꿈치를 얹어 놓았는데, 그 때문에 가슴이 눌려 옷 틈 사이로 반쯤 부풀어 올라왔다.

"틀림없이 오실 거라고 생각했어요. 그럼 경감님의 건강을 위해서!"

그녀는 그다지 겁을 내지 않았다. 경찰에는 익숙한 모양이었다.

"경감님, 소문이 사실인가요?"

"무슨 소문 말입니까?"

"베베르의 일말이에요. 어머나, 나도 모르게 입밖에 내버렸네. 하여튼 확실한 것은 아무것도 모르지만 소문으로는 아마 갓생 노인이 ...."

"죽였다고요?"

"어쨌든간에 노인의 말이 흡사 보고 온 듯했으니까 말예요. 또 한 잔 마시겠어요?"

"그런데 듀크로는?"

"네?"

"어제는 오지 않았습니까?"

"얘기를 하러 자주 와요. 지금은 부자지만 두 사람은 예부터 한 패였으니까요. 그 사람은 잘난 체하는 사람은 아니에요. 당신이 앉아 있는 그 자리에 앉지요. 둘이서 한 잔 마시면서요. 때때로 5수우 동전을 내놓고는 그것을 넣어 자동 피아노를 들려 달라고도 해요."

"어제도 왔었습니까?"

"네. 댄스 홀이 잘 되는 날은 토요일과 일요일뿐이죠. 이따금 월요일도 괜찮지만요. 그 밖의 날은 그저 습관적으로 가게는 열고 있지만 늘 저 혼자뿐이에요. 남편이 살아 있을 무렵에는 그렇지 않았어요. 레스트랑을 하고 있었으니까요."

"몇 시쯤 돌아갔습니까?"

"아무래도 의심을 하는 것 같군요? 그건 잘못된 추측이에요. 그 사람이 어떤 인간인지 저는 잘 알아요. 조그마한 예인선 하나만 가지고 있을 무렵에는 틈만 있으면 저를 귀여워해 주었지요. 그런데도 어째서인지는 모르지만 그 이상의 행동은 절대로 하려고 들지 않았어요. 언제나 그런 상태였죠! 당신 역시 그 사람을 잘 알고 계시죠! 어제도 그는 슬펐기 때문에……."

"마셨습니까?"

"두세 잔뿐이었어요. 그 정도로는 도저히 반응이 없죠. 이렇게 말하던데요. '여 마르트, 저 얼빠진 녀석들이 난 얼마나 질색인지 넌 모를 거야! 이런 상태라면 나는 틀림없이 밤새도록 갈보집을 헤매고 다닐 거야. 녀석들이 몰려들어 계집애 옆에 붙어 있는 걸 생각하면 나는…….' 이라고요."

메그레는 그놈의 얼빠진 녀석들의 얘기가 또 나왔지만 이번에는 웃지 않은 채 주위의 초라한 상태를 쭉 둘러보았다. 테이블, 의자, 안에 있는 막, 그리고 사람이 좋아 보이는 여자. 그녀는 젠치아나를 두 잔째 조금씩 마시고 있었다.

"몇 시에 돌아갔는지 모르십니까?"

"아마 열 두 시쯤 되어서일 거예요. 아니면 좀더 일찍 갔을 수도 있고……. 어쨌든 불행한 일이에요. 그렇게 돈이 많으면서도 행복하지 않다니!"

이 말에도 메그레는 웃지 않았다.

6

"이상해서 견딜 수 없는 건 말입니다, 이야기는 극히 간단해 보이는데도 마땅한 생각이 떠오르지 않는다는 점입니다." 하고 메그레는 말을 끝냈다.

그는 경시총감과 얘기하고 있었다. 때마침 인기척이 없는 시각이었다. 진홍빛 태양이 파리의 거리에 기울어지려 하고 뇌프 다리가 걸쳐 있는 세느 강의 전망은 빨강, 파랑, 노랑색으로 물들고 있었다. 두 사나이는 창문 앞에 서서 거리를 지나가는 사람들의 나른해 보이는 걸음걸이를 무심코 바라보며 띄엄띄엄 대화를 나누었다.

"문제의 인물은 말……."

전화벨이 울렸다. 총감이 수화기를 들었다.

"안녕하십니까, 부인. 네, 계십니다."

메그레의 부인에게서 온 전화였다. 그녀는 약간 화를 내고 있었다.

"전화해 준다고 해놓고선 잊어버렸군요……. 그래요, 4시에 전화를 걸겠다고 하지 않았어요? 벌써 저쪽에 가구가 도착했대요. 전 곧 떠나야해요. 곧장 돌아오실 수 있어요?"

퇴근을 할 생각으로 경감은 총감에게 사정을 말했다.

"이사하는 것을 잊었습니다. 어제 가구를 트럭으로 보냈기 때문에 집사람이 시골로 정리하러 가야만 합니다."

경시총감은 어깨를 으쓱했다. 그것을 눈치챈 메그레는 문 옆에서 걸음을 멈췄다.

"총감님, 그건 무슨 의미인가요?"

"모든 사람들이 하는 행동을 자네도 할거라는 거네. 요컨대 1년도 되지 않아서 또 일을 시작할 거야. 다만 이번에는 은행이라든가 보험 회사의 일을 말일세."

이날, 저녁때의 사무실에는 황혼이 살그머니 다가와서 왠지 모르게 서글픈 기미가 자욱히 퍼져 있었다. 흐르는 그 서글픈 기미를 두 사람은 애써 모르는 척하고 있었다.

"설마, 그런 일은 없겠지요."

"그럼 내일 또 보세. 여보게, 듀크로를 상대로 실수하지 말게. 국회 의원 두세 명쯤은 반드시 부리고 있을 거야."

메그레는 택시를 타고 에드가르 키네 가(街)의 아파트로 돌아왔다. 아내는 바쁜 듯이 뛰어다니고 있었다. 방 둘은 텅 비어 있었고 다른 방에는 보따리 여러 개가 가구 위에 잔뜩 쌓여 있었다. 가스렌지는 벌써 실어 갔기 때문에 알코올 난로에서 뭔가 끓고 있었다.

"함께 가시는 것은 정말로 어렵나요? 내일 밤차로 돌아오시면 될 텐데. 가구를 놓는 장소를 결정해야 돼요."

메그레는 갈 수 없을 뿐만 아니라 가고 싶지도 않았다. 영원히 떠나려고 하는 이 어지럽혀진 집으로 돌아왔다는 일 자체가 이상한 기분을 자아냈다. 그러나 그 이상으로 이상하게 느껴지는 것은 아내가 가지고 가려는 물품과 쉴새없이 쏟아내는 말이었다.

"조립식 의자가 왔는데 보셨어요? 지금 몇 시죠? 비고 부인 말이에요, 가구 건으로 전화를 걸어 왔어요. 날씨가 기막히게 좋고 벚꽃이 만발해서 아름답다고 하더군요. 예전에 얘기했던 암산 양(羊) 기억하세요? 그 양의 주인이 말하길, 지금 당장은 아니지만 금년에 새끼를 낳으면 한 마리 팔겠대요."

메그레는 미소를 지으며 고개를 끄덕였지만 실은 건성이었다.

"먼저 저녁 식사를 하세요. 나는 아직 먹고 싶지 않으니까요."

옆방에서 메그레 부인이 외쳤다.

경감 역시 그랬다. 단지 우물우물 입을 움직일 뿐이다. 이윽고 짐을 아래층으로 내리는 처지가 되었다. 모양 없고 귀찮은 짐—어쨌든 정원을 가꾸는 도구까지 들어 있으니까. —그것만으로 택시는 꽉 찰 것이다.

"오르세 역으로 가주세요."

열차의 문 옆에서 경감은 아내에게 작별 키스를 했다. 그리고 그는 11시경엔 무엇인가에, 누군가에게 불만을 느끼면서 세느 강변에 홀로 서 있었다.

조금 가면 세레스탕 강기슭의 통로가 있다. 듀크로의 사무소 앞을 지나왔으나 전등은 꺼져 있었다. 가스등의 빛이 비스듬히 동판을 비추

고 있었다. 제방을 따라 즐비하게 늘어서 있는 배는 강에 두둥실 떠
있었다.

대관절 총감은 무엇 때문에 그런 말을 했을까? 당치도 않지, 뭐! 메
그레는 진심으로 시골에 파묻히고 싶었다. 고요함에 묻혀 독서를 하며
살고 싶은 것이다. 어쨌든 피곤했다.

그런데 아내가 한 말이 무엇이었는지 생각나지 않았다. 그는 암산
양이라든가 그 밖의 일에 대해서 아내가 한 말을 생각해내려고 애썼
다. 그러나 실제로는 세느 강의 건너편 기슭에서 깜박이는 불빛을 바
라보면서 메그레는 다른 생각에 빠져들었다.

'지금쯤 듀크로는 어디에 있을까? '카니발'은 질색이라고 했지만 슬
슬 집으로 돌아갔을까? 아니면 커다란 레스토랑이나 택시 운전사들이
가는 술집에서 테이블에 팔꿈치를 대고 식사라도 하고 있을까? 그것
도 아니라면 아들의 죽음을 슬퍼하며 팔에 상장을 단 채 창녀집을 차
례로 돌아다니고 있는 것일까?'

'장 듀크로'라는 아들에 관해서는 전혀 실마리가 될 만한 정보가 없
었다! 주변에서 이처럼 아무런 평판도 받지 않는 사람이 있나 싶었다.
두 형사가 정보를 수집하려고 카르티에 라탱, 샤르트의 학교, 샤랑통
등 여기저기를 뛰어다녔다.

"좋은 청년이었죠. 좀 내성적이고 몸이 약한 게 탈이었지만······."

나쁜 놀이를 했다든지 연애문제를 일으켰다든지 하는 그런 흔적도
없었다. 무엇을 하고 밤을 보냈는지도 알 수 없었다.

"방에서 공부를 했을 거예요. 병을 앓고 있어서 공부하는 것이 고되
다고 한 것 같았으니까요."

가족들과 어울리는 일도 없었고 친구도 없었으며 여자 친구도 없었
다. 그런데도 어느 날 아침에 목을 매어 죽은 것이다. 아버지를 죽이
려고 한 것이 죄송하다고 하면서!

그러나 청년은 '황금양모'호에서 3개월간 아리이느와 지낸 적이 있
었다. 이 무렵이 수상하다고 하면 그럴 수 있을 것도 같다.

장…… 아리이느…… 갓생…… 듀크로…….

베르시의 울타리와 그 오른쪽 화력발전소의 굴뚝이 메그레의 시야에 들어왔다. 전차가 몇 대나 추월해 갔다. 그는 이유도 없이 걸음을 멈췄다가 또 걷기 시작했다.

저쪽에서는 제1호 수문이, 커다란 집이, 순찰선이, 목로 주점이, 초라한 댄스 홀이 메그레를 기다리고 있었다. 그것은 연극의 배경이라기보다는 모든 존재나 냄새, 인생 등이 뒤섞이고 얽힌 무겁고 답답한 세계였다. 그리고 메그레는 그것을 풀어놓으려 하는 것이다. 그리고 또 이것은 그가 취급하는 마지막 사건이었다.

가구는 오늘 일찍 로와르 강변의 쓰러져 가는 집에 도착했다.

아내와 헤어질 때에는 키스도 제대로 해주지 않았다. 아내는 뽀로통한 얼굴로 짐을 들고서 기차가 움직일 때까지도 기다리지 않고 돌아섰다.

도대체 총감은 어째서 그런 말을 했을까?

문득 메그레는 강기슭을 따라 산책하는 것을 그만두고 갑자기 전차에 올라탔다.

달이 남김없이 밝게 비췄고 경치는 더욱 망막해 보였다. 왼쪽의 주막은 벌써 문을 닫았고 페르낭의 가게에는 세 명의 사나이가 주인과 트럼프를 하고 있었다

메그레가 길가를 지나가자 안에서 발소리를 듣고 페르낭이 얼굴을 들었다. 그는 경감의 얼굴을 알아보았는지 문을 열었다.

"이런 시간에 또 무슨 일입니까? 뭔가 이상한 일이라도 있습니까?"

"아무것도 없소."

"마실 거라도 드시겠습니까?"

"고맙소, 괜찮소."

"그런 말씀 마시고 잠깐 얘기라도 하시죠."

메그레는 아차 했지만 안으로 들어갔다. 트럼프를 하고 있던 패들이

카드를 손에 든 채 기다리고 있었다. 주인은 술잔에 코냑을 채우고 자기 잔에도 따랐다.

"건강을 위하여!"

"여보게, 할 텐가, 안 할 텐가?"

"알았네! 잠깐 실례하겠습니다, 경감님."

어쩐지 이상한 기미를 냄새맡은 메그레는 꼼짝 않고 서 있었다.

"앉으시지 않겠습니까? 자, 패를 섞는다!"

메그레는 밖을 내다보았다. 고요하게 가라앉은 풍경이 달빛 아래에서 눈으로 볼 수 있는 한 가장 또렷하게 떠오르고 있었다.

"베베르의 사건은 묘하지 않습니까?"

"야, 빨리 하게, 이야기는 나중에 해!"

"얼만가." 하고 메그레가 물었다.

"아닙니다. 그만두세요."

"그건 곤란하지."

"아니오, 제발, 이젠 끝납니다. 브로트!"

주인은 카드를 던지고 카운터 곁으로 왔다.

"뭘 드시겠습니까? 같은 것도 좋습니까? 여, 이보게들, 뭘로 하겠나?"

분위기, 태도, 목소리, 뭔가 석연치 않았다. 애매한 것이 있었다. 특히 주인의 거동이 그랬다. 주인은 안간힘을 써서 이야기를 이을 화제를 찾고 있었다.

"갓생 녀석, 여전히 곤드레만드레입니다. 매일 술에 절어 삽니다! 큰 컵으로 하겠나, 앙리? 거기는?"

깊이 잠든 강기슭 주변에 살아 있는 거라곤 이 술집뿐이었다. 메그레는 문 밖과 가게 안을 동시에 살피면서 입구 쪽으로 걸어갔다.

"그런데, 경감님, 잠깐 드릴 얘기가……."

"뭔가." 하고 뒤를 돌아보며 경감이 외쳤다.

"저어…… 뭐라고 할까요…… 어떻게 된 건가요…… 에잇, 뭐 좀 드시겠습니까?"

아무리 봐도 아침이 지나쳤다. 한패들이 어색한 듯이 주인을 쳐다봤을 정도였다. 페르낭 자신도 그것을 느끼고 얼굴을 붉혔다.

"무슨 일이 있었는가?" 하고 메그레가 되물었다.

"무슨 의미로 그런 말씀을 하십니까?"

열어 젖힌 문을 붙잡은 채 메그레는 운하 가득히 늘어서 있는 배를 가만히 지켜 보았다.

"어째서 나를 붙들어 놓으려고 하는 건가?"

"붙들어 놓아요? 제가 설마……."

그때 경감은 검은 선체와 돛대, 선실 등이 무수히 보이는 사이에 아주 희미한 빛이 빛나고 있음을 발견했다. 주막 문을 닫지도 않은 채 메그레는 선창가를 가로질러 '황금양모'호로 통하는 널빤지 다리 앞에 섰다.

2m쯤 저쪽에 한 남자가 서 있었다. 메그레는 그 남자를 자칫했으면 보고도 놓칠 뻔했다.

"이런 데서 뭘 하고 있나?"

"손님을 기다리고 있습니다."

돌아다보니 약간 떨어진 곳에 불이 꺼진 택시가 한 대 멈춰 있었다.

경감의 몸무게로 인해 다리가 삐걱삐걱 소리를 냈다. 유리문 너머로 희미한 빛이 보였기 때문에 메그레는 망설이지 않고 문을 열고 계단을 내려갔다.

"들어가도 좋습니까?"

움직이는 기미가 있었다. 메그레가 두세 단 내려가니 석유 램프가 켜진 선실이 나왔다. 침대의 모포는 단정하게 잠자리의 준비가 갖춰져 있었고 테이블보 위에는 술병 하나와 컵 두 개가 놓여 있었다.

두 남자가 잠자코 뭔가를 기다리고 있듯이 마주 앉아 있었다. 갓생 노인은 무서운 눈초리를 한 채 양쪽 팔꿈치를 테이블 위에 대고 있었고, 에밀 듀크로는 모자를 깊숙이 눌러 쓰고 있었다.

"들어오시오, 경감님, 오실 거라고 생각했습니다."

허세를 부리는 거동은 없었다. 듀크로는 귀찮아하지도 않았고 당황해하지도 않았다. 커다란 석유 램프가 타는 듯한 열기를 토해낼 뿐 실내는 고요했다. 메그레가 오기 전까지 두 사나이는 벙어리처럼 침묵을 지킨 채 오랫동안 꼼짝도 하지 않은 것 같았다. 두 번째 선실의 문은 빗장으로 잠겨 있었다. 아리이느는 잠을 자고 있을까? 아니면 어둠 속에서 가만히 귀를 기울이고 있는 것일까?

"운전사는 아직도 있소?"

듀크로는 축 늘어진 무기력한 상태를 어떻게든 털어 버리려고 했다. 그는 흡사 중풍을 앓고 있는 사람처럼 보였다.

"경감님, 네덜란드 산 코냑을 좋아하시오?"

듀크로는 손수 찬장에서 잔을 가지고 왔다. 빛깔이 없는 액체를 가득 따른 후에 그가 술잔을 손에 들려고 한 순간 갓생이 거친 동작으로 테이블 위를 홱 걷어찼다. 병도 잔도 바닥으로 굴러 떨어졌다. 술병은 기적적으로 깨지지 않았지만 마개가 빠져서 술이 콸콸 흘러나왔다.

듀크로는 눈 하나 깜짝하지 않았다. 어쩌면 이런 일이 생기리라고 예견했던 것일까? 갓생 쪽은 바야흐로 미쳐 날뛸 지경에 이르러 양쪽 손을 꼭 쥐고서 공격태세를 갖추며 헐떡이고 있었다.

옆방에서 누군가가 움직였다. 운전사는 여전히 선창가를 서성거리고 있으리라. 갓생은 어찌 할 바를 모르고 잠시 동안 꼼짝하지 않고 있다가 의자에 털썩 주저앉으며 머리를 부여안고 신음했다.

"제기랄!"

듀크로는 메그레에게 승강구 쪽을 가리켰다. 나올 때 노인의 어깨에 약간 손을 댔을 뿐, 그걸로 끝이었다. 두 사람이 갑판으로 나오니 밤공기가 살랑살랑 볼을 스쳤다. 상쾌했다. 운전사가 자동차로 달려갔다. 문득 듀크로는 메그레의 팔에 손을 올렸다.

"할 수 있는 한 힘껏 처리를 해놨소. 파리로 돌아갈 생각이오?"

두 사람은 계단을 올라갔다. 자동차는 문이 열린 채였고 엔진이 떨리고 있었다. 메그레가 흘끗 보니 목로 주점의 유리창에 페르낭의 그림자가 보였다. 아마도 자동차를 엿보고 있었겠지.

"당신이군요, 귀찮은 일이 없도록 하라고 명령한 것은?"

"누구에게 말이오?"

메그레가 손짓으로 대충 설명하자 듀크로는 그 뜻을 알아차렸다.

"저 녀석이 제 입으로 그렇게 말하던가요?"

듀크로는 싱긋 웃었다. 자랑스러웠지만 어딘가 아쉬운 듯했다.

"사람은 좋지만 어리석은 녀석들이야!" 하고 그는 중얼거렸다.

"타십시오. 여, 운전사, 시내로 곧장 가게!"

그는 모자를 벗어서 머리카락을 위로 치켜올렸다.

"나를 찾으셨소?"

메그레는 대답을 하지 않았다. 듀크로 역시 그런 것은 기대하지도 않았다.

"오늘 아침의 제안은 생각해 보셨습니까?"

듀크로는 별로 기대하지도 않았다. 사실 만약에 쾌히 승낙했더라면 오히려 실망을 했을지도 모른다.

"집사람이 오늘 밤 떠났습니다. 이번에 이사할 집의 가구정리 때문예요."

"어느 쪽입니까?"

"망과 투르의 중간입니다."

강기슭 통로에는 인기척이 없었다. 생 탕트와느 가에 이를 때까지 단 두 대의 자동차만이 스쳐 지나갈 뿐이었다. 이윽고 운전사가 칸막이 유리문을 내리더니 물었다.

"어디에 세울까요?"

듀크로는 누군가에게 도전하듯이 대답했다.

"맥심에서 내려 주게."

그는 정말로 거기서 내렸다. 명주의 상장을 팔에 달고 쿨렁쿨렁한 청색 양복을 입은 모습은 우둔하고 고집스러워 보였다.

"잠깐 들어가지 않겠소, 경감?"

"고맙지만 괜찮습니다."

듀크로는 삼시간에 회전문 속으로 들어가 버렸다. 그 재빠른 거동은 인사는 고사하고 악수를 할 틈도 없을 정도였다.

1시 반이었다. 보이가 메그레에게 물었다.

"택시를 잡아드릴까요?"

"응…… 아니……."

에드가르 키네 가의 아파트로 돌아갔댔자 텅 비었을 테고 커다란 침대도 시골로 가버렸다. 메그레는 듀크로의 흉내를 내기로 했다. 상 트레노 가의 변두리 호텔로 잠을 자러 간 것이다.

그 무렵 시골에 도착한 메그레 부인은 이제는 자기들 것이 된 집에서 첫 잠자리에 들고 있었다.

7

행렬의 선두는 벌써 울타리의 부근까지 나아가고 있었다. 느릿느릿하고 단조로운 발소리가 묘지의 안쪽에서 들려 왔다. 그리고 짓밟히는 모래 소리, 공중의 무지개처럼 춤을 추며 떠오르는 먼지, 이따금 제자리걸음을 하지 않으면 안 되는 행렬의 무거운 걸음걸이, 이러한 것들이 가만히 있어도 덥고 괴로운 인상을 한결 견딜 수 없게 했다.

검정 옷차림에 하얀 셔츠를 입은 에밀 듀크로는 묘지의 열려 있는 울타리에 몸을 기댄 채 돌돌 뭉친 손수건으로 땀을 닦으면서 오는 사람들과 닥치는 대로 악수를 하며 인사를 하고 있었다. 그가 속으로 무슨 생각을 하는지 아무도 몰랐다. 그는 눈물을 흘리는 것도 아니고 마치 자기는 이 장례식과는 아무런 관련도 없다는 듯이 조문객 쪽을 바라보고만 있었다. 늘씬하고 단정한 사위는 눈이 빨갰고 베일에 가려져 여자들의 표정은 보이지 않았다.

장례행렬 때문에 샤랑통 전체가 굉장한 혼잡을 이루고 있었다. 화환이 꽉 차 있는 두 대의 마차 뒤에서 몸을 깨끗이 씻고 머리를 반듯이 빗어 올린 파란 옷을 입은 몇몇 선원들이 모자를 손에 들고 행진했다.

그 패들이 지금 차례차례로 묘지를 나와 애도의 뜻을 중얼거리고 주춤거리면서 한 무리를 이뤄 술집을 찾아가는 길이었다. 이마에는 땀방울이 흠뻑 솟아 있었고 두꺼운 더블 윗도리를 입은 모습은 측은해 보이기까지 했다.

메그레는 맞은편 길가 꽃가게의 바구니 앞에 서서 아직 남아 있어야 옳은가, 어떻게 할까 하고 생각하고 있었다. 택시가 옆에 멈췄다. 형사가 한 사람 내려와서 메그레를 찾았다.

"여길세, 루카."

"아무 일도 일어나지 않았습니까? 금방 알아냈는데……, 오늘 아침 8시 반에 갓생 노인이 바스티유 총가게에서 피스톨을 샀다고 합니다."

갓생은 장례식에 참석하고 있었다. 가족석에서 50m쯤 떨어진 곳에서 갓생은 옆에 있는 사람과 아무 말도 하지 않은 채 차분하고 음울한 눈으로 인파를 쫓고 있었다.

메그레는 벌써부터 노인의 존재를 알아차리고 있었다. 아무튼 노인이 나들이옷을 입은 것을 본 건 이번이 처음이었다. 그는 수염을 깨끗이 면도하고 상하가 갖춰진 새 양복을 입고 있었다. 그렇다면 드디어 줄기차게 술 마시는 일을 끝낸 것인가? 어찌되었든 훨씬 훌륭해 보였고 태도도 침착했다. 투덜투덜 고함을 지르지도 않았다. 오히려 너무 단정히 있어서 걱정스러울 정도였다.

"확실한가?"

"확실합니다. 다루는 법을 설명해 주었다고 하더군요."

"잠시 후 조금 더 떨어지면 눈에 띄지 않게 체포하게, 경찰서로 데리고 가."

메그레는 서둘러 차도를 가로질러 듀크로에게서 겨우 3m쯤 되는 곳에 멈춰 섰다. 여전히 행렬은 계속되고 있었다. 모두 약속이라도 한 듯이 푸른색 양복 차림 일색이었다. 볼은 햇볕에 탔고, 비나 햇살에 바랜 머리카락을 지니고 있었다. 메그레의 시선이 갓생과 마주쳤다. 노인이 다가왔으나 그 표정에는 놀라움도 반감도 나타나있지 않았다.

노인의 차례가 왔다. 갓생은 앞에 서 있는 사람들 뒤에서 제자리걸음을 하더니 드디어 말없이 주름투성이의 늙은 손을 내밀어 선주와 악수를 했다.

그뿐이었다. 노인은 사라져갔다. 메그레는 그 걸음걸이를 가만히 관찰했다. 술을 마셨는지 안 마셨는지는 알 수 없었다. 지나치게 술을 많이 마시면 오히려 저런 식으로 차분해질 수도 있는 법이다.

형사가 최초의 길모퉁이에서 잠복하고 있었다. 메그레가 신호를 하자 두 사람은 앞뒤로 멀어져 갔다.

"산체 가(街)에 가서 우체국 맞은편에 있는 가게에 들르세요. 거기서 커튼 끈을 100m쯤 사오세요, 잊으면 안 돼요⋯⋯."

그 날 아침 메그레 부인은 이렇게 전화를 걸어 왔다.

샤랑통에서는 어디를 가도 선원들과 마주쳤다. 얼마 뒤엔 운하에서 오투유에 이르는 강기슭까지의 모든 술집에 나들이옷 차림의 선원들로 넘쳐나겠지. 형사에게 체포되었을 때 갓생 노인은 어떤 반응을 보였을까? 메그레는 어딘가로 가고 싶었지만 지금 서 있는 곳이 어디인지 알 수 없었다. 그때 누군가가 불러 세웠다.

"경감님!"

듀크로라고 알아차릴 틈도 없이 그는 벌써 경감의 눈앞으로 다가왔다. 장례식 도중에 가족도 조문객의 응대도 팽개치고 쫓아온 모양이었다.

"대체 갓생을 어떻게 할 작정이오?"

"뭐라고요?"

"아까 당신과 함께 있었던 형사에게 귓속말을 하지 않았소. 체포할 생각이오?"

"벌써 했습니다."

"어째서요?"

메그레는 이야기를 해야 옳을지 어떨지를 잠시 생각했다.

"오늘 아침 피스톨을 사들였기 때문이오."

선주는 아무 말도 하지 않았다. 그러나 그 눈은 작아지며 날카로워졌다.

"아무래도 당신을 노리고 있는 게 아닐까요?" 하고 경감은 말을 계속했다.

"그럴지도 모르지."

호주머니에 손을 넣고 권총을 일부러 보이면서 듀크로는 중얼거렸다. 그는 도전하듯 웃고 있었다.

"나도 체포하겠소?"

"그럴 필요 없습니다, 어차피 바로 석방될 테니까요."

"그럼, 갓생은?"

"갓생도 매한가지죠."

길가에 있는 두 사람을 태양이 빠끔히 비추고 있었다. 좁은 통로에서 아낙네들이 물건을 사고 있었다. 그때 메그레는 문득 우스꽝스러운 생각이 들었다. 똑같이 권총을 지닌 두 사나이를 파리의 거리 한복판에 내팽개쳐 둔다. 그리고 자신은 전능하신 신의 역할을 맡는다.

"갓생은 나를 죽일 수 없어." 하고 선주는 분명하게 잘라 말했다.

"왜요?"

"왜고 뭐고……."

그리고서 그는 별안간 어조를 바꿔 덧붙였다.

"내일, 내 별장으로 점심을 하러 오지 않겠소? 장소는 사모와인데."

"생각해 보겠습니다. 하여간 초대해 줘서 고맙습니다."

메그레는 선주를 전송했다. 그 피스톨도, 지나치게 빳빳해서 답답해 보이는 셔츠 칼라도, 메그레는 피곤하기만 했다. 순간, 일요일을 함께 보낼 수 있는지 어떤지를 아내에게 전화로 알려주기로 한 약속이 생각났다. 그러나 그가 실제로 한 일은 경찰서로 들어가는 것이었다. 적어도 여기라면 시원하다! 서장은 외부로 식사하러 나가고 없었고 비서는 당황해하며 그를 맞았다.

"그 남자는 왼쪽 독방에 가뒀습니다. 소지품은 여기에 있습니다."

신문을 펼치고서 그 위에 소지품을 빼놓았다. 우선 피스톨이 가장 눈에 띄었는 데 탄창이 부착된 싸구려 제품이었다. 붉은 고무제의 담뱃값, 가장자리가 푸른 손수건, 마지막으로 색이 바랜 부드러운 지갑이 있었다. 메그레는 지갑을 잠깐 만져 본 후에 열어 보았다.

지갑 안에는 든 것이 거의 없었다. 지갑의 호주머니에 '황금양모'호의 서류와 수문 감시인의 서명이 있는 신고용지가 있었다. 그 밖에는 잔돈이 약간, 남자와 여자 사진이 한 장씩 있었다.

여자의 사진은 적어도 20년 전의 것이었다. 인화지의 마무리가 서툴고 하얗게 되어 있었지만 젊고 날씬한 여자였다. 그 여자는 아리이느의 미소를 떠올리게 하는 우수에 잠긴 미소를 짓고 있었다.

갓생의 아내였다. 몸매가 가냘프고 왠지 모르게 수척한 모습이어서 물 위의 거친 남자들에게는 고상한 여자로 보였을 것이다. 이 여자와 듀크로가 함께 잤단 말인가! 갓생이 술집에서 곤드레만드레가 되었을 동안에? 그건 배 위에서였을까, 아니면 더러운 가구가 있는 어떤 방에서였을까?

또 한 장은 바로 조금 전에 매장된 장 듀크로의 사진이었다. 아마추어가 찍은 사진인데 그는 흰 바지를 입고 배의 갑판 위에 서 있었다. 뒤에는 '사랑하는 아리이느에게, 언젠가는 그대도 내 마음을 알게 되리라. 친구 장으로부터'라고 쓰여져 있었다.

이 청년이 목을 매달고 죽어 버리다니!

"이것뿐인가." 하고 메그레는 중얼거렸다.

"뭔가 찾아내셨습니까?"

"죽은 사람의 얼굴뿐이야!"

그는 무뚝뚝하게 대답하고 독방의 문을 열었다.

"어떻소, 영감님?"

의자에 앉아 있던 노인이 자리에서 일어섰다. 구두끈과 넥타이를 빼앗겨 몰골이 말이 아니었다. 그것을 본 메그레는 눈살을 찌푸리고 비서를 불러들였다.

"이런 짓을 한 사람은 누군가?"

"저어, 그만 규칙대로……."

"구두끈과 넥타이를 돌려주게."

이런 모습을 하고 있으니 노선장도 참으로 가엾게 보였다. 경찰의 대우는 그만큼 심술궂었다.

"앉으시오, 갓생! 소지품은 여기에 있소. 물론 피스톨만은 맡아 두겠소. 이제 술은 안 마시나요? 기분은 어떻소?"

탐색하듯이 메그레는 노인과 마주 앉았다. 노인은 몸을 구부린 채 구두끈을 맸다.

"이보시오, 여태껏 당신을 귀찮게 한 일은 한 번도 없었소. 가고 싶은 곳에는 가도록 했소. 한없이 술을 마셔도 방해를 하지 않았소. 여보시오, 구두끈 같은 건 내버려둬요! 나중에 얼마든지 맬 수 있소. 아셨소?"

갓생은 얼굴을 들었다. 동시에 메그레는 직감했다. 여지껏 얼굴을 숙이고 있었던 것은 아마도 기묘한 미소를 알아차리지 못하도록 하기 위해서였음을.

"어째서 당신은 듀크로를 죽이고 싶은 겁니까?"

이미 그에게선 미소의 그늘도 사라져 있었다. 있는 거라고는 늙은 선장의 주름투성이인 얼굴뿐이었다. 메그레에게 돌린 그의 표정은 침착했다.

"나는 아직 아무도 죽이질 않았소."

노인이 말을 한 것은 이번이 처음이 아닐까? 말투는 조용했다. 착가라앉은 목소리였다. 이것이 노인의 본 음성인 모양이다.

"알고 있소. 하지만 죽일 생각은 있었지요?"

"자칫하면 누군가를 죽일지도 모르지."

"뒤크로인가요?"

"그럴지도 모르고 다른 녀석일지도 모르지."

노인은 취하지 않았다. 그것만은 분명했다. 그러나 역시 술을 마신 건 틀림없었다. 그게 아니면 전에 마신 취기가 여전히 남아 있는 것이리라. 일전에는 일부러 퉁명스러운 태도를 과장했는데 오늘은 지나치게 차분했다.

"어째서 당신은 샤랑통에 있었소?"

"그것이 이것과 무슨 관계가 있소?"

"있고 말고요!"

두들기듯이 말한 메그레가 잠시 말없이 서 있자 노인은 그 처절한 노기에 깜짝 놀란 모양이다.

"하긴 입장이 다르니까. 그러나 역시 당신이 참견할 바가 아니오."

노인은 나머지 한 개의 구두끈을 주워 들고 다시 몸을 구부려 구멍을 꿰기 시작했다. 그는 투덜투덜 중얼거리고 있었는데 한마디도 놓치지 않으려면 어지간히 정신을 바짝 차려야 했다. 그의 한마디 한마디는 수염 속에 묻혀 버리는 것 같았다. 어쩌면 메그레가 듣고 있는 것을 놀리고 있는 것은 아닐까? 주정뱅이의 마지막 실없는 짓인지도 모른다.

"10년쯤 전에 샤롬에서 있었던 일이요. '고르모랑'호의 선장이 어떤 의사가 살고 있는 훌륭한 집 앞에서 걸음을 멈췄소. 그 녀석의 이름은 '루이'라고 했소. 의사가 아니라 선장 말이오! 그자는 기쁨에 들떠 있었소. 서른 살이 된 마누라가 드디어 어린애를 낳게 되어서 말이오."

이따금 전차가 지나갔다. 그때마다 벽이 우들우들 떨렸다. 이 부근의 가게문 어딘가에서 끊임없이 열렸다가 닫혔다가 하면서 벨소리가 울려 왔다.

"부부는 8년 전부터 아이를 고대하고 있었소. 루이는 아기를 갖기 위해서라면 지금까지 모아둔 저금을 몽땅 내놓아도 좋다고 생각했소. 그래서 의사에게 찾아간 거요. 나도 알고 있는 의사였지. 머리카락은 갈색이었고 안경을 낀 작은 남자였소. 선장은 의사에게 시골 벽촌에서 애를 낳게 되면 매우 위험하기 때문에 필요할 때까지는 샤롬에 정박할 작정이라고 말했소.”

몸을 구부린 채 있으니 머리가 핑 도는 모양이었다. 갓생은 똑바로 몸을 일으켰다.

“1주일이 지났소. 의사는 매일 밤 왕진을 왔지. 드디어 어느 날 저녁 5시경에 진통이 시작되었소. 루이는 안절부절못했소. 갑판으로 나갔다가 선창가를 서성거렸다가 했지.

그는 의사 집의 초인종에 매달려 거의 완력으로 의사를 끌고 왔소. 의사는 매사가 순조롭다고 장담을 하며 사고 같은 것은 절대로 없으니까 마지막 순간에만 알려주면 된다고 했소.”

갓생의 이야기는 흡사 기도처럼 웅웅댔다.

“그 부근을 아시오? 난 지금도 그곳에 있는 것처럼 그 집이 눈에 선하오. 커다란 새 집, 큰 창문에는 그 날 밤 전부 불이 켜져 있었소. 의사는 연회를 열고 있었던 것이오. 훌륭한 옷차림을 하고 향수 냄새를 풍기며 곱슬거리는 수염을 달고 있었지. 두 번쯤 잠깐 왔다가 금방 또 갔소. 처음에 왔을 때는 부르고뉴의 술냄새가 났었고 두 번째는 리큐울 냄새가 났소. ‘염려 없네, 염려 없어! 또 나중에 곧 오겠네.’ 하고 의사는 말했지. 그리고는 달리다시피 선창가를 가로질러 가버렸소. 음악 소리가 들리고 커튼 뒤에서는 춤을 추고 있는 사람들의 모습까지 보였소.

마누라는 신음하고 있었소, 루이 녀석은 넋이 빠져서 어찌할 바를 몰랐소. 그저 눈앞에 벌어진 일에 놀라 자빠져 있었지. 저 멀리 떨어진 곳에 다른 배가 정박하고 있었는데 거기에 있던 수다쟁이 할멈이 ‘아무리 보아도 이건 난산이야.’ 하고 말했소.

한밤중, 루이는 의사 집의 초인종을 눌렀소. 의사는 곧 간다고 대답했소.

12시 반, 녀석은 또 초인종을 눌렀소. 현관 가득히 음악이 울렸소.

한편 루이 마누라의 신음소리는 처절했소. 부둣가를 지나가던 사람들이 엉겁결에 걸음을 멈췄다가 바로 총총걸음으로 달아날 정도였으니까.

겨우 손님들이 물러가고 의사가 쫓아왔소. 취하지는 않았으나 맨정신이라고도 할 수 없었지. 의사는 윗도리를 벗고 소매를 걷어 올렸소.

'감자를 사용하지 않으면 안 되겠는데······.'

감자가 억지로 넣어지고 이리저리 긁어 댔소. 마지막에 의사는 씨부렁거렸소, '아기의 머리를 으깨지 않으면 안 돼'라고요.

'당치도 않아요!' 하고 루이는 아우성쳤소.

'하지만 산모를 살리는 편이 좋겠지?'

의사 녀석은 졸렸던 거요. 피곤해서 제대로 혀가 돌아가지 않았던 거요. 한 시간이 지나서 의사가 몸을 일으켰을 때 루이는 마누라가 이제는 고함을 지르지도 않고 움직이지도 않는다는 걸 깨달았소······."

갓생은 메그레의 눈을 들여다보면서 말했다.

"루이는 그 녀석을 죽여 버렸소."

"의사를 말인가요?"

"간단하게 해치웠소. 머리에 한 발, 두 발째는 배, 이런 식으로 말이오. 그리고 이번에는 자기의 입을 벌리고, 피스톨을 집어삼키듯이 세 번째 총알을 쐈소. 3개월 후에 배는 경매에 부쳐졌소."

어째서 갓생은 웃고 있는 것일까? 지난번처럼 곤드레만드레가 되어서 심술을 부리는 노인이었을 때가 메그레는 훨씬 호감이 갔다.

"그건 그렇고, 나는 어떻게 되는 거요?" 하고 노인이 통명스럽게 물었다.

"어리석은 짓은 안 하겠다고 약속하겠습니까?"

"뭐가 어리석은 짓이요?"

"듀크로는 예부터 친구였지요?"

"같은 마을에서, 같은 배를 탔었소."

"듀크로는 당신을 좋아하고 있습니다."

그 말의 끝 부분은 잘 들리지 않았다.

"그럴지도 모르지."

"그런데 말이오, 갓생, 남자로서 묻는 건데 도대체 당신이 원망하고 있는 사람은 누굽니까?"

"그렇게 말하는 당신은?"

"무슨 뜻이죠?"

"당신은 도대체 누구를 노리고 있는지 묻고 있는 거요. 당신은 뭔가를 찾고 있소. 그래, 뭐라도 찾아냈소?"

이 질문은 뜻밖이었다. 지금까지 메그레가 주정뱅이라고만 생각하고 있었던 이 노인은 한구석에서 곤드레만드레가 되면서도 결국은 자기 나름대로의 진상을 찾아다니고 있었던 것이다. 갓생이 말하는 뜻은 틀림없이 그것이었다.

"확실한 건 아직 아무것도 없습니다."

"나도 그렇지."

하지만 이 노인이 진상을 탐색하고 있었다니! 노인의 희미하고 차가운 눈초리가 그걸 말해 주고 있었다. 구두끈과 넥타이를 돌려준 메그레의 처사는 옳은 일이었다. 그다지 신통치 않은 사건이라 경찰서는 고사하고 경찰 그 자체와도 관계가 없었다. 단지 거기에는 두 남자가 서로 마주보며 앉아 있을 뿐이었다.

"듀크로가 습격당한 사건과 당신은 아무런 관계가 없습니까?"

"전혀." 하고 노인은 비꼬는 목소리로 대답했다.

"장 듀크로의 자살과도?"

갓생은 잠자코 천천히 고개를 끄덕였다.

"나는 베베르와는 친척도 아니며 친구도 아니오. 따라서 그 사나이를 목을 조여 죽일 까닭이 없지……."

노선장은 '후욱' 하고 숨을 내쉬고 일어섰다. 작은 키에 참으로 늙어 보여서 메그레는 깜짝 놀랐다.

"어디 당신이 알고 있는 걸 얘기해 주지 않겠소, 갓생. 좀 전의 이야기에 나온 샤롱의 친구는 한 사람의 어린애도 남기지 않았소. 그러나 당신에게는 딸이 있소."

말을 해놓고 메그레는 아차 했다. 노인이 따지는 듯한 무서운 시선을 던져 왔다. 이제 무슨 일이 있건 거짓말을 하지 않으면 안 된다.

"따님의 병은 나아지겠지요."

"어쩌면 그럴 수도 있지."

아무래도 상관없다는 투였다. 물론 문제는 그것이 아니었다. 메그레도 그걸 알고 있었다. 이런 결과를 보고 싶지 않았지만 어차피 일의 과정은 그렇게 되어 버린 것이다. 그러나 갓생은 아무런 질문도 하지 않았다. 묵묵히 가만히 아래만 보고 있었다. 그것이 오히려 더 애처로웠다.

"이제까지 당신은 배에서 행복하게 살아 왔소."

"알고 있소? 어째서 내가 언제나 같은 곳만 배로 왕래했는지? 마누라와 결혼했을 때 갔던 곳이 바로 그 항로였기 때문이오."

노인의 얼굴 근육이 경직되더니 피부에는 검은 잔주름이 새겨졌다.

"갓생, 알고 있으면 대답을 해주었으면 좋겠습니다……. 듀크로를 습격한 건 누구인 것 같소?"

"아직은 모르겠소."

"장이 자살한 건 어째서였나요, 알고 있습니까?"

"짐작은……."

"수문 감시인이 교살된 건 어째서일까요?"

"모르오."

대답은 진지했다. 그건 의문의 여지가 없었다.

"나는 감옥에 가게 되오?"

"무기를 불법 소지한 것뿐이니까 오래 구금해 둘 순 없습니다. 다만 부탁해 둘 것은……, 조급하게 생각하지 말고 차분히 있어달라는 겁니다. 우리의 조사가 끝날 때까지 기다려 주기를 바랍니다."

밝고 작은 눈이 또다시 도전하는 듯이 번쩍였다.

"나는 샤롬의 의사가 아닙니다." 하고 메그레가 덧붙였다.

갓생은 싱긋 웃었다. 이 심문이라고도 할 수 없는 심문에 경감은 지쳐서 일어났다.

"그럼, 이걸로 석방하지요."

그 밖에는 별도리가 없었다. 밖은 여전히 봄답지 않은 봄이었다. 비도 오지 않았으며 소나기도 구름도 없었다. 조촐한 광장에는 마로니에의 주변 땅이 딱딱하게 굳어서 하얗게 말라 있었다. 시청의 정원사들이 한여름처럼 부드러워진 아스팔트에 하루 종일 물을 뿌리고 있었다.

세느 강에서도, 마르느 강에서도, 운하에서도, 페인트나 니스를 칠한 작은 보트가 팔을 걷어올린 사람들을 태우고 선박 사이를 달리고 있었다.

어디를 가도 길가에 노점이 펼쳐져 있었고, 술집 앞을 지나노라면 반드시 '훅' 하고 생맥주 냄새가 풍겼다. 대개의 선원들은 아직도 배로 돌아가지 않았다. 풀을 먹인 깃을 꼿꼿이 세우고 술집에서 술집으로 장소를 옮기면서 점점 얼굴을 더 붉게 물들여 갔다.

한 시간 후 메그레는 강기슭의 술집에 있던 갓생이 배로 돌아가지 않았다는 보고를 받았다. 노인은 카트리느의 집에, 댄스홀의 위층에 방을 잡은 것이다.

8

그 날은 어린 시절의 추억에만 있는 그런 일요일이었다. 물망초 빛깔과 닮은 하늘부터, 집집의 그림자가 흔들흔들 뻗어 있는 냇물에 이르기까지 모든 것이 쾌적하고 신선했다. 택시조차도 다른 날보다 빨강이나 녹색이 선명하게 보였고 인기척이 없어서 소리가 잘 울리는 통로와 통로 사이는 아주 희미한 소리도 우스울 정도로 메아리치고 있었다.

메그레는 샤랑통의 수문 조금 앞에 자동차를 세웠다. 갓생을 미행하라고 지시해 두었던 루카가 술집에서 나와서 다가왔다.

"얌전하게 있습니다. 어젯밤에 댄스 홀의 여주인과 마셨는데 아직 그 집에서 나오지 않았습니다. 틀림없이 자고 있을 겁니다."

거리와 똑같이 배의 갑판에도 사람의 모습은 없었다. 다만 한 소년이 홀로 키 위에 주저앉아 일요일을 위해 양말을 신고 있었다. 루카가 '황금양모'호를 가리키면서 얘기를 계속했다.

"어제 그 미치광이 아가씨는 무척 초조해 하더군요. 네 번인가 다섯 번인가를 승강구에서 뛰쳐나왔습니다. 한 번은 구석진 술집까지 달려갈 지경이었죠. 선원들이 아가씨의 상태를 파악하고 노인을 데리러 갔지만 노인은 끝내 돌아오지 않았어요. 장례식이 끝난 뒤였고 여러 가지 일이 있었기 때문에 면목이 없었던 모양이에요. 한밤중까지도 배 위에는 계속 사람들이 왔다갔다했고, 모두가 이 부근을 지켜보고 있었지요.

아 그렇군, 그 댄스 홀이 다시 열렸고 수문에서도 음악이 들려왔습니다. 선원들은 여전히 나들이옷을 입고 있었죠. 아마 미친 아가씨는 할 수 없이 단념하고 잠들었을 겁니다. 그런데 오늘 아침이 되자 날이 새기도 전에 그녀는 맨발로 근처를 서성대기 시작했습니다. 마치 어미 고양이처럼 걱정을 하면서요. 지나는 길에 서너 척의 다른 뱃사람까지 두들겨 깨우더군요. 아마도 경감님이 두 시간 전에 오셨더라면 잠옷바람의 부부들 몇 쌍이 승강구에 있는 걸 보실 수 있었을 거예요. 어찌 되었건 노인이 있는 곳을 아무도 아가씨에게 가르쳐 주지 않았다고 합니다. 그 편이 오히려 나았겠지요. 어떤 여자가 아가씨를 '황금양모'호로 데리고 갔으니 지금쯤이면 아침식사를 짓고 있을 겁니다. 아참, 부뚜막의 굴뚝에서 연기가 보이는군요."

대개의 배에서 연기가 똑바로 올라오고 있었다. 커피향을 맡으며 모두가 옷을 갈아입고 있으리라.

"계속 감시하고 있게." 하고 메그레가 말했다.

경감은 곧장 댄스 홀의 열린 문으로 들어갔다. 여주인은 바닥을 쓸려고 물을 뿌리고 있는 중이었다.

"노인은 위층에 있는가?" 하고 경감이 물었다.

"일어났을 거예요. 발소리가 들렸으니까요."

메그레는 계단을 두세 단을 올라가 귀를 기울였다. 틀림없이 누군가가 왔다갔다하고 있었다. 문이 열리고 갓생이 비누방울투성이의 얼굴을 내밀었다. 그리고 어깨를 으쓱하더니 방으로 들어갔다.

사모와에 있는 듀크로의 별장은 디근자(ㄷ)형의 큰 저택이었다. 저 너머로 세느 강에 떠 있는 예인선이 보이는 앞뜰과 붙어 있었다. 택시가 멈추자 듀크로가 울타리 곁에서 기다리고 있었다. 평소와 다름없이 그는 감색 양복을 입고 새 모자를 쓰고 있었다.

"택시는 돌려보내시지오. 집에 있는 차로 모셔다 드릴 테니까요." 하고 그는 메그레에게 말했다.

그리고 경감이 지불을 끝내는 것을 기다리고 있었다. 의외로 그는 신중하게 손수 울타리를 잠그더니 열쇠를 호주머니 속에 집어넣으며 뜰 안쪽에서 회색 자동차에 물을 쫙쫙 끼얹고 있는 운전사를 불렀다.

"에드가르! 누구도 들여놓아선 안 되네. 집 근처를 서성대는 녀석이 있으면 바로 알리게."

말을 끝내고 그는 메그레 쪽을 엄숙하고 무게 있게 바라보며 물었다.

"그자는 지금 어디에 있소?"

"옷을 입고 있는 중입니다."

"아리이느는? 당황하지 않았소?"

"꽤 찾아다녔죠. 지금은 배로 돌아갔고, 인근에 있는 여자가 돌보고 있습니다."

"점심은 1시 지나서지만 지금 식사를 함께 들겠소?"

"고맙습니다."

"그 전에 뭔가 마시겠소?"

"지금은 괜찮아요."

듀크로는 뜰 한가운데에 서서 건물을 바라보았다. 그리고 지팡이 끝으로 어떤 창문을 가리켰다.

"할멈은 아직 옷을 입지 않았소. 젊은 부부는 들리는 바와 같이 언쟁중입니다."

사실, 창문이 열린 2층 방에서는 꽤 격렬하게 주거니받거니 하는 목소리가 들려왔다.

"채소밭이 뒤에 있고 전에 쓰던 마구간도 있소. 왼쪽 집은 어느 큰 출판사의 것이고, 오른쪽에는 영국인 일가족이 살고 있소."

세느 강과 폰텐느브로의 중간인 이 부근에는 도처에 별장이라든가 빌라 등이 있었다. 부근의 테니스 코트에서 둔탁한 공 소리가 메그레의 귀로 들려왔다. 뜰과 뜰이 인접해 있었다. 흰옷을 입은 노부인이 잔디밭 가장자리에 놓인 흔들의자에 길게 드러누워 있었다.

"정말로 마실 것이 없어도 되겠소?"

듀크로의 난처해하는 모습은 귀한 손님을 어떻게 대접하면 좋을까 생각하다 지친 것처럼 보였다. 그는 면도도 하지 않았고 눈도 부어 있었다.

"우리 가족은 모두 일요일을 여기서 보내지요."

그 말투는 흡사 탄식하는 듯했다.

"인생이란 어째서 이렇게 슬픈 것일까요?"

두 사람의 주위는 잠잠하고 조용했다. 빛과 그림자가 뚜렷하게 갈라지는 하얀 벽, 덩굴장미, 땅에는 모래가 전면에 깔려 있었다. 세느 강은 작은 배가 일으키는 물결에 흔들리면서 서서히 흐르고 있었다. 말을 탄 사람들이 예인선 옆을 스치듯 지나가는 것처럼 보였다.

듀크로는 끊임없이 파이프를 피우며 채소밭 쪽으로 걸어갔다. 그리고는 양상추의 묘상을 두리번거리고 있는 공작새를 가리키며 투덜댔다.

"딸의 착상입니다. 공작을 키우면 돈이 모아진다고 하면서요. 백조도 키우고 싶다고 했지만 여기에는 물이 없지요."

무슨 말을 하고 있는지 자기 자신도 제대로 알 수 없는 모양이었다. 느닷없이 그는 메그레의 눈을 가만히 들여다보며 물었다.

"그런데 당신은 아직도 생각을 고쳐먹지 않았소?"

갑자기 내놓은 질문은 아니었다. 훨씬 전부터, 아마도 어제부터 준비한 듯했고 그것만을 고심했던 모양이었다. 머리가 지끈거릴 정도로 중요하게 말이다.

메그레는 파이프를 피우며 맑은 공기 속으로 피어 올라가는 담배 연기를 가만히 지켜보았다.

"저는 수요일에 경찰을 그만둡니다."

"물론 알고 있소."

행동으로는 나타내지 않았지만 두 사람은 모두 상대의 생각을 잘 알고 있었다. 듀크로가 울타리 문을 잠근 것은 우연이 아니었고 인기척이 없는 채소밭에서 빈둥거리며 서 있는 것은 더더욱 우연이 아니었다.

"그것으로 충분하지 않습니까?"

경감의 목소리는 극히 낮았고 담담해서 정말로 말을 했는지 안 했는지 갈피를 잡을 수 없을 정도였다.

듀크로는 문득 걸음을 멈추고 온실의 멜론을 오랫동안 바라보았다. 다시 얼굴을 들었을 때는 표정이 완전히 돌변해 있었다. 바로 조금 전까지 그 얼굴은 가면을 쓰지 않았었다. 단지 거북해했고 망설임이 많았으며 걱정스러운 듯한 남자였는데.

그러나 그것은 이미 끝났다. 얼굴은 굳게 경직되어 버렸고 입술에는 고약한 심술을 띤 미소가 떠올랐다. 그는 메그레의 시선을 외면한 채 주위의 경치와 하늘, 하얗고 커다란 집의 창문을 보고 있었다.

"곧 누군가가 오는 건 아니오, 네?"

그렇게 중얼대고 있던 듀크로의 시선이 간신히 움직이더니 메그레의 얼굴을 똑바로 주시했다. 자신이 없어 애써 태연한 척하고 있는 주제에 오히려 협박을 하는 투의 시선이었다.

"화제를 바꿉시다. 어떻소, 한 잔 하지 않겠소? 실은 좀 놀라운 일이 있는데, 알고 있나요? 그건 바로 당신이 드샤름이나 내 애인의 일은 전혀 조사하지 않았다는 거요……."

"그 이야긴 그만둘 작정이 아니었던가요?"

그러나 듀크로는 메그레의 어깨에 손을 얹으면서 상냥하게 말을 이었다.

"아니오. 조금만 더! 하려면 당당하게 합시다. 우선 누구를 범인이라고 생각하는지, 그것부터 듣고 싶소."

"범인이라니, 무슨 범인말입니까?"

두 사람은 마주보며 웃었다. 멀리서 보면 그저 평범하게 농담을 주고받는 듯이 보였으리라.

"이 사건 전체의 범인 말이오."

"범인이 저마다 다르다면?"

듀크로는 눈살을 찌푸렸다. 대답이 마음에 들지 않았나 보다. 그는 힘차게 문을 밀었다. 부엌문이었는데 거기에는 실내복 차림의 듀크로 부인이 식모에게 무언가를 지시하고 있었다. 머리도 빗지 않은 채였는데 부인은 남편이 갑자기 나타나서인지 당황해했다. 머리에 손을 대면서 우물우물 변명을 했으나 남편은 개의치 않고 호통을 쳤다.

"상관없어! 경감님께서는 아무렇지도 않으시니까! 여, 메리, 지하실에서 한 병 가지고 와…… 뭘로 하겠소? 샴페인 어떠십니까? 싫어요? 그럼 객실에서 '아페리티프'라도 합시다."

그는 난폭하게 문을 닫고 객실로 들어가더니 창문대의 벽장에 즐비하게 세워져 있는 술병을 이것저것 고르기 시작했다.

"페르노로 하겠소, 아니면 겐치아나? 마누라를 보셨지요? 하지만 딸애는 더욱 처치곤란이라오! 상중이 아니라면 핑크나 녹색 명주옷을 머지않아 질질 끌고 나올 거요. 떼다 붙인 듯한 미소를 지어 보이면서 끈덕지게 굴고……."

듀크로는 두 개의 컵에 넘치도록 술을 따르고 경감 쪽으로 의자를 끌어당겼다.

"우리들은 인근의 웃음거리요. 나 자신은 태연하지만 테라스에서 식사를 할 때라면 정말 보기에도 민망할 정도요. 뭐, 머지않아 보여 드리지요."

그는 하나의 사물에서 다른 사물로 서서히 시선을 옮겼다. 객실은 호화로웠고 페달이 달린 커다란 피아노가 있었다.

"건강을 축하하며! 내가 처음으로 예인선을 사려했을 때, 물론 월부가 아니면 어찌 할 수 없었소. 어음이 12장 있었는데 보증인만 있으면 은행은 지불한다고 했소. 그래서 마누라의 모친에게 부탁했더니 거절을 당했지요. 온가족을 길바닥에 헤매게 할 권리는 없다고 지껄이면서요! 지금은 내가 그 할멈을 먹여 살리고 있소."

아무래도 그 사실이 뼈에 사무치는 모양이었다. 이야기만 해도 기분이 나쁘다는 말투였다. 듀크로는 이윽고 화제를 바꾸더니 여송연 상자를 끌어당겼다.

"어떻습니까, 한 대? 파이프가 좋다면 사양하지 마십시오!"

말하는 것과 동시에 그는 수가 놓여진 냅킨을 테이블 위에서 움켜쥐었다.

"언제나 이런 꼴이오, 여자들은 아무런 준비를 해놓지 않아요. 빈둥거리기만 하고! 멍텅구리 사관(士官)님께서는 신문의 8면에 있는 장기에나 넋을 잃고 있고!"

메그레는 듀크로가 생각은 이미 다른 곳에 가 있다는 사실을 깨닫고 미소지었다. 듀크로의 눈초리는 지금 하는 말에는 무관심한 듯이 보였다.

듀크로는 끊임없이 경감 쪽을 엿보며 경감이 어떤 판단을 내렸는지를 캐내려는 듯했다. 지금의 판단이 옳은가 어떤가를 쉴새없이 자문하고 특히 어떤 것이 상대방의 약점일까 하고 생각에 잠겨 있는 눈초리였다.

"애인이 되시는 분은 어떻게 처리했습니까?"

"나가라고 했지요. 지금은 어디로 가버렸는지 나는 모르오. 그 여자는 매우 공손했소. 상복을 제대로 입고 장례식에 찾아왔고…… 하지만 돌아갈 때는 분을 짙게 처바르고, 흡사 나이 먹은 창녀 같은 꼴로 가더군!"

듀크로는 입술을 깨물었다. 모든 것에 울화통이 터지는 것 같았다. 쭈글쭈글 구겨 놓은 냅킨도 그렇지만 주변에 있는 자질구레한 것까지도 미운 듯했다.

"맥심에 있을 무렵에는 미인이었고 명랑한 여자였소. 우리집 마누라나 가족과는 틀린 무엇인가를 가지고 있었지! 하지만 가구가 붙은 얌전한 방에 살림을 차려 주었더니 디룩디룩 살이 찌더니 악착같이 빨래를 하고 취사까지 스스로 했소. 마치 문지기의 마누라처럼 말이오."

이와 같은 희비극이 듀크로의 생활을 엉망진창으로 만들었던 모양이다. 이 사나이는 무일푼에서 출발해서 척척 돈을 벌었다. 종종 대부호와 거래도 했고 그들의 생활도 틈틈이 봐왔다. 그런데 자기 가족들은 여전히 옛날 그대로였던 것이다. 사모와에 있는 아내는 예인선의 선미에서 빨래를 하고 있던 때와 같은 습관, 같은 몸짓을 그대로 지녀왔고, 딸도 역시 중산계급의 우스꽝스러운 흉내밖에 내지 않았다.

듀크로는 마치 자기 자신이 형편없이 모욕을 당하고 있는 것처럼 그것을 고민한 듯했다. 아무리 넓고 큰 저택을 갖추고 운전사나 정원사를 고용한들, 이웃 사람들로부터 제대로 취급받지 못한다는 것을 뼈저리게 느끼고 있었던 것이다.

이웃 사람들이 잔디밭이나 테라스에서 쉬고 있었다. 그것을 그는 부럽고 샘이 나는 듯이 쳐다보았다. 벌컥 화를 내거나 반감이 솟구치는지 침을 뱉거나 호주머니 속에 손을 넣거나 야비한 말투로 소란을 피웠다.

계단에 발소리가 들리자 눈을 깜박거리면서 그가 속삭였다.

"드디어 왔군!"

딸과 사위였다. 그들은 정식으로 검은 상복을 입고 머리카락을 찰싹 붙이고, 대단한 불행이 휘몰아쳤다는 듯이 애처롭고 정중한 태도로 인사를 했다.

"처음 뵙겠습니다. 말씀은 전부터 아버님을 통해서……."

"이젠 됐다! 인사는 생략이다. 뭐 좀 마시게!"

딸 부부가 나타나서 그의 불쾌감은 점점 더해갔다. 그는 창가에 서더니 세느 강을 배경으로 뚜렷하게 떠오른 울타리를 주시했다.

"실례했습니다, 경감님."

금발 머리의 사위는 예의 바르며, 체념한 듯한 태도로 말했다.

"포르트라도 조금 들겠소?" 하고 그는 자기 아내에게 물었다.

"경감님은 뭘로 드시겠습니까?"

듀크로는 안달을 하면서 창문을 똑똑 두들겨댔다. 무엇인가 심술궂은 말이라도 하려는 것일까? 어찌되었든 뒤를 돌아보며 소리를 높여 꾸짖었다.

"경감님께서는 너희들의 일을 알고 계신단 말이야. 너희들에게 빚이 있다는 것도 알고 있고 내가 죽으면 만사가 안성맞춤일 거라고 여긴다는 것도 알고 있어. 장이 죽은 덕택으로 너희들의 배당은 두 배가 되었지."

"아빠!"

딸이 소리지르면서 검은 테두리가 있는 손수건을 눈언저리에 가져갔다.

"아버님!"

사위도 지지 않고 소리를 높였다.

"뭐라고요? 내게 빚이 있다고요? 남부 지방에서 살고 싶다고 말을 꺼낸 건 내가 아닙니다!"

젊은 부부는 지나치게 약았다. 드샤를의 응수는 그럴듯했다. 그는 조금 슬픈 듯한 미소를 띠었다. 그러나 듀크로가 이와 같은 말을 하는 걸 농담으로 여기거나 일시적인 불쾌감 때문이라고 생각하는 듯했다. 드샤름은 말하면서도 가늘고 하얀 아름다운 손에 낀 프라치나 결혼 반지를 연신 어루만지고 있었다.

"이제 곧 아기가 태어난다는 것을 말했던가요?"

베르트 드샤름은 얼굴을 가렸다. 도저히 눈으로 보고 있을 수 없는 광경이었다. 듀크로 역시 그런 것을 잘 알고 있으면서도 일부러 그러는 듯했다. 운전사가 뜰을 가로질러 정면의 계단 쪽을 향해 걸어왔다. 선주는 창문을 열고 물었다.

"무슨 일인가?"

"분부가 계셨기에……."

"응? 그래서?"

운전사가 황급히 가리킨 곳에 또 한 사람의 남자가 모습을 드러냈다. 그는 문 밖의 풀밭에 앉아서 호주머니에서 **빵조각**을 꺼내려 하고 있었다.

"이 병신 같은 새끼!"

와장창 하고 창문이 닫혔다. 흰 앞치마를 입은 하녀가 붉은 파라솔의 그늘진 테라스에 식탁을 차리고 있는 게 보였다.

"점심 땐 뭐가 나오나?"

딸은 그것을 기회로 나가 버렸다. 드샤름은 피아노의 악보를 보는 척했다.

"피아노를 치십니까?"

메그레가 물었다.

대답을 한 것은 듀크로였다.

"저 자가? 당치도 않아! 이 집에서 그걸 칠 줄 아는 녀석은 한 사람도 없소! 피아노도 허영, 이것도 저것도 모두가 허영이지!"

실내는 시원했지만 선주의 이마에는 땀방울이 솟아 있었다.

듀크로 일가가 테라스에서 식사를 하고 있는 동안에 왼쪽 집에서는 아직도 테니스를 치고 있었다. 제복 차림의 급사가 시원한 음료수를 나르고 있었다. 파라솔만으로는 햇볕을 충분히 가리지 못했다. 베르트 뒤크로의 검은 명주옷의 겨드랑이 밑부분이 땀으로 동그랗게 젖어 있었다. 뒤크로는 노기가 등등해서 곁에서 보고 있는 쪽이 환멸을 느낄 정도였다. 하는 말이나 하는 행동이 딱 질색이었다.

그는 생선을 가져오면 요리를 가려오라고 하면서, 킁킁 하고 냄새를 맡고 나서 집게손가락으로 쿡 찌르며 고함을 쳤다.

"저리 치워!"

"하지만 에밀……."

"저리 치우라고 했잖아!" 하고 뒤크로는 우겨댔다.

부엌에서 돌아온 뒤크로 부인의 눈자위는 붉었다. 선주는 나른한 듯이 메그레를 보며 말했다.

"수요일이라고 했지요. 은퇴하시는 건 수요일 아침입니까, 저녁입니까?"

"수요일 한밤중입니다."

뒤크로는 순간 시선을 사위 쪽으로 돌렸다.

"회사에서 일해달라고 부탁드렸다. 얼마를 준다고 했는지 알고 있어? 15만이야. 20만이라고 해도 나는 내겠다!"

그렇게 말하면서 그는 문을 왕래하는 사람들을 끊임없이 감시하고 있었다. 무언가를 두려워하고 있는 것이다. 메그레는 그것을 잘 알고 있는 만큼 누구보다도 기분이 나빴다. 여하튼 파멸을 눈앞에 두고 허둥대는 사나이의 광경은 다소 우스꽝스럽긴 했지만, 비참한 것만은 틀림없었다.

커피가 준비되자 뒤크로는 또 다른 수법을 생각해 냈다. 테이블을 에워싸고 있는 모두를 가리키면서, 그가 말했다.

"이것이 소위 가정이라는 거야. 애당초부터 책임을 혼자 지는 남자……, 지금까지도 져왔고 앞으로도 죽을 때까지 지고 가야하지. 그 주위에는 말이야, 일가의 대들보에 달라붙어 있는 생활력이라곤 하나도 없는 거머리 같은 패거리들이 있지."

"또 그 얘기예요?"

딸이 일어서면서 물었다.

"그래, 그래야지. 산책이라도 하렴. 어쩌면 이것이 마지막으로 즐거운 일요일이 될지도 모르니까."

딸은 약간 놀란 듯했다. 냅킨으로 입술을 닦고 있던 사위가 고개를 들었다. 듀크로 부인한테까지는 들리지 않은 모양이었다.

"아무것도 아니야, 뜻이고 뭐고 있을 게 뭐람! 남프랑스 여행 준비라도 하렴!"

그때(확실히 타이밍의 감각이 없는 모양이다.) 사위가 비위를 맞추는 목소리로 말했다.

"베르트도 저도 많이 생각해 보았는데요, 남프랑스는 다소 멀고, 로와르 강 부근에 좋은 곳이라도 있으면……."

"그래! 그렇다면 경감님께 부탁해 보렴, 댁의 근처에 살고 싶다고 하면 맡아 주실 거다. 이웃에 너희들이 이사온다면 틀림없이 대환영일 테니까!"

"로와르에 살고 계십니까?"

드샤름은 조급하게 물었다.

"이제부터 살 거요, 아마도."

메그레가 천천히 주인에게로 얼굴을 돌렸다. 듀크로는 이번에는 웃고 있지 않았다. 가슴에 충격을 받은 듯했다. 순간 섬뜩해하더니 입술을 떨렸다. 며칠 전부터 메그레는 토할 것 같은 애매한 기분을 느끼고 있었다. 그러나 이 '아마도'라는 대수롭지 않은 언사의 마력에 만사는 180도로 변한 것 같다.

듀크로도 똑같이 엄격하게 메그레의 시선을 되받아쳤다. 그는 이 순간의 중대함을 명확하게 인식하고 있었다.

"댁은 어느 쪽입니까?"

사위가 물었으나 그 목소리는 중얼댐에 지나지 않았으므로 두 사람은 조금도 귀기울이지 않았다. 분쟁의 흥분 때문에 듀크로의 땀에 젖은 얼굴이 번들번들 윤이 났다. 그에 따라 콧구멍은 벌렁대고 숨결은 더욱 거칠어졌다.

두 사람은 모두 서로의 본심을 추측했다. 실제로는 아무 짓도 하지 않았지만 그들은 서로가 취할 태도를 헤아렸다.

메그레의 숨결이 한결 편안해졌다. 파이프에 담배를 채우는 손은 유쾌한 듯이 담뱃갑을 만지고 있었다.

"나로서는 코느나 잔 부근이 좋다고 생각하지만……."

빨간 테니스 코트의 공이 튀어서 날아오자 젊은 아가씨의 하얀 옷이 한들한들 나부꼈다. 조그마한 모터보트가, 흡족한 고양이가 골골대는 듯한 소리를 내며 세느 강을 스쳐 가고 있었다.

듀크로 부인이 초인종을 누르고 하녀를 불렀다. 그러나 두 남자에게 그런 것은 아무래도 좋았다. 두 사람은 간신히 기분을 바꿨다.

"베르트의 곁으로 가보도록 하세요. 틀림없이 방에서 훌쩍이고 있을 거예요."

"그럴까요? 어쨌든 지금은 신경이 매우 날카로울 때입니다. 그래서 저렇게 화를 내는 거지요."

"바보 같은 자식, 갔다 와!"

듀크로가 내뱉듯이 말하자 사위는 실례하겠다면서 자리를 떠났다.

"이봐, 거기서 뭘 하고 있나? 초인종 같은 건 왜 만지작거려?"

"로자리가 리큘을 잊어버리고 있어요."

"그거라면 걱정하지 않아도 돼. 리큘을 마시고 싶으면 내가 갈 거니까. 안 그런가, 메그레 군?"

그는 경감이라고 하지 않았다. 메그레 군이라고 한 것이다. 그는 자리에서 일어나 냅킨으로 입술을 닦더니 주변의 경치를 둘러보면서 배를 쭉 내밀었다. 그리고는 가슴 가득히 숨을 들이키더니 태평스럽게 콧방귀를 뀌었다.

"어떻게 생각하시오?"

"뭘 말입니까?"

"뭐든지 말이오! 마음은 유쾌하고! 저것 보시오, 수문지기도 밖에 나와서 집안 식구끼리 식사를 하고 있지 않소! 아무런 경험도 없고 수레를 끌고 다녔을 무렵에는 나도 곧장 갓생과 함께 강가의 벼랑에서 도시락을 먹곤 했지요. 뿐만 아니라, 말이란 놈은 두 시간쯤 쉬게 하지 않으면 안 되었으니까 풀밭에 코를 처박고 낮잠을 잤습니다. 메뚜기가 머리 위를 뛰어 다니기도 했고…….."

양쪽 눈에 진한 쌍꺼풀이 새겨졌다. 즐거운 듯이 경치를 보고 있을 때의 부드러운 눈초리는 이윽고 시간이 지날수록 날카로워지고 처음과는 아주 다르게 거친 눈초리로 변했다.

"소화를 시키기 위해 좀 걸을까요?"

울타리로 다가가서 다시 문을 열었다. 그는 예인선 쪽으로 가기 전에 엉덩이 부근의 호주머니에 손을 넣어 보란 듯이 권총을 꺼내어 탄알을 살폈다.

연극 같이 유치하기 이를 데 없는 동작이었으나 섬뜩한 면도 있었다. 메그레는 태연스럽게 아무것도 못 본 척했다. 2층의 방에서 성난 소리와 뒤섞여 떠들썩한 소음이 들렸다.

"그 보세요, 말한 대로지요? 또 싸우고 있소."

듀크로는 권총을 호주머니에 집어넣고 메그레의 곁을 천천히 걸었다. 일요일의 산책답게 가슴을 활짝 펴면서 말이다.

그는 수문 앞에서 잠시 걸음을 멈추고 수문 틈에서 새어 나오는 물을 보다가 바로 문 앞에서 식탁에 둘러앉아 있는 가족들을 멍하니 쳐다보았다.

"오늘이 며칠이더라?"

"4월 13일입니다."

듀크로는 의심스러운 듯이 메그레를 바라보았다.

"13일? 흠!"

그리고 두 사람은 또 걷기 시작했다.

9

모든 물체에 빛깔이 짙어졌다. 살며시 저무는 황혼의 시각이 다가온 것이다. 숲 너머의 언덕 위에 난데없이 새빨간 태양이 떠올라서 눈이 부셔서 바라볼 수조차 없었다. 강의 수면은 햇빛이 번지면서 한결 아름답게 빛났다. 뭔가 싸늘하고 어둠침침한 기운이 퍼졌다.

수문 바로 위를 산책하는 사람들은 모터보트를 움직이려고 하는 청년을 지켜보았다. 모터보트는 두세 번 헛돌더니 공기를 잘못 들이켰는지 쿨럭쿨럭 기침을 하고는 멈춰 버렸다. 이윽고 또다시 청년의 안달하는 소리가 들렸다.

듀크로는 갑자기 발길을 멈췄다. 양쪽 손을 등 뒤에 돌리고 강을 따라 빈틈없이 열을 지어 세워진 집들을 보았다. 메그레가 보기에는 특별날 것도 없는 풍경이었다.

"저것 좀 보시오, 경감님."

주변에는 상당히 고급스러운 레스토랑과 호텔 등이 길가를 따라 있었고 자동차들이 즐비하게 세워져 있었다. 그러나 그 밖에도 양쪽 레스토랑에 사이에 운전사들의 식사장소인 듯한 비좁은 주점이 있었다. 일요일이었으므로 테이블 네 개가 테라스 대용으로 밖으로 나와 있었다.

메그레는 응당 있을 법한 인물을 찾았다. 통행인의 그림자가 터무니없이 길다랗게 뻗어 있었다. 밀대모자를 쓴 사람도 몇 명 있었다. 대개는 가벼운 옷차림새였다. 겨우 경감은 안면이 있는 사람을 찾아냈다. 루카 형사가 맥주 컵을 앞에 놓고 초라한 테라스에 앉아 있었다. 루카는 메그레의 모습을 알아차리고 길 건너편에서 웃어 보였다. 쾌청한 일요일에 빨강이나 노란색 줄이 있는 햇빛 가리개의 그늘에 가만히 있는 것이 참으로 행복에 겨운 모습이었다. 공적인 일을 앞두고 대기하는 남자의 여유있는 품격이 느껴졌다.

그 오른편, 테라스의 안쪽에서 경감은 재빨리 갓생 노인의 모습을 찾아냈다. 노인은 지나치게 좁은 동그란 테이블 위에 팔꿈치를 얹고 열심히 편지를 쓰고 있었다.

어느 축제에서 돌아오는 길인 듯 사람들이 자욱하게 먼지를 일으키면서 느릿느릿 걸어왔다. 붐비는 사람들 속에서 두 사람의 남자가 멈춰 서 있는 것도, 그 중의 한 사람이 손을 호주머니에 넣으면서 이렇게 물은 것도, 누구 한 사람 눈치채지 못했다.

"이런 경우, 정당방위가 될까요?"

듀크로는 농담을 하고 있는 것이 아니었다. 그는 노인에게서 눈을 떼지 못하고 있었다. 노인은 이따금 고개를 들고 뭘 쓸까 하고 고심했으나 주변을 둘러보고 있는 기미라고는 전혀 없었다.

메그레는 그 물음에는 대답하지 않고 루카에게 슬쩍 신호를 보냈다. 그리고는 수문 쪽으로 두세 걸음 다가갔다. 듀크로가 그 모습을 눈으로 쫓았다.

"내 질문이 뭐가 잘못됐나요?"

모터보트가 겨우 움직이더니 소용돌이 모양의 가느다란 잔무늬를 그리면서 물 위를 미끄러져 갔다.

"무슨 일입니까, 경감님?"

루카의 목소리가 들렸다. 그는 다른 두 사람처럼 가만히 세느 강을 바라보았다.

"그 노인은 무기를 가지고 있는 것 같나?"

"안 가졌습니다. 방을 들여다보았으나 무기는 없었습니다. 도중에 아무 데도 들르지 않았습니다."

"미행을 눈치 챘을까?"

"눈치를 채지는 않았을 거라고 생각합니다. 자기 생각에 빠져 정신이 없었으니까요."

"어떻게 해서든 편지를 손에 넣어야 돼. 잘 해보게!"

"대답을 안 해 주는군요."

두 사람이 다시 걷기 시작하자, 듀크로가 끈질기게 늘어붙었다.

"얘기를 들으셨지 않습니까? 노인은 맨손입니다."

두 사람은 계속 걸었고, 곧 하얀 집에 이르렀다.

"요컨대." 하고 선주는 비웃듯이 말했다.

"두 사람에게 저마다 수호신이 붙어 있는 셈이군. 저녁식사를 함께 하면 좋겠소. 괜찮다면 자고 가시죠……."

그는 문을 밀었다. 아내와 딸 부부가 테라스에서 차를 마시고 있었다. 운전사는 타이어의 튜브를 수리중이었는데 중간 뜰 모래 위에 놓인 그것은 몹시 강렬하게 느껴지는 붉은 굴레로 보였다.

술병과 컵이 놓인 테이블 앞에 두 사람은 의자에 깊숙이 앉았다. 가족들이 있는 테라스에는 나가지 않았다. 두 사람은 응접실 문 가까이에 있는 뜰의 한가운데에 선 채 꼼짝하지 않고 있었다. 등 뒤에는 서서히 어둠이 다가왔다. 아직 시간이 이른데도 불구하고 사모와의 가로등은 벌써 켜져 있었다. 주변이 아직도 밝았기 때문에 가스등은 하얀 반점처럼 깜박였다. 그러나 일요일의 나들이객들이 재빨리 역 쪽으로 빠져나가 거리에 사람들은 드물었다.

메그레는 차분한 목소리로 말했다.

"사람을 죽인 남자가 자신의 안전을 꾀하려고 또 사람을 없애버리려고 작정했다면, 그럴 때는 꾸물거릴 필요가 없겠지요?"

듀크로는 해포석(海泡石)의 커다란 파이프를 피우고 있었다. 벚나무로 만들어진 첨단이 가늘고 길어서, 대롱을 받치고 있지 않으면 안 되었다. 이윽고 그는 상대를 뚫어지게 바라본 채 상당한 시간이 흐른 뒤 중얼거렸다.

"그건 무슨 뜻인가요?"

"뭐 별로. 왠지 모르게 그런 생각이 났소. 우리들은 아름다운 일요일 저녁에 이렇게 한가하게 앉아 있고, 코냑은 맛이 있고 파이프의 상태도 좋고. 갓생 노인 역시 지금쯤은 틀림없이 아페리티프를 마시고 있을 거요. 또한 수요일 밤이 되면 우리들이 이렇게 안달하는 것도 끝나지요. 문제가 해결되니까요."

경감은 꿈을 꾸듯이 이야기하고 있었다. 이때 저쪽 테라스에 있는 드샤름이 성냥을 켰기 때문에 검푸른 하늘에 순간 불꽃이 일렁이며 춤을 추었다.

"그래서 좀 생각하고 있는 겁니다. 그때 여기에는 없었던 인물, 그건 대체 누구일까 하고요."

듀크로는 섬뜩했다. 도무지 감출 수가 없었기 때문에 오히려 솔직히 털어놓았다.

"이상한 말투로군."

"지난주 일요일에는 어디에 있었습니까?"

"여기요. 우리 가족은 일요일마다 여기로 오지요."

"아드님도 말입니까?"

태도가 엄숙해지며 듀크로가 대답을 했다.

"물론 자식놈도 있었지요. 라디오의 상태가 좋지 않다며 두 시간쯤 덜그럭대더군."

"그러나 이미 죽어서 묻혀 버렸소. 베베르도 죽었고. 그렇기 때문에 저는 생각하는 겁니다. 그 의자에 대한 생각말입니다. 그리고 다음 주 일요일에는 누가 거기에 앉을 것인가 하고 말이죠."

이제 서로의 표정은 가늠할 수가 없었다. 두 개의 파이프에서 흘러 나오는 담배 냄새가 온 뜨락으로 퍼져나갔다. 울타리 바로 앞에서 누군가가 자전거에서 내렸다. 듀크로는 흠칫 몸을 일으키며 멀리서 소리쳤다.

"뭐야?"

"메그레 씨라는 분께 용무가 있습니다."

근방의 소년이 울타리 너머로 편지를 경감에게 내놓았다.

"담배 가게 옆에서 부탁을 받았어요. 당신께 전해 달라고 하더군요."

"알았다, 고맙구나."

듀크로는 움직이지 않았다. 한기를 느끼자 여자들은 테라스를 떠났다. 드샤름이 난간 옆에 서 있었다. 두 사람 쪽으로 가고 싶어 못 견디하면서도 합류하는 것을 망설이고 있는 것이다. 메그레가 자기의 이름이 쓰여진 봉투를 찢자 바로 조금 전에 갓생이 쓰고 있던 편지가 나왔다. 보내는 곳은 '오트 마르느 주 라지쿨 전교 엠머 샤토루 님'이라고 되어 있다.

"응접실에서 읽으시지요. 거기라면 밝으니까." 하고 질문을 할 용기가 없는 듯 듀크로가 말을 꺼냈다.

"아직 충분히 읽을 수 있습니다."

종이는 술집의 종이였고 잉크는 보라색이었다. 시작할 때의 글씨는 자잘했는데 끝 쪽에 이르러서는 두 배쯤 크게 써져 있었다.

엠머에게

나도 잘 있다. 너도 잘 있으리라고 생각한다. 그러나 만약에 내 신상에 무슨 일이 생기면 앞서 말했듯이 샤랑통이 아니고 고향의 어머니 곁에 묻어 주기 바란다. 묘지의 비용은 지불하지 않아도 된다. 은행의 예금통장과 서류 일체가 찬장의 서랍에 들어 있다. 그것을 전부 너에게 준다. 2층의 증축 비용 정도는 될 게다. 내가 해야 할 일은 알고 있으니 내 일은 걱정말아라.

오빠로부터

메그레는 종이쪽지에서 눈을 떼서 듀크로를 위에서부터 아래까지 쭉 힐끗힐끗 바라보았다. 듀크로는 파이프를 피우며 딴청을 피우는 척했다.

"안 좋은 일입니까?"

"아까 갓생이 쓴 편지요."

듀크로는 마음을 가라앉히려고 발을 포갰다가 다시 풀었다. 멀리 사위를 바라보는 듯하더니 이윽고 뚜렷하게 초조함을 나타내면서 물었다.

"읽게 해주시겠소?"

"안 됩니다."

딱 잘라 말하고 메그레는 편지를 접어서 지갑 속에 넣었다. 그리고 무의식중에 울타리 건너편 쪽을 바라보았다. 그러나 거기에는 어둠만이 깃들어 있었다.

"누구 앞으로 되어 있습니까?"

"누이동생 같더군요."

"아, 엠머요? 엠머는 어떻게 되었을까? 한때 갓생의 배에서 살았었죠. 나 역시 그녀에게 반한 적이 있었는데…… 그 후에는 오트 마르느 부근에서 교사와 결혼했는데 얼마 후 남편과 사별하고……"

"마을에서 여관을 하고 있소."

"이제 싸늘해지는군요. 그렇지 않습니까? 집 안으로 들어갑시다."

듀크로는 응접실 스위치를 비틀어 문을 닫고 덧문도 내리려고 하더니 생각을 고쳤다.

"누이 앞으로 갓생이 뭐라고 썼나요, 가르쳐 주지 않겠소?"

"안 됩니다."

"걱정되는 일은 없습니까?"

"그거라면 당신이 더 잘 알고 있겠지요."

듀크로는 싱글거리며 앉지도 않고 응접실 쪽을 보았다. 메그레는 매우 정다운 태도로 뜰에 나가서 코냑병과 컵을 가지고 왔다.

자작으로 술을 따르면서 메그레는 입을 열었다.

"두 사람의 인물이 있다고 합시다. 한 사람은 이미 한 사람을 죽인 일이 있고, 따라서 자살이라도 하지 않는 한 일평생 감옥살이를 할 위험이 있소. 또 한 사람은 여지껏 누구에게도 나쁜 짓을 하지 않았소. 이 두 사람이 마치 두 마리의 수탉처럼 상대를 노리고 있다면 도대체 어느 쪽이 위험 인물일까요, 어떻게 생각하십니까?"

대답 대신에 선주는 한결 더 괴로운 듯한 미소를 지었을 뿐이다.

"이제 남은 문제는 말입니다, 누가 베베르를 졸라 죽였느냐는 겁니다. 이에 대해서는 어떻게 생각하십니까, 듀크로 씨?"

메그레의 어조는 여전히 친밀한 듯했으나 그의 말 한 구절 한 구절에는 마치 의미가 팽창하는 듯한 긴장감이 느껴졌다.

듀크로는 짧은 다리에 힘이 풀리는지 가슴에 파이프를 댄 채 끝내 의자에 주저앉아 버렸다. 이에 따라 턱은 삼중이 되었고, 반쯤 감은 눈꺼풀은 눈에 뚜껑을 씌운 듯이 보였다.

"이런 생각을 하면 떠오르는 의문은 극히 간단합니다. 요컨대 아리이느의 머리가 모자라는 틈을 타고 아이를 낳게 한 녀석은 누구일까?"

이번에야말로 태연히 있을 수는 없었다. 얼굴을 빨갛게 상기한 채 듀크로는 벌떡 일어섰다.

"그래서?"

"그래서 물론 당신은 아니지요. 갓생도 아니고요. 자기가 아버지라고 생각하고 있었으니까. 아드님 장도 아니에요. 장은 아리이느를 몹시 좋아했고 게다가……."

"게다가……? 뭐요……?"

"비난을 하려는 의도는 전혀 없습니다. 아드님에 대해선 정보가 있어요. 듀크로 씨, 잠깐 여쭈어 보겠는데, 부인과의 사이에서 따님이 태어난 후에 당신은 병이라도 앓았습니까?"

듀크로는 신음소리만 낼 뿐, 메그레에게서 등을 홱 돌려 버렸다.

"그걸로 대충 설명이 됩니다. 아리이느는 옛날부터 머리가 부족했소. 아드님은 자주 앓았고 신경질적이며 히스테리 발작을 일으킬 정도로 민감했소. 친구들의 이야기로는 모든 사람으로부터 웃음거리가 되었고 도저히 제정신의 청년이라고는 말할 수 없었다고 하더군요. 그랬기 때문에 아드님과 아리이느에게는 열렬한 우정이 성립됐던 거요. 그건 지극히 순수한 것이었죠."

"그래서 어쨌다는 거요?"

"그건 이렇소. 요컨대 베베르가 살해된 것은 그자가 아리이느의 연인이었기 때문이오! '황금양모'호는 항상 샤랑통에서 몇 주일간이나 정박해 있었소. 갓생은 술집에서 자주 밤을 샜고요. 수문의 조수는 독신자로 배의 주변을 서성거리고 있었소. 그리고 어느 날 밤 녀석은 아리이느에게 눈독을 들였소."

"그만 집어쳐!"

듀크로는 목덜미를 보랏빛으로 물들이고 파이프를 응접실의 한쪽 구석에 던져 버렸다.

"진상이 이렇게 된 것이 맞습니까?"

"내가 알게 뭐야."

"아마 그자는 폭력을 쓸 필요도 없었소. 여하튼 아리이느로서는 자신이 무엇을 하고 있는지도 몰랐으니까. 뿐만 아니라 누구도 그건 알지 못했소! 아리이느가 분만을 하는 날까지……. 아리이느의 주변에는 세 명의 남자가 있었소……. 듀크로, 갓생이 의심하고 있었던 것은 누구라고 생각합니까?"

"나야!" 하고 듀크로가 소리를 질렀다.

그와 동시에 선주는 섬뜩한 듯 몸을 떨었다. 그는 문 쪽으로 엄숙하게 걸어가더니 그것을 홱 열어 젖혔다. 뒤에는 딸이 서 있었다. 그는 엉겁결에 한쪽 손을 번쩍 올렸다. 딸은 높고 날카로운 비명을 질렀다. 그러나 부친은 때리지 않았다. 문을 쾅 하고 닫았을 뿐이다.

"그래서?"

투기장으로 끌려 나온 맹수와 같은 모습으로 그는 메그레 쪽으로 돌아왔다.

"아리이느는 당신에게 두려움 이상의 감정을 품고 있었소. 갓생도 그것을 느꼈을 거요. 때문에 당신이 아리이느 곁을 서성댈 때마다 ……."

"바로 그렇소, 그래서?"

"어쨌든 당신의 계집질이란 유명하니까요. 또 한 사람 역시 같은 생각을 품었는지도 모르죠."

"흠, 그 녀석은?"

"아드님입니다……."

"그리고?"

2층 방에서 발소리가 들렸다. 베르트가 홀쩍이면서 방금 있었던 일을 일러주고 있었다. 얼마 후에 하녀가 겁을 먹은 표정으로 모습을 드러냈다.

"무슨 용건이냐?"

"부인께서 2층으로 오시라고 합니다."

듀크로는 대답이 막혔다. 누가 뭐라고 해도 지금 꼴은 매우 우스웠다. 그는 대답 대신에 코냑을 술잔에 가득 채우고 단숨에 들이켰다.

"이야기를 어디까지 했던가요?"

"당신은 적어도 세 사람의 인물에게 아주 싫은 남자였소. 아리이느는 당신의 모습을 보면 방으로 들어가 버렸고 당신의 이야기가 나올 때마다 울상을 지었소. 갓생 노인은 당신을 감시하고 증거만 잡으면 복수를 하려고 꾀하고 있소. 아드님 쪽은 신경쇠약자 특유의 방법으로 자기 자신을 괴롭혔소. 수도원에 가겠다고 한 적은 없었습니까?"

"반 년쯤 전에 그렇게 말했소. 누구에게서 그런 걸 들었소?"

"그런 건 아무래도 좋습니다. 어쨌든 당신은 아들을 짓누르고 압박했소. '황금양모'호에서 지낸 3개월 동안이 아드님의 생애에서 가장 즐거운 순간이었을 거요."

"글쎄, 빨랑빨랑 다음 얘길 하시오!"

그는 땀을 닦고 또 술을 따랐다.

"그뿐입니다. 적어도 아드님의 자살에 대해서는 이것으로 설명이 끝났습니다."

"어떻게 해서 자살을 했다는 거요?"

"당신은 밤중에 부상을 당하여 배에서 강물로 떼밀려졌소. 그걸 알았을 때 아드님은 깨달은 거요. 이건 틀림없이 습격을 당했을 때 아리이느가 저항하면서 한 행동이라는 것을……."

"그런데 내겐 왜 말을 안 했지?"

"얘기라니? 당신은 자녀들과 얘기를 나눈 적이 있습니까? 따님은 당신에게 얘기를 합니까? 아드님은 수도원에는 갈 수 없었고, 자신을 인간 쓰레기로 여기는 사람에게 적어도 행동만은 훌륭하게 하고 싶었던 것이죠. 젊은 사람들이 다락방에서 흔히 생각해낼 수 있는 일을 하면서요. 이건 항상 실현되는 일은 아니지만 아드님은 실행해 버린 겁니다. 아리이느를 감싸주기 위해서 말입니다. 범인은 나라고 하면서요! 당신은 이해할 수 없을지 모르지만 젊은 사람이라면 누구든지 이해할 것입니다……."

"그렇다면 당신은? 어떻게 이해했소?"

"나만이 아닙니다. 갓생을 생각해 보았죠. 갓생은 곤드레만드레가 되어 이집 저집 옮겨 다니며 술을 마시면서도 묵묵히 같은 문제에 열중했을 겁니다. 어제는 배에 돌아가지 않고 아리이느를 혼자 있게 했죠. 맞은편에 방을 잡고 말예요."

듀크로가 곧장 커튼을 젖혔다. 그러나 응접실이 밝아서 아무것도 보이지 않았다.

"무슨 소리가 나지 않았소?"

"나지 않았소."

"그래서 앞으로 어떻게 할 작정이오?"

"모르겠는데요." 하고 메그레는 대답했다.

"두 남자가 싸움을 걸면 곁에 있는 사람이 말리려 하죠. 하지만 두 사람이 서로 죽이려고 할 때는 법률이 중재를 하지 않습니다. 법률이 하는 것은 살인자를 체포하는 것이지……."

듀크로가 몸을 내밀었다.

"그리고 체포하는 데에도 증거가 필요합니다!"

"이렇게 있는 데도……?"

"없어요, 아무것도! 그리고 수요일 저녁이 되면 나는 이미 경찰관이 아닐 거요. 앞서도 당신 자신이 그렇게 말씀하지 않았소. 그런데 새 담배는 없습니까?"

메그레는 듀크로가 알려준 대로 도자기 그릇에서 담배를 꺼냈다. 그리고는 파이프에 가득 채우고 자신의 담배쌈지에도 가득 채웠다. 문을 노크하고 드샤름이 답을 기다리지 않은 채 들어왔다.

"실례합니다. 집사람이 저녁식사에 내려오지 못하겠다고 대신 사과를 해달라고 해서요. 기분이 좋지 않아서, 아무튼 그런 상태이니까요⋯⋯."

그는 나가지 않고 어디에 앉을까 하고 망설이다가 코냑 잔을 보고 깜짝 놀랐다.

"아페리티프를 드시지 않습니까?"

놀랍게도 듀크로는 다짜고짜 호통을 치기는커녕 사위가 거기에 있는 것조차 모르는 것 같았다. 양탄자에 떨어진 파이프를 집어들었으나 다행히 망가지지는 않았다. 해포석 부분만 이지러져서 하얗게 반짝였다. 듀크로는 손가락에 침을 묻혀서 그곳을 문질렀다.

"집사람은 위층에 있나?"

"조금 전에 부엌으로 내려가셨습니다."

"잠깐 실례하겠소, 경감님."

듀크로는 경감이 도저히 보내 주지 않을 거라고 여기는 듯했다. 하지만 경감은 아무 말없이 고개를 끄덕이며 승낙했다.

"참으로 별난 인물이군!"

문이 닫히자 메그레는 한숨을 내쉬며 말했다. 그러자 가늘고 긴 몸을 의자에 꺾듯이 앉아있던 드샤름이 가볍게 헛기침을 하며 중얼거렸다.

"이미 알고 계시겠지만 장인 어른은 때때로 이상해집니다. 요컨대 그분 나름대로 상태가 좋을 때와 나쁠 때가 있지요."

메그레는 자기 집에라도 있는 것 같은 태도로 닫혀져 있는 커튼 틈으로 슬쩍슬쩍 뜨락을 내다보았다.

"어지간히 이쪽이 참을성이 있어야만……."

"그 점에서 당신은 매우 훌륭하군요!"

"예를 들면 말입니다. 현재 제 입장은 꽤 미묘합니다. 아시는 바와
같이 저는 장교입니다. 군인이라는 것은 어떤 종류의 사건 사고에도
관련을 맺어서는 안 됩니다. 좋을 게 없지요. 어떤 종류의 비극적 사
건에도……."

"비극적 사건이라고 하면……?"

메그레는 사정없이 되물었다.

"글쎄요, 오히려 이쪽에서 충고를 받고 싶군요. 경감님도 공직에 계
시는 분이시니……. 그런데 그런 분이 여기에 계신다면 소문도 반드
시……."

"소문이라니?"

"모릅니다. 하지만 만약에…… 참 말씀드리기 어려운 일입니다만 단
지 가정하면 말입니다. 공직에 있는 한 사람이 가령 어떤 난처한 입장
에 몰려 있다고 한다면……."

"어떻습니까, 코냑이라도?"

"감사합니다만 술은 안 합니다!"

드샤름은 집요했다. 그는 운에 모든 걸 맡기겠다는 배짱으로 온 모
양인지 얼버무리는 말은 절대로 하지 않았다! 그 하는 말조차도 미리
꼼꼼하게 준비해 온 것 같았다.

"장교가 과실을 범했을 경우, 이건 관습입니다만, 그 동료들은 해야
할 의무를 알려주고 피스톨을 놓고 나가 버립니다. 덕택에 사회의 추
문거리가 되지 않습니다……."

"대관절 누구 이야기를 하고 있는 겁니까?"

"누구의 이야기도 아닙니다. 그러나 저로서는 걱정을 하지 않을 수
가 없습니다. 그러니까 분명히 알아두고 싶은 겁니다. 범인은 이 집안
의 사람입니까? 그 중의 누군가가……."

아니나 다를까 드샤름은 그 이상의 노골적인 말은 하지 않았다. 그는 한시름 놓은 듯이 자리에서 일어서더니 미소를 지으며 대답을 기다리고 있었다.

"장인 어른이 범인이고 내가 그를 체포할 것인지가 궁금하다는 겁니까?"

그때 듀크로가 금방 얼굴을 씻고 온 사람처럼 말끔한 안색으로 돌아왔다. 그는 자신이 잠시 방을 비운 것에 대해 염려하는 눈치는 한순간도 보이지 않았다. 관자놀이 부분의 머리칼이 젖어 있었다.

"이제부터 모두 경감에게 물어 보기로 하지."

코냑 술잔을 손에 든 채 메그레는 뻐끔뻐끔 파이프를 피워댔다. 드샤름의 얼굴이 창백해졌다. 그는 입을 떼지도 못했다.

"듀크로 씨, 사위께서 당신이 범인이 아닌지, 또 당신을 체포할 작정인지를 묻더군요."

그 소리는 2층에도 들렸는지도 모른다. 머리 위의 발소리가 뚝 그쳤다. 듀크로는 애써 냉정한 척했지만 깜짝 놀라서 숨을 삼켰다.

"물었다고? 내가 범인인지 아닌지 하고?"

"아시지 않습니까, 이 분은 장교입니다. 이런 경우의 관습이 어떤 것인지를 상기시켜 주더군요. 장교가 과실을 범했을 경우에는, 참으로 재치있는 말솜씨였습니다만, 친구들이 피스톨을 놓고 나가 버린답니다."

드샤름이 방 한구석으로 달아났다. 듀크로는 집요한 눈초리로 드샤름을 쫓았다.

"흥, 그렇게 말하던가요……."

몇 초 동안 험악스러운 분위기가 흘렀다. 그러나 듀크로의 표정은— 대단한 노력 때문이겠지만, 점차로 부드러워졌다. 그리고 그는 빙그레 웃었다. 미소가 번지고, 웃음소리를 내더니, 끝내는 배를 붙잡고 웃기 시작했다.

"그거 걸작이군!"

그는 눈물이 나올 정도로 웃다가 드디어 고함을 지르기 시작했다.

"이거 참, 드샤름 군, 자네는 귀여운 사내야! 그런데 여러분 식사라도 합시다. 허허, 장교가 말이야……. 과실을 범했을 경우라고? 뭘 지껄이고 자빠졌나, 드샤름, 겁쟁이 녀석 같으니! 한 판 붙어 볼까?"

메그레의 와이셔츠는 땀에 흠뻑 젖어 있었다. 하지만 파이프의 재를 재떨이에 털고 있는 모습에서 그런 기미는 조금도 느껴지지 않았다. 그는 파이프를 케이스에 재빨리 담더니 다시 호주머니 속에 집어넣었다.

10

듀크로는 후유 하고 커다란 한숨을 내쉬고 칼라와 목덜미 사이에 냅킨의 끝자락을 밀어 넣었다. 그와 동시에 하녀가 수프 그릇을 들고 왔다. 실내에 불기가 없었기 때문에 몹시 추위를 타는 듀크로 부인은 그 자리의 흥취를 깰 정도로 두꺼운 검은 털로 만든 숄을 어깨에 걸치고 있었다.

선주의 바로 정면에 있는 베르트의 자리는 여전히 비어 있었다. 듀크로가 하녀에게 지시했다.

"딸에게 내려오라고 전해라."

그는 손수 수프를 덜고 접시 옆에 커다란 빵 덩어리를 놓았다. 듀크로 부인이 코를 훌쩍거리자 그는 두세 번 눈살을 찌푸렸다. 그리고는 더 이상 그는 참을 수 없었는지, "감기라도 들었나?" 하고 물었다.

"그런 것 같아요." 하고 듀크로 부인은 다시금 울음이 나오는 것을 감추려고 얼굴을 돌리며 중얼거렸다.

드샤름은 2층의 소리에 귀를 기울이며 멋진 솜씨로 손가락을 움직이고 있었다.

"뭐라고 하더냐, 메리?"

"베르트 아가씨는 내려오지 않으신다고……."

듀크로는 요란한 소리를 내며 수프를 삼켰다.

"또 한 번 갔다 와, 내 명령이라고. 알아들었어?"

드샤름이 방을 나갔다. 듀크로는 이번에는 누구를 골려 줄까 하고 생각하듯이 좌석을 둘러 보았다.

"메리, 커튼을 걷어라!"

선주는 뜨락 쪽으로 면한 창문을 향해서 앉아 있었다. 이 자리에서는 울타리와 그리고 그 너머의 세느 강을 전망할 수 있었다. 그는 상체를 식탁에 기댄 채 밤의 어둠에 싸여 있는 문 밖을 내다보면서 빵을 먹고 있었다. 2층에서는 부산한 말소리와 소곤거리는 얘기 소리, 흐느껴 우는 울음소리가 들렸다. 드샤름이 다시 나타나 보고했다.

"곧 내려올 겁니다."

이윽고 얼마 뒤 그의 아내가 들어왔다. 그녀는 울어서 새빨개진 눈을 화장으로 감추려고도 하지 않았다.

"메리!" 하고 듀크로는 하녀를 불렀다.

메그레는 다른 사람들은 안중에도 없었다. 그는 홀로 떨어져서 생활하고 있는 사람 같았다. 남의 시선 따위는 신경쓰지 않고 오로지 정해진 순서대로만 행동하는 사람 말이다.

"빨리 다음 것을 가져와."

하녀가 수프 그릇을 들려고 허리를 굽히자 그는 그 엉덩이를 쿡 찔렀다. 샤랑통에 있는 하녀는 젊은 애였으나 이 하녀는 젊지도 않았고 포동포동하지도 않았으며 매력도 없었다.

"그런데, 메리, 언제였지? 마지막으로 우리들이 함께 잔 것은?"

하녀는 펄쩍 뛰었다. 그녀는 웃으려고 했지만 웃음이 나오지 않는 듯했다. 그녀는 주인 쪽을, 그리고 여주인 쪽을 괴로운 듯이 쳐다보았다. 듀크로는 어깨를 으쓱대며 불쌍히 여기는 듯이 싱글거렸다.

"아니, 왜 그러지? 그까짓 일을 가지고 아주 대단한 일처럼 생각하고 말이야! 아아, 저쪽으로 가도 좋아. 그건 오늘 아침 일이야. 지하실에서 포도주를 고르고 있을 때였지."

그러고서 듀크로는 그의 말이 어떤 효과를 미치고 있는지를 알아내려고 메그레 쪽을 힐끗 쳐다봤다. 그러나 경감은 그런 이야기에는 전혀 관심이 없는 것 같았다. 듀크로 부인은 아무런 반응도 나타내지 않고서 예의 털실 숄을 걸친 채로 아래를 내려보고는 테이블 보자기의 위치를 열심히 고치고 있다. 한편 딸은 빨개진 코를 손수건으로 두들기고 있다.

"보셨습니까?" 하고 선주는 뜨락과 울타리 쪽을 턱으로 가리키면서 메그레에게 물었다. 오직 한 개의 가스등만이 입구 바로 아래 부근을 조그마한 수레바퀴처럼 비추고 있었다. 그런데 그 수레바퀴 속에 꼼짝하지 않고 서 있는 사람의 그림자가 있었다. 10m가량의 거리였다. 그 인물은 울타리에 기대고 있었으므로 환하게 전등불을 켠 식당의 광경은 하나도 놓치지 않고 볼 수 있었을 것이다.

"그 자야!" 하고 듀크로는 딱 잘라 말했다. 메그레는 가스등 조금 뒤에 해당되는 세느 강의 제방 위에서 제2의 그림자를 발견했다. 겁에 질린 하녀는 단단히 굳은 자세로 고기와 감자국을 날랐다. 그 사이에 경감은 호주머니에서 수첩을 꺼내더니 종이를 한 장 뜯어 두세 마디 적었다.

"메리 양에게 심부름을 시켜도 괜찮습니까? 고맙소. 메리, 한 가지 심부름을 해주게. 뜨락을 가로질러 대문을 나가면 맨 먼저 노인이 있을 거요. 그러나 그쪽은 상관하지 말아요. 그보다도 몇 m쯤 뒤에 또 한 사람이 있을 거요. 서른 살쯤 된 남잔데, 그 사람에게 이 편지를 건네주고 답장을 받아 와요."

그녀는 간신히 몸을 움직이고 있었다. 듀크로는 양고기의 넓적다리를 잘라서 나누고 있었다. 듀크로 부인은 문 밖이 내다보이지 않은 자리에 앉았기 때문에 밖을 보는 데 몹시 힘이 들어했다.

"설익은 것이 좋습니까, 경감님?"

듀크로는 손을 놀리는 것도 정확했고 눈에는 걱정하는 빛도 없었다. 그래도 그의 태도에는 식탁에 앉아 있는 사람들과 그리고 이 식사 자체와는 어울리지 않는 비장한 기운이 감돌고 있었다.

"자네에겐 저축해 놓은 게 좀 있나?" 하고 별안간 선주는 드샤름에게 물었다.

"제게 말입니까?"

질문을 받은 쪽은 어안이벙벙해서 대답도 채 못 했다.

"잠깐만요……." 하고 벌컥 화를 낸 딸이 몸을 부들부들 떨면서 참견했다.

"너는 가만히 있거라. 얌전하게 앉아 있어. 저금이 있는지 어떤지는 네 남편에게 묻고 있는 거야. 그리고 묻는 데는 엄연히 이유가 있다. 빨리 대답하게. 저축해 놓은 게 있는가?"

"물론 없습니다."

"그것 안됐군! 허허, 어째서 이렇게 맛이 없나, 이 고기는. 잔느, 넌가, 이걸 구운 건?"

"메리가 구웠어요."

듀크로의 시선은 다시 창문 쪽으로 돌아갔지만 어두워서 잘 보이지 않았다. 하녀의 하얀 앞치마가 간신히 보였을 뿐이었다. 메리는 이윽고 돌아와서 메그레에게 종이쪽지를 건넸다. 하녀의 머리카락 언저리에 물방울이 묻어 있었다.

"비가 오나?"

"네, 약간요. 막 내리기 시작했어요."

경감이 보낸 종이에 루카가 대답을 써 보냈다. 거기에는 경감의 필적으로 정확하게 다음과 같이 쓰여 있었다. '노인은 무기를 가지고 있는가?' 그 옆에는 단 한 마디 '아니오'라고 쓰여져 있었다.

종이에 적힌 내용이 전등에 비친 것 같았다. 왜냐하면 듀크로가 이렇게 물었으니까.

"무기를 가지고 있다고?"

메그레는 망설이다가 그렇다고 대답했다. 자리에 있었던 사람들이 모두 들었다. 듀크로 부인은 고기 한 점을 씹지도 않은 채 꿀걱 삼켰다. 듀크로 자신은 허세를 부리며 가슴을 폈고, 있지도 않은 식욕을 내며 음식을 먹었다. 이윽고 그가 갑작스레 말했다.

"아참, 저금 이야기를 하고 있었지……."

메그레는 막다른 골목에 다다른 선주가 드디어 자기 운를 걸고 한 판 승부를 시작했다는 것을 깨달았다. 때는 안성맞춤이었다. 이렇게 되면 누구도 그를 막을 수가 없었다. 선주는 먼저 접시를 밀어내고 몸을 앞으로 쑥 내밀며 팔꿈치를 괴었다.

"참으로 안됐군! 글쎄 좀 생각해 보게. 지금 당장일지 또는 내일이 될지 그건 모르지만 아무튼 내가 뻗을지도 몰라. 그럼 자네는 자신이 부자라고 생각할 테지. 설사 내 주치의라고 하더라도 아내나 딸의 상속권을 박탈할 수는 없으리라고 얕보면서 말이야."

그의 의자는 만찬이 끝날 무렵에 이야기를 꺼내는 주인의 의자처럼 끌어당겨져 있었다.

"그런데 말이야, 분명히 말해 두지만 나는 너희들에게 한 푼도 남겨 주지 않을 거야!"

무슨 이야기인지 도무지 알 수 없다는 듯이 딸이 부친 쪽을 냉정하게 바라보았다. 사위는 먹는 일에 열중하는 척했다. 메그레는 창문으로 등을 돌렸다. 이슬비에 젖고 있는 갓생에게는 훤하게 밝은 식당이 가정적인 안식처럼 보일 거라는 생각이 들었다.

그동안에 듀크로는 사람들의 얼굴을 차례차례 둘러보면서 계속 말을 이었다.

"어떻든 계약을 맺었기 때문에 너희들의 수중에는 동전 한푼도 들어가지 못한다. 이건 내가 죽지 않으면 발효되지 않겠지만 나는 사업을 몽땅 합동수송에 이양하기로 했다. 에누리 없이 4천만 프랑이지! 그런데 말이야, 이 4천만 프랑은 20년이 경과되지 않으면 지불되지 않게끔 되어 있어."

선주는 웃긴 했지만 웃고 싶은 마음은 조금도 없었을 것이다. 잠시 후, 그는 마누라 쪽을 돌아보았다.

"그 무렵엔 당신도 죽을 게 아닌가, 할멈!"

"그만두세요, 부탁이에요, 에밀."

자세를 흩뜨리지 않았기 때문에 보기 흉하지는 않았으나 듀크로 부인은 정력과 끈기를 온통 써버린 듯한 인상을 풍겼다. 그녀는 당장이라도 비틀거려 의자에서 쓰러질 것만 같았다.

그 순간에 듀크로의 표정에 부드러운 망설임이 떠올랐다. 그렇지만 선주는 거꾸로 위협하듯이 허세를 부렸다. 동정심을 갖지 않으려고 결심했기 때문이다.

"어떤가, 이래도 아직 밤중에 몰래 도망치라고 말할 셈인가?"

화살의 방향이 바뀌었으므로 사위의 턱이 꿈틀 하고 떨렸다.

"제가, 설마……."

"그만두게, 시치미를 떼는 것은 그만둬! 자네가 보잘것없는 악당이라는 것쯤은 잘 알고 있을 거야. 추잡한 악당인 주제에 정직한 척하고 있지! 그런 게 가장 질이 나쁜 거야. 도대체 딸과 자네 둘 중 어느 쪽이 더 닳아빠진 악당일까? 내기를 할까? 몇 주일 전부터 너희들은 아기가 태어난다는 둥 엉터리 수작을 꾸몄어. 그런데 말이야, 재미있는 놀이삼아 의사를 불러볼까? 베르트의 임신이 진짜라면 나는 1천 프랑을 내도 좋아!"

듀크로 부인은 눈을 크게 떴다. 그녀는 문득 깨달은 모양이다. 그러나 딸은 태연했다. 그녀는 가증스럽다는 눈초리로 듀크로를 뚫어지게 쳐다보고 있었다.

"그렇단 말이다!" 하고 파이프를 물고 일어서면서 듀크로는 딱 잘라 말했다.

"한 사람, 두 사람, 세 사람이야. 호인은 할멈과 딸과 그리고 사위야! 고작 이 정도의 식탁 친구들이지만 이것들이 나의 살붙이지. 내가 끌고 가지 않으면 안 되는 거야, 이 내가……."

메그레는 상관없다는 듯 의자를 약간 움직이고 파이프 담배를 피웠다.

"이제부터 경감이 있는 앞에서 너희들에게 해둘 말이 있어. 내가 알게 뭐야, 경감은 단 한 사람이고 가족은 증인으로서는 쓸모가 없으니까 말이야. 언제나 그렇지……! 이보게, 나는 살인자야! 나는 이 양손으로 사람을 죽였단 말이야……."

딸이 펄쩍 뛰었다. 사위는 일어서서 입 속으로 우물거렸다.

"제발 부탁이에요……."

마누라는 가만히 앉아서 움직이지 않았다. 어쩌면 들리지 않았을까? 그녀는 울지도 않은 채 양손을 깍지 껴서 이마에 얹었다.

듀크로는 무거운 걸음걸이로 걷고 있었다. 커다란 파이프를 피우며 벽 사이를 왔다갔다했다.

"내가 어째서 그 녀석의 목을 조여 죽였는지, 어떤 솜씨로 해치웠는지 가르쳐 줄까?"

정면으로 마주보고 듣는 사람은 하나도 없었다. 위협적인 태도를 방해할 생각도 없거니와 선주야말로 무슨 일이 있어도 말하지 않고는 배겨날 수 없을 터였으니 말이다. 듀크로는 불쑥 메그레의 바로 정면에서 테이블 너머로 손을 뻗쳤다.

"내 손이 더 완강하겠지요? 비교해 보면 누구든지 그렇게 말할 테지요. 20년간 이 손목을 비튼 사람은 한 번도 본 적이 없소. 시험삼아 손을 내보시지요!"

맹렬한 기세로 손을 잡힌 메그레는 상대방의 찌르는 듯한 뜨거운 열기가 온몸으로 스며드는 것을 느꼈다. 이 접촉이 결과적으로 듀크로의 흥분을 폭발시킨 게 아닐까? 그 목소리가 훨씬 열띠게 된 것도 그 때문이 아닐까?

"요령은 알고 계시지요? 상대의 주먹을 먼저 테이블에서 끌어내리는 사람이 이기는 거요. 팔꿈치를 움직이면 안 돼요."

이마의 혈관이 부풀어올랐고 볼은 보랏빛이 되었다. 듀크로 부인은 남편을 가만히 보고만 있었다. 그녀는 남편이 뇌출혈을 일으키지 않을까 하고 한결같이 걱정하고 있는 것 같았다.

"힘을 내지 않는군!"

바로 그대로였다. 메그레는 손을 내밀었을 때 듀크로의 저항이 약해지는 것을 느끼고 깜짝 놀랐다. 아주 조금만 밀기만 해도 근육에서 힘이 빠져 녹초가 돼 버릴 것만 같았다. 한쪽 손을 테이블에 대고 한쪽 팔을 축 늘어뜨린 채 듀크로는 잠시 꼼짝달싹하지 않았다.

"애당초 그 때문이야, 사건이 발생하게 된 건……."

그는 창문 쪽으로 걸어가서 활짝 열었다. 순간 강물의 습기가 방 안으로 흘러왔다.

"갓생! 여어, 갓생……!"

가스등 옆에서 무언가 움직였다. 그러나 뜨락의 계단에는 발소리 하나 들리지 않았다.

"저 사람 뭘 꾸물대고 있는 거야. 하지만 뭐, 괜찮아. 나를 좋아한 건 저 녀석뿐이야!"

그렇게 말하면서 그는 메그레 쪽을 뚫어지게 바라보았는데 그건 이렇게 말하고 있는 것 같았다.

'당신은 나를 좋아할 생각이 없으니까 말이오!'

테이블에는 빨강 포도주밖에는 없었으나 그는 잔 두 개에 차례차례로 가득 채웠다.

"그럼, 지금 잘 듣게나. 자세하게 말해도 상관이 없겠지. 내일은 그럴 생각만 있다면 모든 걸 부정하면 될 테니까. 어느 날 밤 내가 갓생의 배에 가니까……."

"첩을 만나러 가셨군요." 하고 딸이 방해를 놓았다.

부친은 딸 멋대로 지껄이라는 듯이 어깨를 움츠리더니 뭐라고 설명할 수 없는 기이한 어조로 계속했다.

"정말로 멍청한 녀석이야……! 메그레 씨, 그 날 밤 나는 기분이 나빠서 배가 있는 곳으로 갔소. 어쨌든 여기에 있는 이 두 병신들이 또 내게 돈을 달라고 졸랐기 때문이오. 그런데 거기 가서는 매우 놀랐소. 배의 창문에 불빛이 전혀 보이지 않았으니까. 가까이 가서 보니, 도대체 무얼 보았다고 생각하오? 누군지 말하기조차 싫은 놈이 갑판에 엎드려 옷을 갈아입는 내 딸을……."

내 딸이라는 대목에서 그는 도전을 하듯 가족들을 둘러보았으나 아무도 반응을 보이지 않았다.

"나는 가만히 웅크리고 앉았소. 그 녀석의 손목을 붙잡고 꽉 조여서는 비틀어 올렸소. 그 녀석은 뱀장어처럼 팔딱거리더니 순식간에 배의 반대쪽까지 가서 반쯤 뻗었소……."

뒤크로는 또다시 창문 앞에 우뚝 서 있었다. 그가 촉촉한 밤을 향해서 이야기했기 때문에 알아듣기가 힘들었다.

"그때까지 내 손은 누구보다도 강했소. 그런데 말이오, 이번만은 실패했소! 내 완력도 드디어 쇠약해졌단 말이오! 개 같은 놈, 그 녀석은 몸부림을 치다가 그만두고 호주머니에서 뭔가 꺼냈소. 그 찰나에 나는 등을 푹 찔렸소. 그 녀석이 몸을 바로 세우고 '쾅' 하고 어깨로 나를 밀어 부치는 바람에 나는 강 속으로 굴러 떨어졌소……."

무엇보다도 인상적이었던 것은 선주의 아내가 몸을 한 번도 움직이지 않았다는 것이다. 점점 추워졌다. 열어 젖힌 창문을 통해 싸늘한 공기뿐만 아니라 밤의 어둠, 전율, 열기, 위협 같은 것이 저절로 스며 들어 왔다.

"갓생! 여보게!"

메그레가 돌아다보니 자물쇠를 채우지 않은 울타리에 노인이 기대어 있는 모습이 보였다.

"이상한 녀석이군!" 하고 뒤크로는 테이블 쪽으로 돌아와 포도주를 따르며 중얼거렸다.

"한 방 쏠 기회는 얼마든지 있는데. 얼마든지 가까이 올 수 있단 말이야……."

땀이 솟아 나왔다. 아까부터 말하고 있는 동안 내내 그는 끊임없이 겁을 내고 있었던 것이 틀림없었다. 어쩌면 창문을 열거나 일부러 그 앞에 서 있었던 것도 공포심에서 비롯된 것이 아닐까?

"메리……! 메리! 우라질, 뭘 꾸물거리고 있나……!"

겨우 하녀가 나타났다. 그녀는 앞치마를 벗고 머리엔 모자를 쓰고 있었다.

"뭐야, 그런 꼴로?"

"그만두겠습니다."

"그만두는 것도 좋지만 그 전에 문 옆에 서 있는 할아범을 불러와. 알았나? 어쨌든 난 할 얘기가 있다."

하녀는 움직이지 않았다.

"갔다 와!"

"싫습니다."

"명령을 듣지 않겠나?"

"네."

하녀의 얼굴은 창백했다. 말라빠지고 납작한 가슴에, 애교도 없고 매력도 없는 이 아가씨가 드디어 듀크로에게 반항한 것이다.

"가지 않겠다고?"

그는 손을 치켜들고 성큼성큼 하녀에게로 걸어갔다.

"가지 않겠다고?"

"네……! 네……! 네……!"

그는 때리지는 않았다. 그는 맥이 풀려 이젠 하녀 같은 것에는 관심이 없다는 듯이 앞장서서 문을 열었다. 그가 뜰을 가로지르는 소리가 났다. 딸은 움직이지 않았지만 사위가 내다보려고 몸을 굽혔다. 그러나 그의 아내가 먼저 일어서서 소리도 없이 창가로 걸어갔다. 메그레는 모든 사람들이 보지 않는 것을 다행으로 생각하다가 자작으로 술을 따라 마셨다. 그러다가 문이 삐걱거리는 소리가 들린 후에야 비로소 창문 쪽으로 다가섰다.

창 밖에서는 두 남자가 맞붙을 정도로 바짝 붙어 서 있었다. 두 사람의 몸집은 참으로 대조적이었다. 뭔가 얘기를 하고 있었는데 그 말소리는 들리지 않았다. 문득 어린아이의 소리같이 가냘프고 호소하는 듯한 소리가 메그레의 아주 가까운 곳에서 들렸다.

"부탁이에요!"

듀크로 부인의 목소리였다. 그녀는 문 쪽을 바라본 채 숨을 헐떡이면서 메그레에게 호소하고 있었다. 두 사나이는 치고 받고 싸우고 있는 것이 아니었다. 이야기를 하고 있었다. 이윽고 그들은 뜰에 들어왔다. 듀크로는 상대방의 어깨에 손을 올리고 앞으로 밀 듯이 하고 있었다. 집 안에 들어오려는 틈을 타 드샤름이 메그레에게 물었다.

"어떻게 결정하셨습니까?"

하마터면 경감도 듀크로의 입버릇을 본떠서 "제기랄!" 하고 대답할 뻔했다.

실내가 밝았기 때문에 노인은 눈을 깜빡였다. 비에 젖은 어깨가 번쩍였고 손에는 모자가 들려 있었다. 아마 식당에 들어왔기 때문에 무의식중에 그렇게 했으리라.

"어쨌든 앉게나!"

의자 끝에 걸터앉은 노인은 모자를 무릎 위에 올려놓고 주위를 애써 보지 않으려 했다.

"함께 붉은 포도주라도 들지 않겠나? 뭐라고 말 좀 해보게나! 아까도 말하지 않았나, 나중에 자네 좋을 대로 해주겠다고. 그렇지 않소, 경감님? 나는 절대로 약속을 어기지 않을 거야!"

그는 자기의 컵을 갓생의 컵에 댄 뒤에 얼굴을 찌푸리며 단숨에 들이켰다.

"유감스럽군, 처음부터 나와 함께 마셨더라면 좋았을 텐데."

듀크로는 곁눈질로 메그레를 엿보면서 노선장에게만 말을 건넸다.

"여보게, 사실 그렇지 않나? 옛날 같았으면 상대방이 누가 됐든 주먹 한 방으로 때려 눕혔을 텐데 말이야. 여보게, 그렇지?"

"그랬네."

노인의 목소리는 거짓말같이 부드러웠고 깜짝 놀랄 정도로 유순했다.

"샤롬에서 벨기에 녀석들을 상대로 때리고 싸웠던 일을 기억하고 있나? 전번엔 그 녀석에게 방심하고 있다가 비수에 찔렸지. 자넨 이 이야기는 모를 테지만……. 그건 뭐 아무래도 좋아. 내가 자네의 배에 가보니까 그 우라질 녀석이 엎드려서 창문 너머로 그 애가 옷을 갈아 입는 것을 엿보고 있지 않겠나……."

듀크로가 이 이야기를 다시 한 번 문제 삼고 싶었던 것은 그 일로 울화통이 다시 끓어올랐기 때문이었다.

"이걸로 이해해주겠나?"

그러자 갓생은 훨씬 전부터 알고 있었다는 듯이 어깨를 움츠렸다.

"글쎄, 들어보게. 기다리게, 기다려. 먼저 한 잔 하세. 경감님도 한 잔 더. 그 외의 사람들은 어찌 되어도 상관없어……."

듀크로 부인은 선 채로 커튼 뒤에 반쯤 숨어서 벽에 찰싹 붙어 있 었다. 드샤름은 난로에 팔꿈치를 기대고 있었고, 그의 아내만이 테이 블에 남아 있었다. 바깥에 누군가가 집 안을 왔다갔다하는 소리가 났 다. 듀크로가 초조하여 문을 열어 보니 복도에서 하녀가 짐을 꾸리고 있었다.

"시끄럽다! 가고 싶으면 가 버려라! 가든지 고꾸라지든지 멋대로 해! 하지만 부탁이니 조용히 좀 해!"

"잠깐 주인님께……."

"주인님이고 뭐고 알 게 뭐야. 돈이 필요해? 옛다, 가져라, 얼마 있 는지 모른다. 잘 가! 전차에나 치어 죽어라……."

그러면서도 듀크로는 연신 싱글벙글거렸다. 그는 기분이 상쾌해진 것 같았다. 그는 하녀가 트렁크를 문에 부딪치면서 밖으로 나가는 것 을 지켜보다가 직접 문을 발로 차서 닫고서는 빗장을 걸고 친구가 있 는 곳으로 돌아왔다. 그동안 갓생은 꼼짝달싹하지 않고 앉아 있었다.

"이것으로 또 한 사람이 나갔군! 그런데 이야기는 어디까지 했지? 그렇군, 그 애의 일이었지. 자네도 그 자리에 있었다면 나와 똑같은 짓을 했겠지?"

노인의 눈에서 눈물이 핑 돌았다. 파이프의 불이 꺼져 있었다. 메그레는 곰곰이 그의 모습을 바라보고 있었지만 동시에 이렇게도 생각했다.

'1분이나 2분 이내에 찾아내지 않으면 틀림없이 무서운 일이 생길 것이다. 그 모든 책임은 내게 있다!'

여하간 외부로 드러나는 모든 게 다 가짜인 것이다. 반드시 이면이 있을 것이다. 그 밑바닥에 다른 것이, 다른 비극이 있을 것이다. 한 사람은 지껄이기 위해서만 지껄였고, 또 한 사람은 제대로 듣고 있지도 않았다. 메그레가 감시하고 있는 것은 또 한 사람 쪽이었으나 그 시선에는 사람을 놀라게 하는 것조차도 없었다.

이제 와서 갓생이 아무 행동도 하지 않다니, 그런 일이 있을 수 있을까? 뿐만 아니라 취해 있지도 않다니! 듀크로는 노인을 지나칠 정도로 잘 알고 있었다. 그렇기 때문에 그는 긴장으로 흠뻑 땀에 젖었다.

"그것만이라면 그 녀석의 목까지 조르지는 않았을 거야. 그러나 자식놈 사건도 있고……. 요컨대 자식놈은 그 녀석이 원인을 제공해 죽은 거야, 그리고……."

그는 베르트의 앞에 우뚝 섰다.

"어째서 나를 그런 눈으로 보는 거냐? 예의 재산분배 건이 아직도 마음에 걸리나? 흥, 주지 않겠다. 갓생, 알고 있나? 나는 이 패거리들을 놀리고 있는 중일세. 내가 죽어도 한푼도 남겨 주지 않겠다고 하면서 말이지!"

느닷없이 메그레가 천천히 걷기 시작했다. 뚜렷한 목적도 없이 그는 온 방 안을 여기저기 뚜벅뚜벅 걸었다.

"그건 자네에게 하고 싶은 말이 있기 때문이야. 자네의 마누라나 내 마누라, 그런 것은 문제가 안 되지. 문제는 예를 들면 옛날 우리들 두 사람이……."

갓생은 왼손에 컵을 들고 있었다. 그러나 오른손은 윗도리의 호주머니에서 떠나지 않았다. 무기를 가지고 있지 않은 것은 틀림없었다. 루카는 실수를 할 사람이 아니었다.

노인 곁에 2m쯤 떨어져서 듀크로 부인이, 그리고 반대쪽에는 베르트가 있었다.

메그레는 노선장의 뒤에서 움직이지 않았다. 그것을 알아차린 듀크로가 갑자기 이야기를 멈추었다. 그 다음에 일어난 일은 너무나도 빨랐기 때문에 누구도 상황 판단을 할 여유조차 없었다. 경감은 앞으로 몸을 굽혀서 억센 양쪽 팔로 갓생 노인의 팔을 조였다. 격투는 짧았다. 빈약한 노인이 몸부림을 쳤으나 소용이 없었다! 베르트가 공포의 소리를 내지르고 사위는 두 발짝쯤 앞으로 내딛었다. 메그레는 상대의 호주머니를 뒤져 뭔가를 꺼냈다.

그것으로 끝이 났다! 갓생은 자유롭게 움직일 수 있게 되어 '하아 하아' 하고 숨을 헐떡였다. 듀크로는 메그레의 손에서 무엇이 나오는지 보려고 기다리고 있었는 데 식은땀이 흥건히 스며 나온 경감은 잠시 동안 움직이지 않고 마음을 가라앉히고 있었다.

"이젠 위험한 일은 없습니다." 하고 경감은 겨우 입을 열었다.

그는 갓생 뒤에 있었기 때문에 노인에게는 보이지 않았다. 듀크로가 가까이 오자 메그레는 오른손을 약간 펴 보였다. 거기에는 채석장에서 사용하는 것과 똑같은 다이너마이트가 쥐어져 있었다.

동시에 경감은 말했다.

"이야기를 계속해도 좋습니다……!"

거기서 듀크로는 양쪽 손을 조끼의 단추에 올리고 억세기는 하나쉰 목소리로 말했다.

"결국 말이야, 여어, 갓생!"

듀크로의 미소는 시끄러운 웃음소리가 되었다. 그는 앉아 있지 않고서는 못 배긴 듯 털썩 주저앉았다.

'턱도 없다……!'

듀크로와 같은 남자가 이런 식으로 일을 끝내고 발에 힘을 빼버린

다는 것은 참으로 턱도 없는 소리일지도 모른다. 그러나 솔직하게 말해 메그레도 드샤름의 곁에 있는 난로에 팔꿈치를 기대고는 불쾌한 현기증이 사라지기를 기다리고 있었다.

11

열어 젖힌 창문 건너편에 쫙쫙 비가 오는 소리가 들렸다. 흡사 채소밭에 물을 뿌릴 때와 같았다. 바람이 불 때마다 비에 젖은 부식토의 코를 찌를 듯한 냄새가 식당으로 스며들어왔다. 가령 먼 곳에서 보면 식당의 광경은 틀에 끼워 놓은 거장의 명화처럼 멋져 보일 것이다. 그러나 훤하게 전등이 비치는 좌석에 앉은 사람들의 얼어붙은 표정은 어이없이 느껴질 것이다.

듀크로가 '후유' 하고 한숨을 쉬면서 일어섰다.

"그런데 여러분!"

그것에는 아무런 의미가 없었으나 이미 긴장이 풀린 증거였다. 듀크로가 움직이자 그 좌석의 침울한 분위기는 깨졌다. 깜짝 놀란 표정으로 주변을 둘러보았는데 그건 무엇인가 별다른 일이 발견되지나 않을까 하고 기대하는 듯한 표정이었다.

그러나 별다른 일은 아무것도 없었다. 저마다 자신의 위치에서 꼼짝하지 않고 무뚝뚝한 표정을 짓고 있었다. 문까지 걸어가는 듀크로의 발소리가 시끄럽게 메아리 칠 정도였다.

"우라질, 메리년은 나가 버렸군……." 하며 듀크로는 중얼거렸다.

그리고 그는 마누라 쪽을 돌아보며 말했다.

"잔느, 임자가 커피를 끓여야겠소."

듀크로 부인이 나갔다. 부엌은 아주 가까이 있는 모양이었다. 커피를 가는 소리가 거의 동시에 들려 왔으니까 말이다. 그러자 베르트도 도와주기 위해 자리에서 일어섰다.

"그런데……!" 하고 듀크로는 되풀이했다. 이번에는 특별히 메그레에게 말할 모양이었다.

죽 둘러보는 시선에는 다음과 같은 의미를 포함하고 있었다. 요컨대 '비극으로 끝났다. 우리들은 가족으로 되돌아갔다.'라고.

커피를 가는 소리, 컵과 접시가 부딪치는 소리…….

뒤크로는 바야흐로 녹초가 되어 멍하니 슬픈 듯했다. 뭘 해야 할지 모르겠다는 듯이 메그레는 난로 위에 얹어 둔 다이너마이트를 손에 들고는 마크를 보고 나서 갓생을 뒤돌아봤다.

"회사에서 쓰고 있는 거군, 아닌가? 반투 유리 채석장 것인 듯한데?"

노인은 몸짓으로 그렇다고 대답했다. 뒤크로는 다이너마이트를 보고 문득 꿈을 꾸는 듯한 표정을 지으며 설명했다.

"언제나 배에 두고 있는 겁니다. 안 그런가? 물고기가 있을 만한 장소가 보이면 곧잘 폭발시키곤 했었지!"

그는 다이너마이트를 제자리에 갖다 놓았다. 그는 앉고 싶지도 그렇다고 서 있고 싶지도 않았다. 어쩌면 말을 하고 싶었는지도 모르나 뚜렷하게 무슨 말을 해야 할지 몰랐다.

"이해하겠나, 갓생?"

간신히 숨을 내쉬면서 그는 노선장에게서 1m쯤 떨어진 채 우뚝 섰다.

노인은 생기 없는 가느다란 눈으로 꼼짝하지 않고 뒤크로를 보았다.

"어째서 몰라줄까, 그런 건 아무래도 좋은데. 이 작자들을 보게!"

그렇게 말하고는 검은 개미처럼 부지런히 커피를 따르는 아내와 딸을 가리켰다. 문이 활짝 열려 있어서 가스 난로에서 '슈우슈우' 하는 소리가 들렸다. 이 집은 호화롭다고 할 수 있을 정도로 넓었으나 가족들의 서먹한 관계로 인해 훨씬 좁다는 느낌이 들었다.

"언제나 이런 상황이라고! 예전부터 나는 이 작자들을 완력으로 억지로 끌고 왔어. 그리고 기분전환을 위해 사무실에 나가서 멍청한 녀석들에게 화풀이를 했지! 그리고…… 고맙다, 설탕은 필요치 않다."

매정한 말투가 아닌 다정한 말투로 딸에게 얘기를 한 건 이번이 처음이었다. 그래서 딸은 깜짝 놀라 부친을 바라보았다. 양쪽 눈은 부어 있고 볼은 얼룩져 있었다.

"어쩌면 네 얼굴은 그렇게 예쁘냐! 여보게 갓생, 여자란 것은 때때로 이런 것이라네, 정말로! 글쎄 좀 진정하게나. 모두 한 식구가 아닌가. 나는 자네가 정말로 좋고 이번에야말로……."

아마 무의식 중으로 그랬겠지만 듀크로 부인은 뜨개질 감을 손에 들고 한구석에 자리를 잡았다. 그리고는 길다란 뜨개질 바늘을 움직였다. 드샤름은 스푼으로 커피 잔을 휘젓고 있었다.

"내가 무엇 때문에 제일 괴로워했는지 아나? 그건 자네의 마누라와 동침한 일일세! 그 당시에는 정말 어이없는 일이었지. 어째서 그런 짓을 했는지 나 자신조차 모른다네. 차츰 그러다 보니 난 자네를 예전처럼 대할 수 없었네. 우리집 창문에서는 자네의 배가 보였고, 자네나 마누라나 갓난애의 모습이 보였으니……. 저, 솔직한 말로 자네의 마누라 역시 자기가 누구의 것인지 모르고 있었던 게 아닐까. 어쩌면 내 것이었는지 모르고 자네의 것인지도 모르는……."

베르트가 깊은 한숨을 내쉬었기 때문에 그는 사나운 눈초리로 그쪽을 쳐다보았다. 딸이 알 바가 아니다! 이 사나이는 딸이나 마누라 따위는 걱정한 일조차 없었으니까!

"이해해 주겠나? 응, 그렇다면 뭐라고 한마디만 해주게."

그는 갓생의 주변을 서성였지만 그 얼굴을 쳐다 볼만한 용기가 없었으므로, 말을 도중에 끊었다.

"결국 오히려 행복한 쪽은 자네가 아니었을까?"

밤이 깊어서 추워졌는데 유독 선주만 더워했다.

"다이너마이트를 돌려줄까? 나야 그걸로 날아가도 상관없어. 그러나 누군가가 그 애의 곁에 있어 줘야지……."

그리고서 그는 드샤름을 향해 시선을 집중했다.

그는 담배를 피우고 있었다. 듀크로가 경멸로 가득 찬 눈초리로 쏘아보자 드샤름은 힘없이 고개를 떨궜다.

"자네는 이 얘기가 재미있는가?"

드샤름은 말문이 막혔다.

"여기에 있게. 자네 같은 건 그 커피 주전자나 다름없으니까. 있어도 방해가 되지 않아. 요컨대 악당도 될 수 없는 인물이야."

듀크로는 등을 붙들고 있었는데 드디어 그것을 노인의 바로 앞에 갖다 놓고 앉으면서 갓생의 무릎에 손을 올렸다.

"어떤가? 두 사람이 닮았다고 생각하지 않나? 경감님, 말해 주시오. 베베르 때문에 내가 얼마나 감옥에 있어야 하는지를 말이오."

그 말투는 저녁식사를 끝낸 집안식구끼리 머지 않아 다가올 휴가를 화제로 삼고 있는 듯한 말투였다. 뜨개질 바늘이 '타각타각' 하고 율동적인 소리를 냈다.

"글쎄요, 2년쯤 뒤에 석방되겠지요. 어쩌면 배심원이 집행유예를 선고할지도 모르고요."

"그런 건 필요 없습니다. 나는 피곤하오. 2년쯤 조용히 있는 것도 좋겠지. 그리고 그 다음에는……."

듀크로 부인이 고개를 들었다. 그러나 남편의 얼굴을 쳐다볼 정도는 아니었다.

"그 다음에는 말이야, 갓생, 나는 작은 배를 타겠네, 가장 작은 '독수리 제1호'와 같은 것을……."

그리고 별안간 가슴이 타는 듯한 소리를 냈다.

"여보게 부탁이네, 뭐라고 한마디만 해주게! 아직도 이해해줄 수 없나, 다른 것은 아무래도 상관없어!"

"뭐라고 하면 되나!"

노인도 어찌할 바를 모르는 듯했다. 그는 어이가 없어 입을 딱 벌리고만 있었다. 사건을 오래 끄는 것처럼 사람을 난처하게 만드는 일은 없었다. 노인은 갑자기 또 겁을 내기 시작했고 마치 비참한 손님처럼 꼼짝도 않고 앉아 있을 뿐이었다.

듀크로가 그 어깨를 마구 흔들어댔다.

"이봐, 나도 아직은 막일 정도는 할 수 있어! 내일 자네는 '황금양모'호로 출발하게. 그러면 어느 날, 느닷없이 어떤 예인선에서 자네 이름이 큰 소리로 불려질 걸세. 그건 선원복을 입은 바로 나란 말이야! 세상 사람들은 이해도 못 하고 내가 사업에 실패했을 거라고 떠들어대겠지. 그건 아니야. 솔직히 말하자면 식구들을 이끌고 다니는 것이 이제는 피곤하다네……."

어쩔 수 없었는지, 듀크로는 메그레 쪽을 얼핏 봤다.

"글쎄 경감님, 부정을 하려면 아직은 할 수 있소. 아무리 당신인들 증거는 잡을 길이 없을 테니까. 그것이 내가 노리는 점이었소. 이렇게 보여도 머리 회전은 빠르니까요! 부상을 당하고 집으로 실려 와보니 경찰이 서성거리고 있었소. 에라, 이것을 멋지게 이용해서 어디 한 번 모든 사람들을 정신 못 차리게 해보겠다고 결심했죠."

그는 엉겁결에 딸과 사위 쪽을 잠깐 돌아다봤다.

"어쨌든 좋은 기회였으니까!"

그는 얼굴을 매만졌다.

"갓생!"

문득 그는 마음을 다시 바꾸어 악의에 가득 찬 눈을 번뜩이면서 외쳤다.

그러나 노인은 가만히 상대를 바라보고 있었다.

"그뿐인가? 나를 원망하고 있지는 않은가? 만약 괜찮다면 그 대신에 내 마누라도……."

듀크로는 울고 싶었지만 울 수가 없었다. 그는 분명히 옛친구를 껴안고 싶었을 것이다. 그러나 대신 창문에 다가가서 문을 닫고는 서민다운 꼼꼼한 솜씨로 커튼을 닫았다.

"그런데, 여러분. 벌써 11시오. 오늘밤은 모두 여기서 자기로 하면 어떨까요. 내일 아침 함께 떠나기로 하고……."

그 말도 주로 경감에게 향한 것이었다.

"염려 마십시오. 달아날 생각은 추호도 없소. 그럴 상황이 아니지 않소! 첫째로 형사가 감시를 하지요. 잔느! 자기 전에 그로그를 여러분께 드리도록……."

마누라는 뜨개질바늘을 놓고 하녀처럼 복종했다. 듀크로가 뜨락의 문 쪽으로 다가가서 촉촉하게 젖어 있는 어둠을 향해 소리쳤다.

"형사 양반! 들어오세요, 경감님께서 부르십니다……."

흠뻑 젖은 루카는 어리둥절하면서도 걱정스러운 표정이었다.

"여하튼 우선 한 잔 드시오."

사람들 모두가 한밤중에 저마다 김이 오르는 컵을 손에 들고 테이블을 빙 둘러섰다. 듀크로가 갓생과 건배를 하려고 컵을 내밀자, 노인은 겁도 내지 않고 꿀꺽꿀꺽 들이마셨다.

"침대에 시트는 깔려 있나?"

"없을 거예요." 하고 베르트가 말했다.

"깔고 오너라."

잠시 후 듀크로는 메그레에게 본심을 말했다.

"피곤하군요. 하지만 기분은 훨씬 좋소!"

여자들은 방에서 방으로 부지런히 다니며 침대를 만들고 각자에게 잠옷을 내놓았다. 메그레는 다이너마이트를 주머니에 넣고 듀크로에게 말을 걸었다.

"가지고 계시는 피스톨을 이리 내놓으십시오. 집 안에는 그 밖에는 이젠 없지요?"

"없소."

긴장된 분위기는 사라지고 없었다. 오히려 장례식이 막 끝난 집 같은 적막한 분위기였고 주변 가득히 피로감이 감돌았다. 선주는 다시 한 번 메그레 쪽으로 가까이 와서는 가족 모두를 가리키면서 이렇게 말했다.

"저것 보시오! 저 패거리들은 오늘밤과 같은 때도 보기 싫은 짓거리를 한다니까요!"

여느 때보다도 광대뼈 부근이 붉었다. 열이 있는 모양이었다. 듀크로는 안내를 하려고 앞장서서 계단을 올랐다. 복도의 양쪽에 연이어 방이 있고 호텔의 방처럼 가구가 놓여 있었다. 듀크로가 맨 끝에 있는 방을 가리켰다.

"이것이 내 방이오. 설마 하겠지만 나는 마누라가 곁에 없으면 잠이 오지 않소."

듀크로 부인은 남편 얘기를 들었다. 그녀는 벽장에서 메그레가 신을 슬리퍼를 꺼내려고 했다. 남편이 마누라를 한 대 치며 말했다.

"여보게, 할멈, 배를 탈 땐 자네가 있을 방쯤은 만들어 주지."

날이 밝았을 때 메그레는 말끔히 옷을 차려 입고 창가에 기대어 있었다. 습기가 많았던 밤이어서 그는 담요를 걸친 채 어깨를 움츠렸다. 뜨락의 계단은 아직도 흥건히 젖어 있었고, 비가 오지 않는데도 흐르는 듯한 물방울이 처마나 나뭇가지에서 툭툭 떨어졌다.

세느 강은 회색빛을 띠고 있었다. 예인선이 네 척의 작은 배를 끌며 수문 앞에서 대기하고 있었다.

저 멀리 아득한 강 만곡(彎曲)의 어두운 숲 속 양옆에는 다른 작은 배들이 열을 지어 매어져 있었다.

강물 위가 뿌옇게 보였다. 메그레는 담요를 치우고 단정하게 몸치장을 했다. 어젯밤은 아무런 일도 일어나지 않았고 아무런 소리도 나지 않았다. 그가 더욱 확실히 알아보려고 문을 여니 루카가 복도에 서 있었다.

"들어오게."

루카는 피곤해서인지 얼굴이 창백했다. 그는 주전자에 있는 물을 마시더니 창문 앞에서 기지개를 켰다.

"아무런 이상도 없습니다." 하고 루카 형사가 말했다.

"움직인 사람은 아무도 없었고 가장 늦게 잠든 건 젊은 부부였습니다. 한 시가 되어도 소곤소곤 이야기를 나누더군요."

자전거를 타고 오는 운전사의 모습이 보였다. 아마도 먹지도 자지도 않은 모양이었다.

"아무리 많은 돈을 내도 좋으니 뜨거운 커피가 마시고 싶어요."

루카가 투덜댔다.

"직접 끓여 마시게."

루카의 소원을 눈치챘는지, 복도에서 미끄러지는 듯한 발소리가 들렸다. 나이트 가운을 입고 머리에 스카프를 두른 듀크로 부인이 조용히 이쪽으로 걸어왔다.

"벌써 일어나셨어요?" 하며 그녀는 깜짝 놀란 어투로 말했다.

"곧 아침 식사를 준비할게요."

어떤 사건이 일어나도 그녀는 아무렇지도 않은 모양이었다. 그녀는 여태까지와 조금도 다름없이 음울하고 살림에 찌들어 보였다.

"잠시만 더 복도에 있어 주게."

메그레는 졸린 기운을 없애려고 냉수로 얼굴을 씻었다. 잠시 후 뒤를 돌아보니 세느 강의 빛깔이 달라져 있었다. 이미 수문을 통과한 배가 행렬을 지어 차례차례 지나갔다. 하늘은 핑크빛으로 빛났고, 새들은 지저귀기 시작했다. 운전사가 차고에서 끌어낸 자동차에서 부릉부릉 소리가 났다. 그러나 아직 완전한 아침이라고 할 수는 없었다. 신체의 내부에는 밤의 냉기가 여전히 남아 있었고 태양은 경치를 모두 드러내 보이지 않고 있었다.

"경감님, 문안 왔습니다요……."

듀크로가 자기 방에서 나와 메그레의 방으로 들어왔다. 바지 멜빵을 허리에 늘어뜨리고 머리는 흩어져 있었으며 와이셔츠의 가슴은 벌어져서 그 틈으로 짙은 가슴털이 보였다.

"뭐 필요한 건 없습니까? 면도기를 빌려 드릴까요?"

그도 세느 강을 바라보았으나 경감과는 다른 눈빛이었다.

"오라, 저 녀석들이 벌써 모래를 운반해 가는군."

아래층에서 또 커피를 가는 소리가 들렸다.

"그런데 말예요, 감옥에 가자면 무얼 가지고 가야 하오?"

농담조가 아니라 담담한 말투였다.

"괜찮다면 아침식사 후에 곧장 나갑시다. 갓생을 배까지 전송하고 싶소. 그렇게 하면 아마 아리이느도 만날 수 있을 테지요……."

실제로 이 사나이는 뚱뚱하고 키가 작았다. 몸치장을 안 하고 있을 때는 곰과 같았고 바지가 더러울 때는 더욱 그렇게 보였다.

"또 한 가지 부탁이 있습니다. 어제 재산 문제에 관해 언급했지요. 물론 나로서는 그렇게 할 수도 있지만 그러면 딸과 사위는 몹시 화를 낼 거요. 하지만 사정이 사정이고……."

그럼 만사가 원만하게 해결된 거란 말인가! 메그레는 술 깬 뒷날처럼 입안이 텁텁하고 머리가 띵했다. 비로소 잠이 깬 것이다.

"어쨌든 당신의 사업상의 경쟁자들은 굉장히 기뻐하겠군요……." 하고 메그레가 말했다.

그것만으로도 충분했다. 듀크로의 눈초리는 또다시 선주다운 무게를 되찾았다.

"변호사는 누가 좋을까요?"

예인선이 다음 수문 앞에서 기적을 울리고 있었다. 도착을 알림과 동시에 끌고 있는 배의 수효를 알리기 위해서였다. 듀크로 부인이 들어왔으나 베르트의 슬리퍼를 신고 있어서 발소리는 나지 않았다.

"커피가 준비되었습니다." 하고 그녀는 조심스러운 어조로 말했다.

"이런 차림으로 아래층에 내려가도 괜찮겠소? 예전부터 습관이 되어서. 갓생에게 알리고 오겠소."

방은 바로 옆방이었다. 듀크로가 노크를 했다.

"갓생……! 여보게……! 갓생……!"

불안으로 가슴이 조여왔다. 손이 황급히 문손잡이를 찾았다. 문을 열고 한 발자국 안으로 들어간 그는 불쑥 메그레를 돌아다보았다.

방에는 아무도 없었다. 침대는 흩어져 있지 않았고 듀크로 부인이 마련해 준 잠옷은 팔을 벌린 채 담요 위에 놓여 있었다.

"갓생!"

창문도 열려 있지 않았다. 메그레는 문득 수상하다는 눈초리를 형사에게 던졌다. 그러나 듀크로는 어떤 사실을 발견했다. 커튼이 한 군데 부풀어 있었던 것이다. 그는 침착하게 앞으로 걸어가서 커튼을 홱 끌어당겼다.

축 늘어진 시체가 벽에 음산하게 매달려 있었다. 끈은 그다지 튼튼하지 않았다. 끈은 손만 댔는데도 툭 끊어졌다. 노인의 몸뚱이는 동상처럼 '쿵' 하고 바닥으로 떨어졌다. 부서져 버릴 것 같은 생각이 들 정도였다.

싸늘하게 느껴지는 파이프 담배의 연기가 더러워진 컵이나 재가 흩어진 식당에 가득 찼다. 식탁 보자기에는 전날 밤의 얼룩이 아직도 남아 있었다. 방금 열린 현관 앞에 자동차가 기다리고 있었다.

듀크로 부인이나 젊은 부부에게는 아무것도 알리지 않았다. 젊은 부부는 2층을 왔다갔다하고 있었고 아직 내려올 것 같지도 않았다.

식탁에 팔꿈치를 대고 듀크로는 식사를 하고 있었다. 아침 식욕이 이토록 왕성하다니 참으로 놀라웠다. 그는 흡사 굶주린 동물처럼 탐식했다. 한마디의 말도 않고, 단지 턱만 소리내 움직일 뿐이었다. 밀크커피를 마실 때 그 소리는 더욱 요란해졌다.

"윗도리와 셔츠, 그리고 넥타이를 가져 와."

"방에서 갈아입지 않으세요?"

"내가 말한 대로 해."

그는 똑바로 앞을 보고 있었다. 드디어 일어서서 마누라가 내민 윗도리에 팔을 낄 단계에 이르자 그는 숨이 막힐 것 같았다.

"가방을 준비해 놓았어요."

"나중에 만나지."

"기다려 주시지 않겠어요? 베르트도……."

듀크로 부인은 천장을 가리켰지만 남편은 대답조차도 하지 않았다.

"갓생은?"

"형사가 시중을 들고 있소." 하며 메그레가 참견했다.

그것은 사실이었다. 루카가 벌써 이 시의 경찰과 경시청에 전화를 걸었던 것이다.

듀크로와 경감은 급히 서두르면서 함께 나갔다. 듀크로는 아내의 이마에 키스를 했지만 아마 그 자신도 뭐가 뭔지 모르고 있을 것이다.

"약속하셨지요?, 에밀? 다시 배를 탔댔죠?"

"물론, 그렇고 말고!"

그는 당황하고 있었다. 무엇인가가 그를 끌고 가는 듯했다. 자동차 속에 들어가자 메그레는 운전사에게 일렀다.

"샤랑통으로."

두 사람은 뒤돌아보지 않았다. 그렇게 한들 무슨 소용이 있단 말인가? 퐁텐느브로의 숲을 몇 km쯤 달렸을 무렵, 듀크로는 메그레의 팔을 짓누르면서 말문을 열었다.

"정말 나도 모르겠어요. 무슨 까닭으로 녀석의 마누라와 동침했을까!"

이윽고 그는 갑자기 운전사에게 말했다.

"더 빨리 달릴 수 없나?"

그는 수염이 자라있었고 씻지도 않아서 얼굴이 더러웠다. 파이프를 찾았지만 잊어버리고 왔기 때문에 보이지 않았다. 운전사가 싸구려 담뱃갑을 내놓았다.

"믿을지는 모르지만 어젯밤처럼 행복했던 적은 없었소. 아마도……정확히 설명할 수 없지만, 침대에 누웠을 때 할멈이 뭐라고 했는지 아시오? 울면서 매달리며 '당신은 좋은 사람이에요.'라고 하더군요."

사뭇 가슴이 저린 듯 말끝을 흐렸다.

"빨리 달리게, 더 빨리!" 하며 듀크로는 운전사 쪽으로 몸을 기울였다.

코르베이유, 주비지, 빌르주이프를 통과했다. 월요일 아침이어서 별장 소유자들의 자동차가 모두 파리로 돌아가고 있었다. 어제에 이어 오늘도 태양이 눈부셨다. 비 때문에 밭이나 나뭇잎의 녹색이 훨씬 짙은 청록색을 띠었다. 어느 주유소 앞에서 자동차가 멈췄다. 붉은 가솔린 펌프 여덟 개가 햇빛을 반사하며 줄지어 서 있었다. 운전사가 주인에게 말했다.

"100프랑 가지고 계십니까?"

듀크로가 지갑을 통째로 내밀었다. 드디어 파리의 거리로 들어섰다. 오를레앙 가를 빠져나가면 세느 강이다. 세레스탕 강기슭의 사무소 여기저기는 유리창 닦기가 한창이었다. 듀크로는 자동차의 창문에 몸을 기댔다. 그는 초라한 술집 앞에서 자동차를 세웠다.

"파이프와 담배를 사도 괜찮겠습니까?"

가게에는 벚나무로 만든 2프랑짜리 파이프밖에 없었으므로 그는 그것을 사서 유유히 피웠다. 차는 강변 도로를 쾌속으로 달렸다. 베르시의 포도주 시장을 지났다.

"너무 서둘지 말게!"

수문이 보였다. 갑실(甲室) 속에 들어간 배 한 척이 천천히 수문을 지나려고 했다. 쇄석기는 일찍부터 움직이고 있었다. 정박중인 배 위에서는 세탁물이 널려 있었고 술집에 모여 있던 선원 복장의 남자들이 선주의 모습을 보고 다가왔다.

"오히려 만나지 않는 편이……." 하며 듀크로는 말을 꺼냈다.

그러나 자기의 약해져 가는 마음을 억누르고 돌계단으로 내렸다. 가만히 바라보고 있는 것은 자기 집도 아니었고 하녀의 모습이 보이는 열어 젖힌 창문도 아니었다. '황금양모'호로 통하는 불안한 널빤지였다. 여기저기의 배에서 인사하는 소리가 들렸다.

그는 승강구에서 몸을 굽혔다. 메그레도 몸을 굽혀서 거의 동시에 아리이느를 발견했다. 그녀는 유방 한 쪽을 드러낸 채 갓난애를 안고 핑크색 꽃무늬의 식탁 보자기를 씌운 테이블 곁에 있었다. 그녀는 연신 아기를 달래면서 똑바로 앞을 보고 있었다. 아기의 탐욕스러운 입이 이따금 유방에서 떨어지면 그녀는 또다시 기계적으로 대주곤 했다.

날씨가 무더웠다. 꽤 오래 전부터 냄비가 불 위에 올려져 있었다. 옷걸이에는 갓생 노인의 무거운 웃옷이 걸려 있었고 그 밑에 닦아 놓은 구두가 놓여 있었다.

부드러웠지만 엄격한 손짓으로 메그레는 안으로 들어가려는 듀크로를 말렸다. 메그레는 키가 있는 쪽으로 듀크로를 끌고 갔다. 그는 술집의 종이에 쓰여진 그 편지를 꺼냈다.

<나도 잘 있다. 너도 잘 있으리라고 생각한다……>

듀크로는 여우에게 홀린 듯한 표정이었다. 그러나 그의 눈에는 오트마르느의 마을이나 여관, 예전에 알고 지냈던 갓생의 누이동생의 모습 등이 서서히 떠올랐다.

"시골에 가면 저 애도 꼭 행복할 겁니다!" 하고 메그레가 말했다.

태양이 점점 강렬하게 쪼였다. 지나가던 선원이 고함을 쳤다.

"'알바트로스'호가 모오에서 고장을 일으켰습니다!"

그는 듀크로에게 말을 걸었지만 대답이 전혀 없었다. 틀림없이 깜짝 놀랐기 때문이리라.

"출발할까요?"

어느 곳에나 두 사람의 모습이 보였다. 누군가가 선창가까지 두 사람을 쫓아와서 모자를 벗으며 말했다.

"저어, 배에서 육지로 돌을 풀었는데, 그 보고입니다만……."

"다음에 하게."

"하지만……."

"잠자코 있어 주게, 유베엘!"

회색빛 길가에 전차의 그림자가 길다랗게 꼬리를 이었다. 쇄석기는 주변의 경치를 모조리 때려부술 듯 위세를 떨치며 곱고 하얀 먼지를 온통 바닥으로 떨어뜨렸다.

자동차는 우회전을 했다. 자동차의 좁은 유리창 너머로 듀크로가 뒤를 보며 말했다.

"굉장하군!"

그는 '후유' 하고 한숨을 내쉬었다.

"뭐가요?"

"아무것도 아니오."

메그레는 정말로 몰랐을까? 운전사를 재촉하고 싶은 쪽은 오히려 메그레였다. 흘러가는 일초 일초가 위험스럽게 느껴졌다. 듀크로는 줄기차게 땀을 흘리고 있었다. 전차를 추월했을 때는 한쪽 손이 문손잡이 위에서 경련을 일으켰다.

천만에, 그렇지 않다! 듀크로는 자제했다! 뇌프 다리를 지났다. 운전사가 돌아보며 물었다.

"담뱃가게에 댈까요?"

거기에는 술집 '앙리 4세'가 빨간색과 흰색으로 배합되어 기마상(騎馬像)을 마주 보고 있었다.

"여기서 세워 주게." 하고 메그레가 말했다.

"사모와로 돌아가서 기다리게……."

걷는 편이 좋다. 고작 100m밖에 되지 않으니까. 이번에도 듀크로는 세느 강을 따라 난간 쪽으로 걸었다.

"결국 비로소 당신도 집으로 돌아갈 수 있는 셈이군요?" 하며 선주는 별안간 입을 열었다.

"아직 모르지요."

"거긴 아름다운 곳이오?"

"조용합니다."

이제 20m쯤 거리를 가로지르면 경시청의 거무스름한 건물이 나타난다. 커다란 문이 있는 유치장의 건너편 오른쪽이 접수실이다.

듀크로의 손이 재차 경감의 팔에 닿았다. 길가를 가로지를 때 선주가 외쳤다.

"안 되겠어. 난 안 되겠어요!"

세느 강의 얘기라도 해야 옳았었다. 전차라든가 갓생의 끈이라든가 등등 아무렇지도 않게 시간을 메울 만한 이야기를…….

길에서 그는 뒤돌아보았다. 수위가 메그레의 모습을 알아차렸다. 벌써 접수할 준비가 되어 있었다.

"안 되겠어!" 하고 엄숙히 현관을 들어가려다가 말고 듀크로가 되풀이했다. 그러나 그러는 동안에도 펜이 보랏빛 잉크를 적시며 선주의 이름을 죄수의 명단에 기입하고 있었다.

강을 내려가는 예인선이 두 번 기적을 울렸다. 두 번째의 아치를 통과한다는 신호였다. 벨기에의 배 한 척은 강물을 횡단하고서 세 번째의 아치에 들어서려는 중이었다.

<끝>

조르즈 시므농의 추리 세계

모리스 르블랑과 가스통 르루의 뒤를 이어 프랑스의 추리 소설계를 지배한 작가들은 모험 소설가들이었다. 그들은 알센 뤼팽이나 룰르타뷰의 모험을 교묘하게 답습하여 추리 위주가 아닌, 다시 말하면 수수께끼보다도 모험을 위주로 하는 소설을 썼다.

당시 제정된 제1회 '모험 소설상'을 탄 것은 피에르 베리의 <배질 크루크스의 유서(1930)>였다.

피에르 베리(1900~1960)는 종래 앵글로 색슨 족의 작가들이 세웠던 순수 논리적인 규칙에서 벗어나, 불가사의한 시적 환상에 보다 큰 중점을 두었다. 그는 종래의 '추리 소설', 즉 '로망 플리시에'라는 명칭을 '수수께끼 소설', 즉 '로망 드 미스터리'라는 명칭으로 고칠 것을 제안했다. 그의 작품 중에서 가장 유명한 것은 작가 스스로가 감독, 영화화한 <산타클로스 할아버지의 살인>이다. 그는 모험 소설의 정의를 물어 왔을 때 '어른들을 위한 동화'라고 대답했다.

피에르 베리에 비할 만한 작가는 <6명의 사자(1931)>로 제2회 '모험 소설상'을 탄 스타니 슬라스—앙드레 스티민이다. 이 소설은 1941년에 영화화되었다.

그러나 모리스 르블랑이나 가스통 루르처럼 전세계에 명성을 떨친 작가는 벨기에 출신의 조르즈 시므농(1903~1989)이다. 시므농이 창조한 메그레 경감은 유럽과 미국에서 뤼팽에 못지 않는 인기를 얻었다. 괴도 신사 뤼팽이 특히 어린이들에게 인기가 있다면, 메그레 경감은 '어른들을 위한 동화'에 등장하는 명탐정인 것이다.

시므농은 <메그레 미스터리>를 1931~1932년의 2년 사이에 놀랍게도 22편을 썼다. 그리고 1933년에는 한 편도 쓰지 않았고, 1934년에는 단 한 편만을 썼다. 시므농이 29~30살 때의 일이다. 시므농의 추리 소설은 길이가 거의 비슷한 중편들이다. 미국식으로 따지면 장편이라고 할 수가 없다.

시므농의 인기는 전후에 갑자기 높아졌는데, 시므농 자신도 그것에 기운을 얻어 1944년이래 <메그레 물>을 계속 써왔다. 그는 현대 유럽 최고의 추리 작가로 인정받고 있다.

미국 최고의 추리 소설 평론가 앤소니 바우처는 1959년 시므농의 단편집 서문에서 다음과 같이 메그레라는 인물을 소개하였다.

'메그레는 유럽의 소설에서, 그리고 아마 세계의 소설에서 가장 유명한 경관 중 한 사람일 것이다. 그는 75살 가량이며, 현재 은퇴하여 생활하고 있다. 그는 1920~1940년대의 프랑스 사법 경찰의 가장 위대한 탐정 중의 한 사람이다. 그는 과학적 방법에 의존하지 않는다. 그는 인내와 직관과 범인 심리의 섬세한 이해와 살인자와의 정신적인 감응으로 추리한다.

그는 젊었을 때 3년간 의학을 공부했기 때문에 사람을 임상학적으로 통찰할 수 있다. 그의 이름은 '쥘르'라고 하는데, 그를 아무도 '쥘르 메그레'라고 부르는 사람은 없다. 그는 1950년에 회상기를 냈다. <메그레의 회상>이 바로 그것이다…….'

시므농은 벨기에의 리에지에서 출생하여 16살에 '리에지 가제트' 지의 기자가 되었다. 17살 때 처녀작을 썼고, 20살에 결혼하여 생활비를 벌기 위해 16가지 이름으로 10년간 약 200편의 장편을 썼다. 특히 나중의 2년간에는 프랑스의 사법 경찰 메그레 경감을 창조하여 여기에만 몰두했다. 그는 33살 때 추리 소설을 일단 포기하고 문학소설에만 전념하기도 했다.

시므농의 추리 소설에는 메그레 경감이 등장하지 않는 것들도 많다. 메그레가 등장하지 않지만 걸작으로 알려져 있는 것을 몇 개 든다면, <런던의 사나이들(1933)>, <하숙인(1934)>, <도나디유의 유서(1937)>, <눈이 더러웠다(1948)> 등이 있다.

나르스자크의 <시므농 평전(1953)>에 의하면, 시므농은 31년에서 53년 사이에 장편 125편을 썼다고 하는데, 이것만으로도 그가 다작 작가임을 알 수 있다. 시므농은 52년에 프랑스 문학가로서의 공로로 본국 벨기에 아카데미의 회원으로 뽑히고 성대한 환영을 받았다. 시므농은 '현대 프랑스 문단에 있어서 가장 위대한, 진실로 소설가다운 소설가'라고 일찍이 앙드레 지드로부터 격찬을 받았었고, 문학 소설가로서도 노벨상의 후보에 오른 적이 있다.

'시므농은 한 편의 추리 소설도 쓴 적이 없다'고 말하는 사람이 있다. 아닌게 아니라 시므농의 소설은 그 성격이 영미의 추리 소설과는 다르다. 우선, 메그레 자신이 명탐정임에는 틀림이 없으나, 영미의 명탐정들에 비해서 훨씬 인간적이다. 그리고 등장 인물들도 수수께끼의 한 토막이 아니라 역시 살아 있는 인간들이다.

시므농은 추리 소설을 보통 소설처럼 썼다. 다시 말하면, 그는 환경과 분위기의 묘사를 잊지 않은 것이다. '그의 작품에는 논리적인 유희의 매력은 모자라지만 범죄 심리 소설로서는 상당한 걸작이다. 게다가 수수께끼의 매력도 있다'는 말은 시므농 추리 소설의 문학성을 단적으로 말하는 것이다.

그러나 무엇보다도 메그레 경감의 매력엔 누구나 반발하지 못할 것이다. 그는 체구가 강건하고 과묵하다. 그는 늘 파이프를 피우며 트렌치 코트의 호주머니 속에 두 손을 집어넣고 끈질기게 생각한다. 그리고 그에게는 약자에 대한 동정심이 있다. 그는 서민들의 친구다. 여기에 그의 매력의 비밀이 있는 것이다. 그는 요컨대 인내력이 있고, 섬세하고, 패배를 모르는, 독특한 메그레 경감이다.

한마디로 시므농은 추리 소설의 형식을 빌려서 현대 사회의 범죄와 범죄인을 다루고 있기 때문에 추리 소설은 그의 문학 소설과도 통하는 것이다.

작가 시므농의 사진을 보면 언제나 파이프를 입에 물고 있는데, 메그레는 시므농의 분신일 것이다.

정통 추리문학의 진수
세계추리걸작선

세계추리걸작선은 미국, 영국, 프랑스, 일본 등
추리문학의 본고장에서 최우수상을 받았거나 추리
매니아들이 추천한 가장 뛰어난 작품들로
구성되어 있다.

※ **세계추리걸작선**은 계속 출간됩니다.

최신 생활 영어를 간단하고 쉬운 문장으로 엮은 책!

나 혼자 떠나는
여행 영어회화

4×6판 / 216쪽 / 해문외국어연구회 편

즐거운 해외여행이 말이 통하지 않아 엉망이 되게 할 수는 없다!

해외여행이 잦은 요즘 말 한 마디도 제대로 구사할 줄 모르면서 비행기에 오르려니 왠지 불안하고 두려움이 앞섭니다.

그러나 꼭 필요한 회화를 마스터해 놓으면 세계 어딜 가도 마음 든든합니다.

이 책은 아주 기초적인 회화에서부터 모든 상황에 손쉽게 대처할 수 있는 생활회화와 여행 정보까지, 세심하고 다양하게 배려하여 만들었습니다.

해외여행의 훌륭한 길잡이, 이제 선택하십시오!

● 90분용 테이프 포함

TRAVEL
ENGLISH
CONVERSATION